凪のお暇《おいとま》

シナリオブック

大島凪、28歳。ワケあって恋も仕事もSNSも全部捨ててみた

脚本：大島里美　原作：コナリミサト

APeS Novels

登場人物紹介

大島凪《おおしまなぎ》［黒木華］

北海道出身の28歳。都内の家電メーカーで営業事務として働く会社員。場の空気を読み過ぎ、その対応に心をすり減らす日々に疲れ果てたある日、同僚とは内緒で付き合っていた慎二の心無い言葉を耳にして、過呼吸を起こし職場で倒れてしまう。それを機に職も恋愛も家財もすべて捨てて、「人生のリセット」をすべく家賃3万円のエレガンスパレス103号室に転居する。

安良城《あらしろ》ゴン［中村倫也］

エレガンスパレス104号室の住人。周りから「メンヘラ製造機」と噂される天然の人たらし。その風体と、イベントオーガナイザーという肩書きで得体の知れない人物と敬遠していた凪だったが、人懐っこい笑顔が醸し出す緩やかな雰囲気に、徐々に呑みこまれていく。

我聞慎二《がもんしんじ》［高橋一生］

凪の元同僚にして元彼氏。自他ともに認める営業部のホープ。相手の望む言葉や態度で瞬時に「仮面」を被り、スルッとその懐に入り込み商談をまとめる。その能力で、私生活でも人に羨まれる人生を歩んできたが、凪にだけは仮面も被れず素直にもなれないでいる。

吉永緑《よしながみどり》〔三田佳子〕

凪の上階（203 号室）の住人。自販機の小銭漁りをする姿を目撃し、寂しい独居老人と思い込んでしまった凪だったが、後に彼女が、映画を愛し、日々の生活を楽しむ女性だと知る。

大島夕《おおしまゆう》〔片平なぎさ〕

北海道で暮らす凪の母。夫の失踪後、周囲の目を気にしながら女手一つで凪を育ててきた。そのため、その愛情も葛藤も全てが凪に向けられることになってしまった。

坂本龍子《さかもとりょうこ》〔市川実日子〕

ハローワークで知り合った、凪がお暇後に初めてできた友人。東大卒の高学歴を持ちながら、自分自身の理想と現実のギャップに悩み、何かに依存することで目を逸らしてきたのだが……。

市川円《いちかわまどか》〔唐田えりか〕

慎二の会社の後輩。凪の退職後、大阪支社で営業トップの実績を引っ提げて異動してくる。大阪時代の不本意な噂を一蹴してくれた慎二に惹かれ始める。慎二もそのルックスと心根に惹かれる。

白石《しらいし》うらら〔白鳥玉季〕

みすずの娘。小学５年生。幼いながらもしっかりとした意志を持ち、母の助けとなれるよう頑張っている。しかし子供らしい小さな不満を凪に吐露したことで、急速に打ち解けた。

白石《しらいし》みすず〔吉田羊〕

シングルマザーとしてうららを育てる、102 号室に住む凪の隣人。ママ友たちからは色眼鏡で見られがちだが、娘を愛し一所懸命に働く、優しくて芯の強い女性。

織部鈴《おりべすず》〔藤本泉〕

凪の元同僚。凪を上手く利用しながら、一方では凪に対して「ダメ出し」を繰り返していた。彼女たちの悪気ない言動に右往左往させられたことで、凪は追い詰められていった。

江口真央《えぐちまお》〔大塚千弘〕

凪の元同僚。足立や織部とつるんで、凪に残業を代わらせたりしていた。要領良く立ち回っているつもりだったが、その嘘が凪にもバレていたことには気づいていない。

足立心《あだちこころ》〔瀧内公美〕

凪の元同僚。凪が行動を共にしていたグループのリーダー的存在。一見、面倒見が良さそうだが、自分本位の言い訳や、雑用を押し付けたりと、無意識に凪を見下していた。

エリィ〔水谷果穂〕

ゴンの女友達。パフォーマーとしてゴンの身近で活動してきたため、彼が無自覚に女性たちを闇堕ちさせていった例を数多く目の当たりにしている。そういう彼女も……？

杏《あん》〔中田クルミ〕

スナック『バブル』の従業員。どことなく、かつての凪を思わせるサラサラヘアの女性。凪に対して素直になれない慎二の態度に、あけすけなダメ出しを繰り返す。

『バブル』のママ〔武田真治〕

慎二が行きつけのスナック『バブル』のオーナーで本名は中禅寺森蔵。国分寺にオープンした２号店で凪と知り合い、慎二の元カノと知らないまま、後日、失業中の凪をボーイとして雇う。

スペシャルキャラクター
〔ファーストサマーウイカ〕

第１話での『ヤオアニ』の店員をはじめ、あるときは婚活パーティーの司会者、あるときはゴンの取り巻き客など、全10話の中で毎回違う役柄を演じて登場した。

OITOMA ITADAKIMASU!

目次 Contents

金曜ドラマ

凪のお暇《なぎのおいとま》

全シナリオ

累計300万部を超える大人気コミックの
待望の映像化として大きな注目を集めた
TBS『金曜ドラマ　凪のお暇』全10話の脚本集です。
空気を読んで、人の顔色をうかがう生活から抜け出して、
自分らしい生き方を探す凪の姿は、
あなたの「これから」の道しるべかもしれません。

■このシナリオブックは、ドラマ撮影のための完成稿を基に製作しております。
そのため、諸般の事情で放送では使われなかったセリフやシーンも掲載されています。

第1話『凪、恋と人生をリセットする』

○イメージ・水の中

水の中、目をつぶっている大島《おおしま》凪《なぎ》。

男の声「『もしも、空気が見えたら』そう思ったこと、ありませんか？」

目を開くと、目の前を空気の泡がいくつか横切る。

男の声「私……空気が見えるんです」

空気の泡を目で追う凪。
と、反対側からまた空気の泡。
目で追う凪。
空気の泡、どんどん増えていき、
凪、息苦しそうになっていって……
……。

○ショウルーム・エントランス

男の声「例えば、いい空気」

『新商品発表会』の掲示。
天気はよく、明るい雰囲気。
サラサラストレートヘアーの凪が、訪れる記者や来客たちを案内している。

凪「いらっしゃいませ。こちらで受付をお願いいたします」

同じく、営業事務の足立心《あだちこころ》、江口《えぐち》真央《まお》、織部鈴《おりべすず》、お客を案内。
と、そこにふらりと現れた、初老の男性。
課長の嶋浩一《しまこういち》、

嶋「あれ？　か、会長？」

凪「え……」

急に顔色が変わる社員たち。

男の声「張りつめた空気」

会長「近くに用事があったんで、寄ってみたよ。（凪に）会場どこ？」

凪「こ、こちらでございます！」

×　×　×

急遽、会長を案内することになった凪。

凪「しょ、少々お待ちください！」

エレベーターホール。
ボタンを押す凪。
ボタンを押すが、エレベーターがなかなか来ない。
一同、会長を囲み、気まずい沈黙。

男の声「気まずい空気」

○エレベーターの中

会長と一緒に乗っている凪、足立、嶋課長と、その場にいた社員たち。

会長「（足立に）綺麗なお嬢さんだなあ、君、結婚してるの」

足立「いえ」
会長「あ、これ、セクハラになっちゃうか、あ
ははっ！」
凪「……」
男の声「空気が凍る」

○ショールーム

エレベーターが到着すると、待ち構えていた営業の社員たちが、会長をアテンドしていく。

凪「（ほっと息をつく）」
男の声「空気が和らぐ」

営業の小倉《おぐら》康明《やすあき》と井原《いはら》亮《りょう》が来て、

小倉「ちょっと、どうなってんですか、これ？
（と、スマホを差し出し）」
凪「え？」
井原「リリースとホームページに出してる仕様が全然違うって、記者さんから質問来てるんですけど」
嶋「ええ？（見て）このページ作ったの誰？」
凪「……」

凪、足立を一瞬だけ見る。足立、堂々としている。

足立「……」
凪「……」
男の声「空気を読む」
凪「……すみません！　社に戻ってすぐに修正します！」

凪、走っていく。

一方、ショールームの舞台。
営業の我聞《がもん》慎二《しんじ》がマイクで話している。

慎二「甘い空気。淀んだ空気。美味しい空気。あったかい空気。サムい空気」

○道

慎二の声「我々の暮らしや幸せは、思った以上にその場の『空気』に左右されます」
凪、必死に走っている。

○ショールーム

スライドには、空気の流れを可視化した画像。

慎二「そんな日常の様々な空気を、お客様の生活スタイルに合わせ、読みすぎるほどに読んで、きれいにする」
慎二の前に、ずらりと並ぶのは、新商品。

慎二「それが我が社の新製品、ＡＩを搭載した空気清浄機エレストです！」

○会社・外観

嶋の声「こういうミス、いい加減にしてくれないかな？」

○同・営業推進課

凪、嶋課長に叱責されている。

凪「申し訳ありません」
嶋「見直せばいいだけの話じゃない、なんでそれができないの？　仕事雑すぎ！　勘弁してよ、大島さん」
凪「……申し訳ありませんでした」
凪、頭を下げ、自分の席に戻る。
足立「なんかごめんね大島さん。あのページ作ったの私なのに」
凪「え、あ、ううん」
凪、笑顔で首を振る。

足立「でも、あの場でそれ言っちゃうと、課長逆上して空気悪くなるだけだし」
凪「うん、わかる」
足立「あいつ本当ムカつくよね、大島さん叱りつけてる時、悦に入ってて超キモいんだけど」
凪「(課長に聞こえないか気にする)」
足立「キモい時は、キモいってはっきり言った方がいいよ、大島さん！」
凪「う、うん。気をつけるね。ありがとう」
凪、固まった笑顔で仕事を続けている。

○立川の街（夜）

腕にタトゥーの入った男が歩いている。

○立川・アパート・内廊下（夜）

タトゥーの男、安良城《あらしろ》ゴン、歩いてきて、１０４号室のドアを開ける。
クラブ系の音楽が流れている。
お香の煙と、たくさんの男女が一瞬だけ見える。
ゴン、中に入り、閉まる扉。
その隣の１０３号室……。

○凪のマンション（日替わり、朝）

綺麗に整頓された部屋。
凪、丁寧に髪をブローする。
凪、お弁当を手作りし、育てている豆苗に水をやる。
電源タップには、差し込まれたコ

ンセントごとに、パンの袋を留めるクリップが留められ、『テレビ』『ドライヤー』など、手書きで書かれている。
凪、すべての電源をオフにして、出かけていく。

○会社の前の道（朝）

凪、出勤中。と、少し前を同僚の足立と江口が歩いている。
凪「……」
凪、歩く速度をさりげなく緩めて、建物の陰に隠れようとすると、
足立「あ、大島さーん」
凪「！」
江口「あ、おはよー」
凪「（笑顔）おはよー」
凪、足立たちと話しながら、会社に入っていく。

○クライアント

営業に行っている慎二。
慎二「なーるほどー（と、心の底から納得した様子）」

×　×　×

慎二「え、ほんとですか？　うわ、さすがですね（心の底から感心した様子）」

×　×　×

慎二「ちょっと待って、それ、めっちゃ面白くないですか（心の底から興味を持った様子）」

×　×　×

慎二「え、それってどういう……ああ、そーういうことですか！（心の底から驚いた様

子）」

×　×　×

慎二「もぉー、勘弁してくださいって！（相手の話がおかしすぎてお腹痛いのでもうやめてという様子）」

×　×　×

慎二「今後とも、よろしくお願いします」
担当者「（機嫌よく）よろしくね」
慎二、笑顔で礼をして、会社の外に出ると、
慎二「ふぃー（と、素の顔になる）」
井原「気に入られてるじゃないですか、完全に」
慎二「相槌しか打ってないけどね」
小倉「いやいや、ガモさんのおかげで、先方の空気、完全に変わりましたもん」
慎二「空気って自分で作るもんでしょ。読む側に回ったら、負けですよ」

○会社・営業推進課

足立「大島さん、見積書もう終わったの？　仕事早いね、さすが」
凪「ううん。この後、発注処理やらなきゃ（いけないから）」
足立「（かぶせるように）今日中にこの企画書上げなきゃなんだけど、大島さん、エクセル得意じゃない？　手、空いてたら、アンケートのデータ、表にするのお願いしていい？」
足立、凪に膨大なアンケートをどさっと渡す。
凪「（笑顔で）うん」
慎二、凪の部署に来る。
慎二「どうも」
足立「我聞さん」
江口「新作発表会のプレゼン、かっこよかった

　です」
慎二「やめてよー、皆さんこそ完璧だった。ほんとありがとね！」
　慎二、凪の席を素通りして、足立に、
慎二「足立さん、名刺のスキャンお願いしてもいい？」
　慎二、大量の名刺を持っている。
足立「もー、またー？（嬉しそう）これでも忙しいんですけど」
慎二「って言われると思って」
　慎二、お菓子を渡す。
足立「あー、これ好きー」
慎二「知ってる。こないだ並んでるとこ見た。顔めっちゃ素で」
足立「えー、ちょっと！」
　凪、高速でエクセルにデータを打ち込みながら、そんな様子を耳だけで聞いている。
　慎二、みんなに声をかけて、去っていくが、凪には、目もくれない。
江口の声「いいよねー、我聞さん」
織部の声「彼女とかいるのかな」

○カフェ

凪「……」
　ランチを食べている凪、足立、江口、織部。
足立「今いないらしいよ。営業の子言ってた」
江口「リサーチしてるし」
足立「たまたまそんな話になっただけ。あれだけ優しくて気遣いすごいとさ、逆に性格悪い女に振り回されそうじゃない」
江口「かも」
織部「わかるー」

　　一同、視線を凪に、
凪「わかるー」
店員「お待たせいたしました」
　　デザートが運ばれてくる。
足立「わぁー、かわいー！」
　　江口、織部も『かわいー！』と盛り上がる。
凪「(合わせて) かわいー」
　　足立、すぐにデザートと自分たちを自撮りし、写真をチェック。
足立「あ、これよくない？」
　　足立、凪に写真を見せるが、凪の顔、
凪の声「半目！」
足立「インスタ、アップしていい？」
江口、織部「うん」
凪「うん」

×　　×　　×

　　一同、デザートを食べながら、
江口「そのワンピ、どこの？」
織部「××。ちょっと会社にはどうなのって」
足立「ううん、織ちゃんならあり」
江口「うん、似合ってる」
凪「(合わせて微笑み) うん」
足立「大島さんは、いつも女子アナみたいだよね」
凪「え？」
江口「あ、それ私も思ってた。清楚！　って感じ」
凪の声「これは……」
織部「わかる〜、『女子アナコーデ』！」
凪の声「この空気は……」
足立「お天気コーナーの新人お姉さんみたいな？　お嫁さんにしたい女子アナ、ナンバーワンみたいな？」
凪の声「私、disられている？」

凪、曖昧な笑顔で固まりながら、

凪の声「なんて答えれば」

凪の言葉を待つ足立たち。

追い詰められた凪の下に、選択肢のカードが現れる。

『ありがとう』

『そんなことないよ』

× × ×

凪のシミュレーション。

凪「……あ、ありがとう！」

足立「褒めてないから！　って、女子アナ気取りかよ」

× × ×

凪の声「ダメだ」

『ありがとう』のカードが消され、『そんなことないよ』の選択肢が前に出る。

× × ×

凪のシミュレーション。

凪「そんなことないよー」

足立「何、真に受けてんの？」

江口「いじってるだけだけど」

織部「引くわー」

× × ×

凪の声「ダメだ」

一人追い詰められる凪。

凪の声「な、なんて答えれば」

凪の下で、たくさんの選択肢のカードが、スクロールしていく。

『またまたー』『ウケるー』『恐縮です』『私は女子アナではありません』

凪の声「なんて答えれば!!」

足立「でさ、夏休みどこか行くの？」

織部「ニューカレドニア」

凪の声「話変わった！」

凪「（ホッとして紅茶に手を伸ばす）」
足立「私は友達と台湾。めっちゃ暑そうだけど」
江口「私はカラーコーディネーターの資格取ろうと思ってて」
足立「で、大島さんは？」
凪「え、夏休み……えっと」
　凪の髪がくるん、とはねる。
凪の声「どうしよう、私も何か、カードを切らないと」
　またもや、カードがスクロールする。
『掃除』『歯医者』『メルカリ』
『公共料金の支払い』
凪の声「……対抗できない！」
　凪、困った顔のまま微笑む。
足立「あ、我聞さんからだ（と、スマホを見る）」
江口「なんてなんて」
足立「『さっきはありがと』だって。スタンプウケる（と見せる）」
織部「二人、あやしー」
足立「何もないって！」
凪「……」

○会社・営業推進課（夜）

　一人、残業している凪。横には、スキャン済みの慎二担当分の名刺が大量に置いてある。

　足立に頼まれたエクセルの表とグラフが完成。

　ふう、と息をつく。

○道（夜）

凪、疲れた様子で、帰っている。
スマホを見て、足立のインスタ、ランチの半目写真に「いいね！」を押す。
と、新しい写真がアップされる。
料理とワインの写真に『今日も飲み会』。

凪「え？」

凪、すぐさま他の同僚のSNSをチェック。
江口のツイッター『これから飲み』の投稿。

凪の声「もしかしてあの三人夜も？　私抜きで？」

凪、必死の形相で、同僚たちのツイッター、インスタ、フェイスブック、あらゆるSNSを追いかける。

凪の声「ランチの時、私、なんかやらかした？　私の悪口大会？」

と、それぞれが、別の相手といることがわかる投稿。

凪「（ホッと一息）」

凪、みんなの投稿に次々、「いいね！」を押す。

凪「なんだかなぁ……」

○凪のマンション・エントランス（夜）

公共料金のお知らせを開きながら、部屋に向かう凪。

凪「下がってる！　三百五十円も！　マメにコンセント切るようにしてよかったぁ！」

凪、一人喜ぶが、ふと虚しくなる。

凪「唯一の生きがいが　節約って……」

凪の声「……でも」

○同・廊下

歩いてくる凪。

凪の声「私は、たった一枚だけ、秘密のカードを持っている」

凪、部屋のドアを開けると、

慎二「おかえり〜、凪ぃ」

凪「（微笑み）ただいま。慎二」

○同・凪の部屋

慎二、窓際で育てている豆苗を見て、

慎二「なんだっけ、この緑の」

凪「豆苗？」

慎二「いつもいるよな、この可愛いやつ」

慎二、豆苗を指でちょん、とつつく。

凪「（笑って）ご機嫌だね、飲んできたの？」

慎二「お得意さんと。凪はメシ食った？」

凪「ううん。お昼、足立さんたちと外ランチになっちゃったからお弁当食べる」

慎二「またぁ？　弁当あるって言えばいいじゃん」

凪「なんか、そんな空気じゃなかったから」

慎二「またそれ」

凪「え」

慎二「空気読みすぎ（と微笑む）」

凪「（微笑む）」

慎二、お弁当を開ける凪のそばにくっついて、

慎二「足立さんねー。あの人の返信、異様になげーんだよなー。（スマホ見せて）終わらせてんのに、空気読まねーでエンドレス」

凪「（ちょっと優越感）」

慎二「あ、来週、凪の誕生日だよな。二十八歳？」

凪「うん」

慎二「スマホ貸して」

慎二、凪のスマホを操作し、スケジュールアプリを起動。

誕生日の夜に、マークをつける。

慎二「はい、予定入れといた。楽しみにしてて」

凪「(嬉しく)」

慎二、おかずをつまんで、

慎二「ん、んまっ。凪、絶対いい嫁になるわ。……俺の」

凪「……(微笑む)」

×　　×　　×

お弁当箱や食器を洗っている凪。

と、慎二、ソファでくつろぎ、

慎二「はぁ。食ったぁ」

凪「……」

慎二「世界三大欲求の食欲が満たされたー。残るは睡眠とー、あと一つなんだっけ」

凪の周りの空気が変わっていく。

凪「……」

慎二「ね、凪」

凪「……」

慎二「して?」

凪「……」

×　　×　　×

冒頭の水の中のイメージ。

空気を見ている凪。

×　　×　　×

凪、水道を止めて、振り向くと、

微笑み、

凪「うん」

凪、慎二の前に行く。

慎二、凪の髪を撫でて、

慎二「凪、俺ね。凪の髪の毛すげえ好き。いつもさらさらで、真っすぐで」

凪の声「して。慎二。早く、結婚して。そしたら、私の『なんだかなぁ』な毎日も、全部ひっくり返るの」

○凪のマンション・外観（日替わり、早朝）

夜が明けてくる。

○凪の部屋（早朝）

時計は五時。ベッドからむくりと起きる女。

その頭、メドゥーサのようなひどいくせ毛が爆発している。

その女、凪である。

凪の声「ねえ、慎二」

凪、慎二を起こさないようにそっと起きると、

凪の声「私ね」

丁寧に髪のブローを始める。

凪の声「本当はひどいくせ毛なの」

慎二は、気づかず眠りこけている。

凪「……」

○公園

凪、お弁当を食べていると、メール。

『お母さんより』

凪「！」

『凪、元気ですか？　たまには連絡くださいね。こっちはラベンダー園がちょうど満開です』

『年を取ると季節が巡るのがあっという間ですね。そういえば、もうすぐ車検の時期です』

凪「車検……」
　　凪、追い詰められた顔に。

○ＡＴＭ
　　凪、スマホを見ている。『北海道車検　相場』で検索した画面『四万三千円』。
　　凪、母に送金の金額、『四万五千円』と打ち、
凪「……」
　　凪、消して、断腸の思いで『五万円』を送金。

○会社
嶋「足立さんのプレゼン企画が通ったぞ！　部長、褒めてたよ。特に、アンケートのデータのとこ」
足立「え、本当ですか？」
凪「……」
　　嶋課長、凪が作った几帳面なグラフのページを見せ、
嶋「こういうとこ、大事なんだよ。こういう地道なところ頑張ってやるから説得力が増すんだよ。はいみんな、足立さんに拍手！」
足立「ありがとうございます」
凪「（拍手する）」

○会社（時間経過・夕）
　　フロアに凪と江口の二人だけ。
　　江口、帰り支度で、
江口「ほんとごめんね大島さん、義理の母が骨折しちゃって」
凪「大丈夫。コピーするだけだし」

江口「ごめん！　あとでお礼させて」
江口、慌てた様子で去っていく。
凪「お大事に！」
凪、笑顔のまま固まっている。
そして、オフィスには誰もいなくなった。
凪「……」
凪、会議の資料を、黙々とコピーし始める。
と、ピコン、という音。
凪「ん？」
江口の席、充電したまま置き忘れられたスマホ。
と、スマホの画面、グループメッセージが開きっぱなしで。
江口『大島さんが仕事代わってくれたから、今から行くねー』
凪「……！」

凪「……」
足立『もう着いてるよー』
お店で一杯やっている足立の自撮り。
凪の目の前で、どんどん会話が上がってくる。
織部『私も、もうすぐつきまーす。
大島さん不憫（笑顔の絵文字）』
足立『しょうがないよー　あの子ノリ違うんだもん』
織部『「わかるー」しか言わないし』
足立『時間節約には使えるけどね』
織部『ひど』
織部『でも、さすが〜って持ち上げとけば、なんでもやってくれて感謝』

足立『うちら専用の下請け？』
足立、悪巧みしているようなキャラのスタンプ。
織部『ブラック！』
織部、お腹を抱えて笑っているキャラのスタンプ。

凪「……」

凪、動けずにいると、また、ピコンと鳴る。
足立『私絶対に大島さんみたいになりたくないわー』

凪「……」

凪、つぶやく。

凪「……わかる」

×　×　×

夜。凪、会議ブースで、黙々と資料をホッチキスで留めている。
江口がスマホを取りにきて、こっそり戻っていくが、凪、振り返らない。

凪「……」

と、スマホに新着メッセージ。恐る恐る見ると、慎二から。
『まだ残業。終わったら凪んち行くわ』

凪「……！」

凪、返信を打とうとして、気づく。
窓の外、営業部、まだ灯りが点いていて、窓際に、慎二がいる。

凪「……」

○化粧室（夜）

凪、髪をとかしている。

○同・廊下～営業部（夜）

凪、歩いていく。
慎二の背中が見え、ホッとした顔になる。

慎二「結婚？」

凪、足を止める。

慎二「ないない！」

凪「……」

同僚と話している慎二。

小倉「でもガモさん、付き合ってるっぽい子いるじゃないすか？　この前も飲み会の後、その子んち、寄ってくって」

慎二「あー、あれ？　……あれはね」

凪「……」

慎二「アッチがいいから会ってるだけ」

凪「……！」

井原「うわー。そんなにいいんすか、体の相性」

慎二「そりゃーもー」

小倉「最高じゃないっすか。じゃ、彼女じゃないんだ」

慎二「だってそいつ一回食った後の野菜の根っこ、育てて何回も何回も食うわけ」

凪「……」

慎二「作るメシも貧乏くさいし、コンセントとかいちいち抜くし」

凪「……」

慎二「俺、そういうケチくさい女、生理的に無理なんだわ」

井原「（笑って）ひっでー！」

同僚たちと笑った慎二、凪と目が合う。

空気が固まる。

慎二「……」

凪「……」

凪、いつものように笑おうとする。が、笑顔がうまく作れず、呼吸ができない。

凪「はっ……はっ……」

慎二、固まったままそんな凪を見ている。

凪、過呼吸になり、胸を押さえて、床に崩れ落ちる。

井原「ちょっ！　大丈夫すか?!」

慎二の同僚たちが駆け寄る。

小倉「具合悪い？」

凪、最後の救いを求めるように、慎二を見上げると、慎二、ドン引きした顔で凪を見下ろしている。

凪「……」

凪の目の前、真っ暗になり。

○凪の会社・廊下（一週間後）

『一週間後』のテロップ。

出張戻りの慎二、紙袋を持って歩いている。

と、慎二に向かって歩く、サラサラストレートヘアーの女性。

だが、慎二、目もくれず、通り過ぎる。

女性、慎二を振り返る。

それは、凪ではなく、大阪支社からやってきた市川円《いちかわまどか》、

円「……」

嶋「市川さん、お疲れさま（こっちと会議室に手招き）」

円「はいっ」

○同・営業推進課

慎二「どーも。これ、北海道出張のお土産。皆さんで」

足立「えー、嬉しい〜!　コーヒー、飲みます?」
慎二「お、もらう。ここ、空いてる?」
足立「どうぞ」
　慎二、凪の席に座る。
足立「その席の子、急に辞めちゃって大変なんですよー」
慎二「会社、辞めた?」
足立「そう、今朝電話でいきなり辞めますって」
　デスクにメモ書き。『大島さん連絡先　立川市××（スマホはもうつながらないとのこと）』
慎二「（チラっと見る）」
足立「知りません?　大島さんって、ほら、髪真っすぐでおとなしめの子」
慎二「そんな人いたっけ?」
足立「（笑って）もー、我聞さん、ひど〜!」

○立川・川沿い

　荒い息遣い。

　橋を渡っていく自転車。

　道行く人が振り返る。

　汗だくで自転車を漕いでいるのは、天然パーマ、もじゃもじゃ頭の凪。

　背中には巨大な風呂敷包み。

　包まれているのは、布団だ。

　凪、夢中でペダルを漕ぐ。

○アパート・前の道

　汗だくでヨロヨロと自転車を押してきた凪、目の前には、だいぶ年季の入ったアパート。

凪「え?　こ、ここ……?」

　不動産屋でもらったチラシを見る。

『エレガンスパレス　家賃３万円』

凪「安いなとは思ったけど……写真と全然……」

よく見ると、小さな字で、『風呂付きクーラーなし』

凪「え？　クーラーなし?!　この暑さで?!　……ん？」

凪、ゴミ捨て場に捨ててある扇風機を見る。

凪「……まだ動きそう……でも人としてそれは」

女子高生１「ヤダー、人として終わってるでしょ」

凪「！　ま、まだ拾ってないです！（と言いかけると）」

女子高生２「ほんとだー、またやってるよ」

凪「いえっ、まだ一度め」

女子高生１「お釣り漁りババア！」

凪「お釣り漁りババア？」

凪、振り返ると、吉永《よしなが》みどりが、自動販売機の下のお釣りを漁っている。

凪「！」

みどり、十円玉を拾って、満足げに微笑むと、凪の前を通り過ぎる。

凪「……」

○アパート・中廊下

凪、恐る恐るアパートに入ってくる。

凪「１０３……」

と、ガラの悪そうな二人組が外に出ていきながら、

タカ「まじでー?!　アレ、十万で売れたの!?」

ノリ「超ラッキーだべ?!　ギャハハ！」

タカ、ノリ、笑って凪の両脇を通って去る。

凪「（身を硬くして）……１０３」

凪、自分の部屋の鍵を開けようとすると、帰ってきた小学生の白石《しらいし》うららと鉢合わせ。

うらら、隣の部屋の鍵を開けようとする。

凪「あ、こんにちは。あの、今日からここに」

うらら、凪の頭を冷めた目で見ると、１０２の部屋に入っていく。

凪「（自分の髪に触れ）……」

○同・凪の部屋

凪、鍵を開けて、自分の部屋に入る。

そこは六畳の何もない部屋。

凪、布団を下ろし、しばし呆然。と、隣（１０４）の部屋から、ドン！という音。

凪「ひっ！」

ズンズンと低音の音楽と若者たちの笑い声。

凪「！」

ベランダに出て様子を探ろうとすると、ゴーヤに覆われた隣の部屋。

凪「ゴーヤ……」

凪、ゴーヤが気になって、見つめると、ゴーヤのカーテンからぬっと突き出た腕にタトゥー。

凪「!!」

ゴン、ベランダで瓶ビールを飲む。

エリィの声「ゴンちゃん、何してんのー？」

ゴン「んー」

ベランダに背をもたれたゴンと、

目が合う前に、凪、しゃがんで隠れ、慌てて部屋の中に引っ込む。

凪「……えらいところに来てしまった」

凪、何もない六畳の部屋に正座。
カーテンがたなびき、気持ちのいい風が入ってくる。

凪「(風を感じて)でも……」

ゴン「(同じ風を感じている)」

○道

外回り中の慎二に風が吹く。

慎二「……」

○アパート・凪の部屋・ベランダ

風が吹き、凪のもじゃもじゃの髪が揺れる。

凪、深呼吸するように、大きく息を吸って、吐く。

凪の声「大島凪。二十八歳。無職。しばしお暇《いとま》いただきます」

○イメージ・水の中

冒頭のイメージ。水の中、溺れそうになっていた凪、水上に顔を出し、思いっきり、空気を吸う。

○立川・凪のアパート(日替わり、朝)

六畳のアパート。
汗だくで寝ている凪。突然、飛び起きて、

凪「は! 今何時?! 遅刻っ!」

だが、凪、部屋を見回し、

凪「……いいのか。もう会社行かなくて」
凪、窓を開けて、再び、布団に倒れる。

凪「うわぁ〜、しあわせ……」

○街

午後。
ひまわりが咲く道を自転車でのんびり散歩する凪。

凪「気持ちいー……」

○図書館

凪、たくさん本を抱えて、

凪の声「夏の避難所。図書館サイコー」
凪、席について開くのは、『なりたい自分になろう！』という本。

凪「ウィッシュリストを作りましょう。真っ白なノートに自分の好きなものや、今後やりたいことを書き出していくのです」

凪「ウィッシュリスト。なるほど……」

×　×　×

凪、買ってきたノートを開く。

凪「時間はたっぷりあるもんね」
凪、ペンを手に持ち、

凪の声「ゆっくり自分を見つめよう。これからやりたいこと」
凪、書こうとする。

凪「……」

×　×　×

時間経過。
図書館、人が減っている。
ノートは白いまま。同じ姿勢で固まっている凪。

凪の声「やりたいこと……やりたいこと……」
凪「……」

×　　×　　×

時間経過。人は凪以外、いない。
ノートは白いまま。同じ姿勢で固まっている凪。
凪の声「なんっっも、思い浮かばない！」

○ファミレス・外観（深夜）

○同・トイレ（深夜）

トイレの個室。凪、呆然と座っている。

凪「……え？　私、早まった？」

×　　×　　×

水を流す音。凪、個室から出てきて、鏡に映った自分の顔を見つめる。
凪の声「やりたいこともないのに、思い切りすぎた？」
合わせ鏡。奥にもずっと、凪の顔が並ぶ。
凪の声「二十八歳。独身。無職。もし、このまま貯金が尽きたら？」

○街（日替わり、朝）

凪、寝不足の様子で自転車を押して歩いていく。
駅に向かうビジネスマン、ＯＬや、子供の手を引いた主婦、学生たち。
凪「……（不安になり）」
と、凪の目の前に、みどり。
凪「あ……『お釣り漁り』の……」
みどり、パン屋の前でパンの耳を

恵んでもらっている。

みどり「ありがとうございます……」

凪「！」

みどりが去っていくと、

店員「店長、あの人来ると他のお客さん引いちゃいますよ」

店長「でも、気の毒だろ。ずっとお独りみたいだし」

凪「ずっと、お独り……」

凪、アパートへ帰っていくみどりの後ろを歩く。

その丸まった背中は寂しげに見える。

○凪のアパート近くの道（朝）

みどり、凪と同じアパートに入っていく。

凪「！」

凪、みどりの背中を見つめながら、

凪の声「あれが、おひとりさまの成れの果て？」

凪、ぶるぶると頭を振り払う。

○アパート・凪の部屋（朝）

帰ってきた凪。

凪、六畳の何もない部屋を見つめ、

凪「私、このまま、ここで、ずっと独り？」

×　　×　　×

凪の妄想。

白髪のもじゃもじゃ頭のおばあちゃん凪。

同じような六畳の部屋。

ゴミ袋だらけの散らかった部屋。

転がったパンの耳の袋。

凪、布団の上でぽつんと正座。
凪、ふらふらとベランダに出ると、手をかけ、ベランダを越えて、飛び降りる。

×　×　×

凪「……」
凪、妄想を打ち消すように頭をブルブルと振る。
凪「いやいや、大丈夫！　飛び降りても、ここ二階だし！」
と、窓の外。
空から落ちてくる人間のような物体。
凪「え?!　何、今の、人?!」
凪、上の階を見上げ、
凪「まさか……」
凪、慌てて外に出る。
恐る恐る見ると、落ちていたのは、パジャマ。
凪「……」
ピンポンの音。

○同・みどりの部屋・玄関

みどり「はい（と、ドアを開ける）」
凪「あ！　……あの、これ、落とし物です」
凪、パジャマをみどりに渡す。
みどり「あらやだ。ありがとねえ。これ、お気に入りなのよ」
凪「いえ（と、愛想笑いで）、では」
凪、そそくさと帰ろうとする。
みどり「何かお礼しなきゃね。上がってって」
凪「い、いえっ」
凪、頑なに帰ろうとする。
みどり「どうぞ。お茶淹れるわね」
みどり、そう言って、先に部屋の

中に入っていってしまう。

凪「あ、あの」

○みどりの部屋・中

薄暗い部屋。
凪、半分目を閉じて、恐る恐る入ってくる。

凪の声「見たくない……とんでもないゴミ屋敷だったら……間違いなく、心がポキっと」
恐る恐る目を開く凪。

凪「……」
そこは、とても素敵な空間。
狭いながらもお洒落な小物や家具、カーテンで可愛らしく彩られた部屋。
『ラッキー貯金』と書かれた透明のお菓子の箱。

凪「……」
みどり「どうぞ座って」
みどりに促されて、可愛らしいソファに座る凪。
目の前には、プロジェクターの映画鑑賞スペース。
恋愛映画が映写されている。

みどり「映画、お好き？」
凪「え、はあ」
みどり「映画が好きでねえ、私。すごいのよお、最近のレンタルショップってシニア割引でとっても安く借りられちゃうの」
みどり、映画に愛おしそうに目をやり、

みどり「何度見ても、いいわねえ、このシーン」
凪「……」
みどり「あ、そうそう！　映画鑑賞のお供に最高なの」

台所に向かうみどり。

凪に差し出したのは、パンの耳のチョコポッキー。

みどり「どうぞ。チョコポッキー」

凪「……！」

みどり「作りたて。ポイントはね、チョコに練り込んだたっぷりのナッツとくるみと、美味しいパン屋さんのパンの耳を使うこと」

凪「……いただきます」

凪、ポッキーを見つめ、食べる。

凪「おいひい……」

みどり「でしょう？」

凪、ポッキーを食べていく。

みどり、凪の隣に座り、お茶を注ぐ。

二人、並んで温かいお茶を飲む。

凪「……」
凪、涙ぐみそうになり、ごまかすように手でぬぐう。
みどり「（凪を見る）」
凪「（それに気づき）いえあの……なんだか、ホッとして……」
みどり「下に越してきたのよね？　お布団一つで」
凪「え？」
みどり「見てたわよ。わけあり？」
凪「わけ……全然、大したことじゃ、ないんですけど」
凪、少しの間の後、ぽつり、と、
凪「倒れちゃったんです。会社で。過呼吸で、息、できなくなって」
みどり「……」
凪「そのままちょっと入院したりして。はは……なんか、よくある話ですよね」

みどり「……」

凪「……で。ま、ちょっとだけ？　しんどかったのは……倒れたことより……そんな時でも。誰からも。彼氏からも、同僚からも。誰からも、連絡、来なくて」

○病院・病室（数日前）

ベッドの上にいる凪。頭はモジャモジャ。

凪、スマホを見つめている。

凪の声「いなかったんです。私のこと、心配する人なんて、一人も」

○凪のマンション（二日前、未明）

退院後の凪、一人で、部屋でスマホを見つめている。

凪の声「当たり前ですよね。ほんとの友達でも……恋人でも、なかったわけだし」

SNSでは足立が飲み会の写真をアップしている。

凪「……」

時計が0時になり、スマホに『28歳のお誕生日おめでとう』とメール。

凪「！」

開くと、それは、回転寿しのクーポン券。

凪「……」

次に来たのは、スケジュールアプリの告知。

慎二との夜のデートの約束。

凪「……」

凪、スケジュールアプリを消す。

凪、SNSアプリを一つずつ、削

除していく。
慎二とのメッセージを消し、慎二の連絡先を消し、写真も消そうとして、慎二の写真が目に入ると、
凪、スマホを壁に投げつける。

凪「……」

凪、突然、立ち上がり、
ゴミ袋にどんどん物を入れていく。
慎二が使っていた食器も、ドライヤー、髪のお手入れセットも、洋服も、すべてゴミ袋に、放り込んでいく。

○夜明けの実景（二日前）

○マンションの前の道（二日前、朝）

凪、トラックを見つめている。

業者「じゃあ、こちらは引っ越し先の方に運びますね。不用品は後で、別のトラックが引き取りにきますんで」

凪「……」

業者がトラックのドアを閉めようとすると、

凪「……ちょっと待った！」

業者「え？」

凪「ごめんなさい、いらないです。全部、いらないです！」

凪、トラックに乗り込むと、風呂敷に包まれた布団を取り出して、

凪「残りは、処分してもらっていいですか？」

業者「え？　これ、全部？」

凪、布団を担ぎ、自転車に乗り、進んでいく。

凪の声「ここに来たのは……とにかく、ただ……
…」

○アパート・みどりの部屋（現在）

凪、涙をこらえ、
凪「まっさらに、なりたくて……」
みどり「……ポッキー、もう一本、いかが？」
凪「……（微笑み）いただきます」

○凪のマンション（現在、夕）

慎二、合鍵でドアを開くと、中はもぬけの殻。
慎二「……」
と、気づく。
窓際に、置き忘れられた豆苗が揺れている。
慎二「……」

○凪の部屋（夕）

戻ってきた凪。気づく。
窓の外には、綺麗な夕焼け。
凪「……よし！」
凪、財布を取って、外に出る。

○道（夕）

歩いている凪。走り出す。

○道（夕）

凪、小道を抜け出ると、そこには『八百屋のアニキ』という店が。
凪「こんなところに……（値段を見て）嘘……や、安！」
凪、感動して、いろいろ見る。
凪「納豆六十円？　アボカド四十五円!?　お買い得すぎ！　天国ですか?!　ここは」

凪、どんどんカゴに入れていく。

○『ヤオアニ』・レジ前（夕）

レジ前。凪、レシートを手に固まっている。

凪の声「って、計算違ってるんですけど!!」

凪、何度もレシートを見て、

凪の声「何度見ても二束百円の小松菜が五百円に」

凪、レジを見る。ヤンキー風の女性店員。

レジは混んでいる。

凪の声「今の私にこの四百円は大きいよ！　でも、混んでるし、ごねてるって思われたら……」

凪、肩を落とし、そのまま帰りかけ、

凪の声「また。空気読んで」

凪「……」

凪、足を止め、踵を返すと、レジに突進。

凪「あ、ああああのっ、こっ、これ、計算違くないですか?!」

店員「（若干キレ気味に）はあ？」

凪「この、こ、小松菜のとこ！」

店員「（じっとレシートを見つめ）……」

凪「（緊張の面持ちで店員をじっと見つめ）……」

店員「……（突然、大声で）ごめんなさーいぃ!!」

凪「え」

店員「またやっちゃったー、ほんとごめんなさーい!!　もうやだぁー」

凪「や、あの、そんな」

客「（笑って）おばちゃんのえのきあげるから許してあげて、お姉ちゃん」

凪「え、あ、いえ、そんな」
　笑う常連客たち。店内がほんわかとした空気に包まれる。
凪「……」

○アパート前の道（夜）

　凪、呆然と歩いてくる。

凪「……初めて、かも」

　凪、スーパーの袋を見つめ、
凪「言いたいこと言えた……！　……勇気出してよかったぁ……！」

　凪、じんわりと嬉しさがこみ上げてくる。

　と、目に入るのは、ごみ捨て場の扇風機。

凪「……」

　凪、あたりを見回すと、ダッシュして部屋へ。

　そんな様子を見ているのは、ゴン。

ゴン「……」

　スーパーの袋を置いてきた凪、ダッシュで戻ってきて、扇風機を抱えて、またダッシュ。

ゴン「……」

○アパートの前（日替わり）

　解体され、綺麗に洗われた扇風機を黄色のスプレーで染めていく凪。

○凪の部屋

　凪、乾いた部品を、組み立てる。

　凪の顔や手に、黄色いスプレーがついている。

凪「うん。やっぱこの色にしてよかった。ひまわりが咲いたみたい」

凪、扇風機を動かす。心地よい風。

凪「君はこれから、私の相棒だ！」

と、隣の部屋のベランダが開く音。

凪「……」

凪、ベランダの方へ。

様子をうかがっていると、ぬっと突き出るタトゥーの腕。

ゴン、瓶ビールを飲み始める。

凪「……」

凪、部屋に戻ろうとすると、扇風機と目が合い……凪、勇気を出して、

凪「ご、ゴーヤ、食べないんですか？」

こっちを振り向いたゴン。

ゴン「これ、ゴーヤなの？」

凪「は、はい。立派なゴーヤなのに、一度も収穫されてる感じがしなかったので、気になって」

ゴン「へー……友達が種埋めてて。ゴジラみたいなのがどんどんなるなーとは思ってたんだけど」

凪「ゴジラ……？」

ゴン、部屋の中に入る。

凪「(終わり？)」

ゴン、はさみを持って戻ってきて、ゴーヤをツタから何本か切って、凪に渡す。

ゴン「よかったら食ってやって。あ、でもその黄色いのはもーだめか」

凪「ちょ、ちょっと待っててください！」

凪、部屋の中へ戻っていく。

ベランダでゴン、凪の部屋の方をうかがっていると、ピンポンと鳴る。

○アパート・廊下

ゴンが出ていくと、凪が切ったゴーヤとスプーンをお皿に載せている。
黄色いゴーヤの中にはゴーヤの赤い種。

ゴン「これ……食えって？」
凪「種の周りの赤いところが絶品なんです。騙されたと思って」
ゴン「……」

ゴン、恐る恐る、食べる。

凪「(見つめ……)」
ゴン「……おお。甘い。うまい」
凪「で、ですよね！」
ゴン「うん」
凪「昔ゴーヤ育ててた時、おっかなびっくり食べてみたら、フルーツみたく甘くて感動して、この幸せの黄色いラッキーゴーヤ、誰かに食べて欲しいなって、ずっと思ってて」
ゴン「幸せの黄色いラッキーゴーヤ？」
凪「いや、あの、自分の中で勝手に呼んでただけですけど」
ゴン「ラッキーゴーヤ。はは」

ゴン、ふわっと笑って、

ゴン「知れて得した」

凪、ゴンの優しい笑顔から目を離せない。

凪「……」
ゴン「黄色。自分も」

ゴン、凪の顔を指差す。

凪「え？ 私？」
ゴン「(自分の頬を指差し) ここ」
凪「え、え？ 顔、なんかついてます？」
ゴン「こっち」

ゴンの伸ばした指が、凪の頬に触

れそうになる。

凪「(思わずドキッと)」

声「凪?」

凪、振り返ると、現れたのは、慎二。

凪「……!」

凪、とっさに慎二に背を向け、頭に両手をやって、自分のもじゃもじゃ頭を隠そうとする。

慎二、構わず、凪に近寄り、

慎二「どした? この頭」

慎二、凪の頭をわしっと摑むと、笑って、

慎二「まじかよ、お前……ブスになったなぁ」

凪「!」

そんな様子をうららが見ている。

と、慎二、笑顔で、

慎二「変なアタマのおばちゃんだよねえ」

うらら、冷めた様子で部屋に入っていく。

慎二「超警戒されちゃってるし(と、凪を見る)」

凪「……」

慎二「(ゴンをチラッと見て)ご近所迷惑だし立ち話もなんだし? 新居にお邪魔させてよ、凪」

凪「……」

○凪の部屋

慎二「うわ」

凪の部屋に入っていく慎二。

慎二「ほんと何もないじゃん。家具どうしたの? テレビは?」

凪「……」

慎二「あ、あれか、こんまり? 今、アメリカで流行ってんでしょ？　あれもこれも全部捨てて、人生リセットね！　何この汚い扇風機。もしかして自分でペンキ塗った？　ＤＩＹねー。自分流アレンジ、オンリーワンってやつ？　尊いわー」

凪「……」

凪の声「この人……」

慎二が笑いながら、部屋に上がりこむその足跡が、六畳の部屋に黒くペタペタとついていく。（凪の妄想）

凪の声「どうして、こんなに人のこと、土足で踏み荒らせるの」

凪「……」

慎二、凪を振り返り、

慎二「酒買ってきたから飲も。なんかつまみ作ってよ」

慎二、有無を言わさぬ様子で、凪を見つめる。

凪「……うん」

○アパート・外（夜）

ゴロゴロと音がして、雨が降り始める。

○凪の部屋（夜）

凪、ゴーヤの素揚げを作っている。

慎二「じゃまあ、新生活に乾杯！」

ダンボールをテーブル代わりにして、ビールで乾杯する二人。

凪「……」

慎二「うまっ。ゴーヤって揚げると、ワタ、フワフワになんのな」

凪「……」

慎二「いやでも、元気そうで安心したよ。ほら、あんなことがあったから。俺も結構傷ついたわ。出張から帰ってきて連絡したら、スマホ解約しててつながんないし。インスタもフェイスブックもアカウント消してるし」

凪「……」

慎二「まあ、気持ちわかるけど。SNSとの距離感、淡泊だったもんな。モノにも人にも執着しないタイプ?」

凪「……」

慎二「俺、応援するから。凪の新しいシンプルライフ。魂のデトックス」

凪「……」

慎二「ってことで」

慎二、当然のように凪に抱きついてくる。

凪「!」

凪のTシャツをたくし上げ、首筋にキスしようとして、

慎二「イテッ! 髪の毛目に入った。お前、この頭変だよ。元に戻してちゃんとしろよ」

凪「……」

凪を押し倒す慎二。

凪の視界に入るのは、扇風機。

凪「……」

扇風機「……」

凪「……したら帰ってくれる?」

慎二「は?」

凪「会社の人に言ってたでしょ。私と会うのはアッチがイイからだけだって」

慎二「……あれは、その男同士のその場のノリっていうか。あんだろ。そういう空気」

凪「空気」

慎二「そ。空気」

凪「……」

凪、慎二を押しのけ、起き上がる。

凪「あのね、慎二」
慎二「……」
凪「私、こっちの頭が地毛なの。子供の頃から変な頭ってからかわれて嫌でたまんなくて。月一でストパかけて毎朝一時間かけてブローして、必死で真っすぐにしてたの」
慎二「……」
凪「それにね。私、全然淡泊なんかじゃないよ。モノにも人にも執着しまくりだよ。唯一の趣味、節約なのに、全部捨てたくなんかなかったし、SNSは二十四時間スマホ片手に監視体制だったよ」
慎二「……」
凪「私の知らないとこでみんなが楽しくしてるの見つけたら、胃がひっくり返るくらい悔しかったし。慎二と付き合ってるって、早く、みんなに言ってやりたくてたまんなくて、もし、慎二と結婚したら、『結婚しました』ってSNSに載せたらどれだけスカッとするかなって、いつも想像してたよ、いつも」
慎二「……」
凪「だから、慎二にやだなって思うことされても、言われても、何も言えなかった。嫌われたくないから」
慎二「……」
凪「でも、そういうのもういい。そういう自分ごと、もういらない」
慎二「……」
凪「もう……空気、読みたくない。だって……」
慎二「……」
凪「だって、たぶん、空気って……読むものじゃなくて、吸って吐くものだと思うから」
慎二「……」
凪「……」
慎二「……今までの自分、全部捨てて？　まっさらになって？　ありのままの私を愛してくださいってか？」
凪「……」
慎二「スべってんだよ、お前」
凪「……」
慎二「モノ捨てて引っ越したくらいで、人生リセットできてたまるかよ」
慎二、凪の頭をわしっと摑むと、
慎二「いいか？」
凪「！」
慎二「お前は絶対、変われない。絶対に」
凪「……」
慎二、部屋を出ていく。
凪、力が抜けたように座り込む。
凪「……」
凪、突然、立ち上がり……。

○道（夜）

雨の中、歩いていく慎二。
と、凪、猛烈な勢いで、走り出てきて、遠ざかる慎二の背中に、大声で、
凪「スっ、スベッてても全然いいっ!!」
慎二「(足を止め)」
凪、叫ぶ。
凪「ありのままの私を愛してくれなくていいから、今後一切、私に関わらないで！！！！」
慎二「……」
凪「……」
凪、はぁ、はぁ、と荒く息を吐く。
慎二、振り向く。二人の目が合う。
凪「……」
慎二「……」
慎二、軽く笑って、
慎二「また来るね」
慎二、去っていく。

凪「……」
　傘を差しコンビニの袋を提げたゴン、そんな様子を見ていた。
　ゴンと慎二、すれ違う。
　慎二、ゴンに目もくれず、歩いていく。
　凪、踵を返し、一人、アパートに向かって歩いていく。

○道（夜）

　雨が降る。
　凪、一人、アパートへ向かって歩いていく。

凪「……」

○凪のアパート（夜）

　凪、濡れて帰ってくる。
　と、みどりが手招きしている。

凪「……」

○同・共同スペース（夜）

　凪の濡れてぺしゃんこになった髪を、ドライヤーで乾かすみどり。
　無言でそのままにされている凪。
　と、ドアが少し開く。
　覗いているのは、うらら。

みどり「いらっしゃい」
　うらら、中に入ってくる。
　うらら、凪の頭を見つめる。

みどり「はい。オッケー」
　うらら、凪に、

うらら「さわってもいい？」

凪「え？」

うらら「あたま」
凪「えっ……なんで？　……い、いいけど」
みどり「(微笑む)」
うらら、凪の頭に手を伸ばし、
うらら「うわ、やっぱり、ふわふわ」
と、うらら、凪の頭を、もふもふ、と撫でて、
うらら「初めて見た時からずっとさわりたいなって思ってたの」
凪「……」
うらら「ふわふわのワンちゃんみたいで気持ちいい。いいな、この髪の毛」
凪「……」
凪、その言葉に、じわりと涙、こみあげ、
凪「……わん」
みどり、笑う。
みどり「……。ごゆっくり」
凪「え？」
みどり「今は、しばしのお暇でしょ」
凪「おいとま……」

○実景（夜）
雨が止んで、月が出ている。

○立川駅前（夜）
慎二の後ろ姿（顔は見えない）。
軽快に歩くその足取り。
赤信号。
慎二、構わず、渡っていく。
車が急ブレーキを踏む。
信号待ちをしていたうららの母親の白石みすず、慎二の顔を見て、
みすず「……！」

ゴンのアパートへ向かうエリィたち、慎二とすれ違い、

エリィ「ちょっと、今の人見た？」

タカ「やっべーな」

ノリ「信号無視？」

エリィ「じゃなくて！　めちゃくちゃ泣いてた！　ボロ泣き‼」

みすず「……」

○スナックバブル・表（深夜）

○同・中（深夜）

サラサラストレートの夜の蝶・杏《あん》の横で、泥酔している慎二。

杏「ガモちゃん、そこまで飲むの珍しいね」

慎二「俺のこと、リセットできると思うなよ」

ママ「振られたの？」

慎二「……」

ママ「ガモちゃんの本命ってどんな子？」

慎二「……。見ちゃったんだよ。付き合い始めの頃」

○慎二の部屋（回想・冬）

早朝。凪が起き上がる気配に、目覚める慎二。

そのメドゥーサのような爆発した頭にギョッとする。

凪、リビングに行き、自分のバッグから、取り出すのは、ヘアケアセット。

慎二、寝たふりをして様子をうかがっていると、リビングで、一生懸命、髪をブローし始める。

慎二「……」

慎二の声「俺にばれないように、五時起きで、一時間以上かけて」

慎二の凪を見つめる視線。

慎二、本気で惚れてしまった。

慎二の声「何それ、めっちゃ健気。そん時思っちゃったんだよね。こいつのこと、一生守る！　って」

× × ×

慎二、杏の膝に泣きつき、

慎二「……俺、そいつのことメッッッチャ、好きなんだわー」

慎二、ぼろぼろと泣く。

ママ「(笑って) ちょー、不憫！」

○凪のアパート・外（朝、日替わり）

ギラギラとした太陽が照っている。

蝉の声。

○同・凪の部屋（朝）

止まっている扇風機。

寝ている凪。

凪の声「大島凪。二十八歳。しばしお暇いただきます」

凪、暑さに、汗だくで、

凪の声「そんな矢先、死ぬかもです。干からびて」

と、ピンポンと鳴る。

凪、ふらふらと立ち上がり、ドアを開けると、目の前にいたのは、ゴン。

ゴン「お皿」

ゴン、ゴーヤのお皿を返しに来た。

凪「あ、はい」

凪、自分の格好などを気にしつつ、皿を受け取る。
ゴン、汗だくの凪の姿を見て、ふっと笑うと、手を広げる。

凪「?」

凪、わけもわからず、つい、真似をして手を広げる。

ゴン「ごちそうさま」

ゴン、凪にハグ。

凪「……!」

ゴン、微笑み、

ゴン「おやすみ」

ゴン、去っていく。

凪「……」

凪、後ずさり、扇風機につまづいて、扇風機共々、布団に、こてんと横になる。

凪「……何。今の」

○タイトル

第2話『凪と新しい恋と、リセットされた男』

○凪のアパート・外（朝）

蝉の声。ギラギラとした太陽が照っている。

眠そうにベランダに出てきたゴン。

ゴン「ん？」

近所の竹やぶから竹を持って出てくる凪。

ゴン「……」

凪、ナタで竹を半分に割る。

凪の声「大島凪。二十八歳。無職」

○同・凪の部屋

凪、半分に割った竹を水道からダンボールのテーブルにつなぐ。

凪の声「これまでの人生、まっさらにリセットして」

凪、水を流し、自分でそうめんを流して、自分で受け取って、ズズッと啜って食べる。

凪「んー……夏！」

凪の声「しばし、お暇いただきます」

○会社・営業推進課

慎二、顔を出すと、

慎二「お疲れ！」

足立「我聞さん」

足立、ハガキを書いていたところ。

慎二「暑中見舞い？　早くない？」

足立「違うんです、あの辞めちゃった地味な子の引き継ぎ」

慎二「へー」

江口「足立さん、かわいそ」

織部「大島さんの仕事、地味に量、多かったですもんね」

足立「(慎二に)その子、SNSもスマホも全部解約しちゃって」

○凪のアパート

足立の声「連絡取ろうにも取れなくて」

のんびりと昼寝をしている凪。

扇風機、カタカタと音を立てて、止まる。

凪「え？　嘘でしょ」

○会社・営業推進課

足立「今時引き継ぎのやり取り、手紙でなんて、ありえないでしょ！」

足立のデスク。凪からの几帳面な引き継ぎ事項が書かれたハガキが何枚か並んでいる。

慎二「(見て)……」

江口「会社も人間関係もスッパリ切り捨てちゃって」

足立「辞めた理由、『ゆっくり自分を見つめ直したい』だって」

慎二「へー、自分探し。新しい自分、見つかるといいね」

○同・喫茶スペース

慎二、小倉、井原と話している。

川島「あ〜、もう俺、転職しようかな」

慎二「何、どうした」

川島「我聞さんみたいに営業、向いてないですもん。ほらあの、この前ぶっ倒れた事務の子みたいになりたくないなって」

慎二「……いや、『向いてない』とか、言わない」

井原「あー、あれ気の毒だったよな。過呼吸だっけ？　目血走って、鼻息荒くして、ひっでー顔してたよな」

慎二「だよなー」

○スナックバブル・表(夕)

杏の声「まだオープン前なんですけど」

○スナックバブル(夕)

慎二、酒をあおる。

慎二「おかわり」

杏「(注ぎながら)まだ荒れてんだ。わざわざ立川まで会いに行ったのにふられちゃったんだもんね。せつな」

慎二「……いやー、笑えたわ。あいつの自分探し？」

○凪のアパート・凪の部屋（夕）

慎二の声「ボロッボロのアパートで」
凪、汗だくで扇風機を直している。
臭いに顔をしかめ、自分のTシャツを嗅ぐ。
部屋の隅、洗濯物が溜まっている。

○凪のアパート・共同スペース（夕）

慎二の声「愛想のねーガキと」
凪、洗濯物を持って歩いてくると、うららがおやつのビスケットを無表情で食べている。

○ゴンの部屋・ベランダ

部屋の中からクラブ系の音楽。
ゴン、ビールを飲んでいる。

慎二の声「やベークスリでもやってそーなパリピ？」

○スナックバブル（夕）

慎二「まさに都落ちってやつ」
杏「その都落ちの彼女に捨てられた男ってわけ」
慎二「捨てられた？　俺が？　いつ？　あんなありのまま気取りのブス、俺の方からね」
杏「女の子にブスはダメー」
ママ「案外彼女、そのパリピ男にもうやられちゃってたりして」
慎二「え？　（余裕で笑い）ないって。あいつ男の趣味かたいから」
ママ「わかってないな、ガモちゃん」

○コインランドリー（夕）

ママの声「やばい匂いのする男は、これから冒険したい女にうってつけじゃない」
ゴンが歩いてくる。
と、凪が体操をしている。

凪「六！　七！　八！　九！　十！」
ゴン「……」
凪「（ゴンに気づき）は！　……あ、あの、こんにちは」
ゴン「何してんの？」
凪「いやあの……洗濯待ってる前にエクササイズを。これならお金かからないし」
ゴン「……」
ゴン、凪に近づき、
ゴン「君、面白いよねえ。相当」
凪「え……あ……え？」
エリィ「何、女、くどいてんの？」
間に割って入るエリィ。凪に、
エリィ「ごめんねー、こいつ人との距離感、おかしいから」
タカ「出たよ、この人たらし」
ノリ「お姉さん、気をつけてねー」
ゴン「ごめんね、昨日夜通しうるさかったでしょ？　次のクラブイベントの打ち合わせがあってさ」
凪「く、クラブイベント？」
ゴン「こいつら全員パフォーマーなんだ」
凪「ぱ、パフォーマー？　……あ、あの……、それで（ゴンの方を見る）」
エリィ「ゴンちゃん？　まあ、言ったらイベントオーガーナイザーってやつ？」
凪「イベント、オーガナイザー……」
凪、洗濯物を入れているゴンを見つめ、妄想を描いていく。

○凪のイメージ・クラブ

クラブに行ったことのない凪のあやふやな想像。
暗がりの中、踊る人々。

凪の声「クラブ、パフォーマー、パーティィピープル」

ゴン、若者たちの間を抜けていく。

凪の声「タトゥー……イベントオーガナイザー」

ゴン、怪しい男とそっと小さな袋をやりとりする。

凪の声「……危険ドラッグ！」

○コインランドリー（夕）

ゴン「どう？　気持ちいいよ」

ゴン、白い袋を凪に差し出す。凪、後ずさり、

凪「いいいえっ！　私はしらふで十分気持ちよくなれますのでっ！」

ゴン「そう（と、洗濯機に白い粉を入れ）、気持ちぃーくらい真っ白になるのになー」

凪「……」

凪、後ずさったまま、

凪の声「とにかく、関わりあっちゃダメな人たちだ……」

タカ「俺ら今からバーベキュー行くんだけど」

凪「え？　バーベキュー？」

ノリ「おねーさんも一緒に行こうよ」

凪「え?!　い、いえっ、私はあの、えっと」

エリィ「困ってんじゃん。無理に誘っちゃかわいそうだよ。じゃ、ゴンちゃん、先行ってるね（と、去っていく）」

凪「……」

コインランドリーには凪とゴンし

かいなくなり、

凪の声「どうしよう……洗濯終わるまで三十分」

ゴン、袋から取り出すのは二つのマグとグラス。

凪の声「イベントオーガナイザーの、パーティピープルと二人きり」

ゴン、マグの一つから氷を取り出し、グラスに入れ、もう一つのマグから温かいコーヒーをグラスに注ぐ。

凪の声「……間が持たないよ！」

凪「あの、わ、私一旦、部屋に」

ゴン「喉渇かない？」

凪「え？」

ゴン、凪に差し出すのは、アイスコーヒー。

ゴン「はい、淹れたてー」

凪「……！　あ、ありがとうございます。わ、いい香り」

ゴン「ココナッツフレーバー」

凪「南国ですね」

ゴン「はは、そーねー。南国だねー」

凪「……」

凪、ゴンの笑顔からそらすようにコーヒーを一口。

凪「……」

どこからか波の音。気持ちのいい風が吹く。

凪の周りの時間がスローモーションに。

凪「（ぼーっと）」

外の道を風鈴売りがゆっくりと通り過ぎる。

凪「（ぼーっと）」

外の道を神輿がゆっくりと通り過ぎる。

のんびりとした何もしない時間。
洗濯機からピーという音。
凪、ハッと気がつく。

凪の声「え？　もう、三十分?!」

凪、驚いて、ゴンを見ると、ゴン、微笑む。
凪、その笑顔に引き込まれそうになるが、

凪の声「いやいや、ダメ」

凪「(立ち上がり) あの、これ、ごちそうさまでした！」

凪、急いで洗濯物を出していく。

○スナックバブル（夕）

慎二「(酔っていて) まさに都落ちってやつよ！」

杏「ガモちゃん、三十分前とおんなじこと言ってる」

慎二「やばい匂いのする男とあいつが？　ないね！　ないないない！」

○コインランドリー（夕）

凪「じゃ、お先に失礼します！」

凪、洗濯物をシーツに包むと、背中に背負って、慌てて出ていく。

ゴン「またねー（手を振る）」

凪、思わず手を振り返す。回る洗濯機。

凪の声「この恋の歯車……回っちゃダメなやつっ！」

○タイトル

○アパート・外の道（日替わり、朝）

凪、ゴミ出しをすると、うらら、毛糸であやとりしながら登校している。

凪「おはよう」

うらら「おはようございます」

うらら、凪を見つめる。

凪「(しゃがんで)どーぞ」

うらら「失礼します」

しゃがむ凪の頭をもふもふするうらら。

うらら、相変わらずクールに、

うらら「学校へ行きますので、私はこれで」

うらら、行こうとすると、同級生たちに遭遇。

うらら「ちょっと隠してもらっていいですか」

うらら、凪の後ろに隠れる。

凪「……わかる! 私もうららちゃんの頃、あのランドセルの群れが苦手でね」

うらら「あ、そうじゃなくて。話合わないんですよね」

凪「え?」

うらら「TikTokってクラスの子の間で流行ってるんですけど何が楽しいのかわかんなくて」

かのん(同級生)「あ、うららちゃん!」

うらら、見つかると、凪にあやとりの糸を押し付け、

うらら「あげます」

凪「え?」

うらら「おはよー」

うらら、あっさり友達の中に入っていく。

凪「……」

と、その横に、すっと現れたのは、ゴン。

凪「!」

ゴン「クールだよねー、うららちゃん」
　ゴン、凪と目が合うと、微笑む。

○凪の部屋

　郵便物を手に戻ってきた凪。
凪「あの笑顔が、やばいんだよ……（思わず微笑む）」
　と、凪の目の前の畳に、黒い足跡（凪の妄想）。
凪「！」
　凪、思い出す。
×　×　×
　凪の部屋に入ってきた慎二。
慎二「ほんと何もないじゃん」
　慎二の足跡がペタペタと畳についていく。
×　×　×
凪「……」
　凪、その足跡を雑巾で拭く。
　と、別の足跡が現れる。
×　×　×
慎二「いいか？　お前は絶対、変われない。絶対に」
×　×　×
　凪、慎二の呪いを打ち消すように雑巾がけ。
凪「見てろよ、慎二。私は絶対」
　と、凪、気づく。届いているのは、様々な支払い用紙。
凪「……」
　凪、通帳を開く。引っ越し代が引き落とされたばかりで、貯金残高100万円。「浄水器ローン引き落とし」の文字。
　凪、紙に手書きで計算、

凪「家賃三万円、公共料金六千三百円、国民年金一万六千四百十円、住民税一万二千二百十七円」

凪、紙を見つめ、

凪「あ！　これ、ぜったい忘れたらダメなやつ！」

凪、書き足す。『実家への仕送り三万円』

凪「はぁ……生きてるだけでお金って減ってい くんだな」

凪、通帳を持ったまま寝転がる。と、

慎二の声『お前は、絶対変われない』

凪、ガバッと起き上がる。

○ハローワーク・外観

○ハローワーク

凪、担当者の砂川《すながわ》と向き合う。

砂川「失業保険ね、では書類確認します。給付制限が三ヶ月ありまして、お金入るのはその後になりますから」

凪「あ、はい」

凪の声「三ヶ月後……それまで食いつながないと」

砂川「あとひとつ、すみません、辞めた理由が『一身上の都合により自己退社』とありますが、理由はなんですか？」

凪「え……あの……な、長年勤めてた会社に私が合わず、つ……積もり積もって限界がきて、か……過呼吸に、なってしまって……」

砂川「あー、メンタル系ね。最近多いですよね、そういうの」

凪「！」

凪の声「そ、そんな言い方しなくても！」

隣の担当者の声「だから、何度も言ってるじゃない」

隣で、ベテランのおじさん担当者から、苦言を言われている坂本《さかもと》龍子《りょうこ》。

隣の担当者「あなたは以前の職場の経験を生かした方が」

龍子「いえ私が探しているのはキャリアアップできる仕事なので」

隣の担当者「ご自身の年齢を考えたら、もっと現実見た方がいいんじゃないですか」

凪、龍子を見つめ……。

○女子トイレ

凪、手を洗っていると、個室から出てきた龍子、隣で手を洗う。落ち込んでいる様子。

凪の声「そうだよね。へこむよね」

凪、手を洗い続けながら、

凪の声「……話しかけたら、ダメかな。……でも、場所が場所だし。『は?』って反応されたら傷つ……私、また空気読んで」

凪「……」

凪「こっ! ここの職員さん、アク、強めですよね」

龍子、驚いたように凪を見て、

龍子「……アクが強いっていうか、『圧』が強いですよね」

凪「ああ……そうですね」

龍子「無職っていう負い目があるから余計にそう見えるのかもですけど」

凪「あ、それはあるかも……あ、あの、お互い頑張りましょ」

龍子「……(微笑む)ですね」

凪「(嬉しく)」

○ベンチ

凪、龍子、話している。

龍子「条件は落としたくないんですよね、私。前の職場は妥協してすり減るだけだったんで、次は絶対に失敗したくないんです。もう自分に嘘ついて働きたくない」

凪「(龍子を見つめ)……すごいです、坂本さん。前向きで、まぶしい」

龍子「いやいや、とか言っちゃって面接落ちまくってるんですけど。でも……それも捨てたもんじゃなかったかも」

凪「え？」

龍子「こうして職探ししてたから大島さんに会えたんですもんね……とか、言っちゃったりして」

凪「……わ、私も。勇気出して、話しかけてよかったです。こんな風に、お話できて」

龍子「あ……あの……もし、よかったら、お茶でも。大島さんともっとお話、したいです……」

凪「……(嬉しく)もちろんです!!」

凪の声「え、これって……友達？　友達、できちゃった！」

龍子の声「そんなわけで」

○ファミレス

龍子「この石のおかげで私は前向きに生きることができるようになったの」

龍子、腕につけた天然石のブレスレットを見せる。
凪の両隣、同じブレスレットをつけたおばさん二人にピッタリと挟まれている。

龍子「身につけてるだけでカルマが浄化される

から、絶対にいい仕事が見つかるし、お値段もお手ごろだから、大島さんにもぜひオススメしたくて」

凪「……」

凪の声「……そういうこと!?　そして、当たり前のようにいるこのライトとレフトの人！」

ライトの女「私もね、義理の母とうまくいっていなかったんだけど、この石をつけた日からね……」

レフトの女「この石のおかげで、息子が、絶対無理って言われてた難関校に合格して……」

二人、笑顔で、石の効果について喋りまくる。

凪「（笑顔で固まり）……」

凪の声「昔からこうだったな。私に近づいてくるのは」

凪の目の前、過去の思い出フラッシュバック。

×　×　×

友人1、笑顔で、五十九万八千円の浄水器のパンフを見せ、

友人1「友達だから、大島さんに体の中から健康になって欲しくて。大丈夫、ローン組めるし」

×　×　×

友人2、笑顔で、コスメのセットを差し出し、

友人2「友達だからこそ大島さんにもオススメしたくて。大丈夫、別の友達紹介してくれれば大島さんにもお金入るし」

×　×　×

龍子、笑顔で、

龍子「大島さん。一緒に幸せになろう」

凪「……」

愛想笑いで固まる凪の下に選択肢のカードが現れる。
『「いらない」と言う』『買う』
『「いらない」と言う』が前に来るが、

凪の声「はっきり言えないのは、この笑顔が崩れる瞬間が怖いから」
選択肢のカード、次々にスクロールして現れ、『話をそらす』『「また後日」に持ち込む』『とりあえず契約。できれば、クーリングオフ』

慎二の声「浄水器売りつけられた？」
凪「（思い出し）……」

○凪のマンション（回想・冬）

慎二、凪、鍋を食べながら、

慎二「ま、そうなるよなー」
凪「え？」
慎二「俺が声かける方だったら絶対凪に声かけるもん。だってお前いい人そうだし。あ、いい人ってのは、どうでもいい人ってことな」
慎二、笑顔で、
慎二「なめられてんだよ、お前」

○ファミレス

凪「……。いらないです」
龍子「……」
凪「浄化されなくていいし、仕事も自分で見つけます。私は、その石に全く興味がありません」
凪、財布からお金を取り出し、
凪「これ、お会計です」

店を出ていく凪。

○道

走ってきた凪。息をつく。

凪「こ、断れた……」

だが、凪、気づく。持っているのは、財布だけ。

凪「って、カバン忘れたぁー!!」

凪、振り返ると、追いかけてきたのは、龍子。

凪「!!」

龍子、息を切らして、凪のカバンを差し出す。

龍子「……ごめんなさい」

凪「え？」

龍子「し……信じてもらえないかもしれないけど、石の話するの、ギリギリまで迷ったんです。あんな風に声かけてくれたの、大島さんが初めてだったから」

凪「……」

龍子「この石が、素晴らしいのは、ホントなんです。身につけるようになってから、私、本当にいろんなことに前向きになれて……でも、こういうことしてたら……」

凪「……」

龍子「友達……一人もいなくなっちゃった……」

凪「……」

龍子「……本当にごめんなさい」

龍子、帰っていく。

凪「(見つめ)……。いっ！　石っっ!!」

龍子「！」

凪「私は、その石に全く興味がないし、絶対にいらないけど……そういうの抜きでなら、また会ってお話ししましょう。普通に」

龍子「……。ありがとう」
凪「……（微笑む）」

○土手（夕）

凪、歩く。しっかりとした足取りで。

杏の声「そもそもさ」

○スナックバブル（夜）

杏「彼女が過呼吸になって倒れた時、なんでそばにいてやんなかったの？」
慎二「翌日北海道に出張だったんすよ。あの感じだと、電話するより、帰ったら直で謝るしかないって」
杏「体の相性だけって言われて？　倒れてもほったらかしで？　そりゃそんな男捨てて、人生変えたくもなるよねー」
慎二「あいつは変わる必要なんてないの。あいつは空気読んで、人の顔色うかがって、オドオドビクビクしてりゃいいんだよ」
ママ「なんでその子にはそんな辛辣なの？」
慎二「……それは」
ママ「ほんとに好きな子はついいじめたくなるっていうあれね」
杏「小学生？」
ママ「三年生ぐらいね」
杏「ガモさん、もっと女心勉強しなよ、端的に言ってクソだよ」
慎二「……！」
ママ「まあ、なんにせよ復縁はないね。変わりたい女と変わって欲しくない男、お互いそっぽ向いちゃってるじゃない」
慎二「……」

○慎二のマンション（夜）

慎二、届いたばかりの本を読んでいる。
タイトルは『彼女と復縁する100の方法』
テーブルの上には、凪の部屋に置き忘れられていた豆苗。

慎二「……」

×　　×　　×

過呼吸になってしまった凪の姿。

×　　×　　×

慎二、壁に本を投げつける。

慎二「……あーーーっ！！　くそっ！」

○立川・道（日替わり）

日曜日。凪、歩いている。
八百屋のアニキの袋に白菜丸ごと一つ。

凪「しばらくはこれで食べつなぐぞー。サラダにグラタンに鍋に」

と、凪、気づく。前を歩くのは、うららと友人たち。

凪「あ、うららちゃ……」

と、うらら、TikTokの流行りのダンスを、全力で踊っている。

凪「！」

かのん「うららっち、ほんとTikTok好きだよね！」

うらら「（決めポーズ）」

ゆきの「今日うちおいでよ。一緒にゲームやろ！」

うらら「ごっめーん！　お母さんとお菓子作る約束してるの」

うらら、綺麗なマンションのエン

トランスで、

うらら「今度うちにも遊びに来てね！」

凪「……」

ゆきの「うん、約束！」

かのん「もふもふのワンちゃんも撫でさせてね！」

うらら「うん！　バイバーイ！」

うらら、マンションの中に入っていく。

友達たちがいなくなると、うらら、マンションの前からそっと走り出す。

と、凪と鉢合わせ。

凪「……」

うらら「……」

○アパート近くの道

帰っている凪とうらら。無言。

○アパート・内廊下

それぞれ、鍵を開ける凪、うらら。

うらら「……あの」

凪「はい！」

うらら「……さっき、何か見ました」

凪「（かぶせるように）ううん！　何も」

○凪の部屋・ベランダ

凪、気まずさを引きずったまま、洗濯物を取り込んでいると、ガラッと音がして、隣のベランダに、

うらら、出てきて、

うらら「嘘つきのクソガキって思ってます？」

凪「え？」

うらら「思ってますよね？　絶対！」
凪「お、思ってないよ！」
うらら「……だって仕方ないじゃないですか。……友達と一緒にいると比べちゃうんだもん」
凪「……」
うらら「どうして私だけゲーム買ってもらえないのって、どうしておやつは毎日美味しくないビスケットなのって」
凪「……」
うらら「よそでは飼えるワンちゃんがどうして飼えないの？　……どうしてうちには行ってらっしゃいって、おかえりって、言ってくれるお母さんがいないんだろって」
凪「……」

凪、涙をにじませるうららを見つめる。

ゴン、ベランダからそんな二人を見つめていて、助け舟を出そうとすると、
凪「よそはよそ！　うちはうち！」
ゴン「……」
凪「って、私、昔お母さんによく言われたんだけど。でも、比べちゃうよね。絶対、比べちゃう。だから、うららちゃんは、悪くない」
うらら「……」
凪「あ、そうだ、これ」

凪、ポケットから取り出したのは、ヘアピンがついたポンポンのアクセ。

凪「こないだうららちゃんがくれたあやとりの糸で作ったの」
うらら「え」
凪「毛糸を指にぐるぐる巻いてハサミで切れば、

可愛いポンポンのアクセになるんだよ」

凪、ポンポンのアクセをうららの髪につけてやる。

うらら「……」

凪「それにね。あの美味しくないビスケット。私も一人でお留守番の時によく食べてたんだけど。牛乳をかけるとふやけて甘くて美味しくなるんだよ。子供の頃、発見した時は、震えたよ」

うらら「……」

凪「だから……よその子たち、いいなって。ちっくしょーって。ひとしきり妬んだら、目の前にある物で工夫して遊んじゃうのはどうだろう？　……なんもないならなんもないなりに楽しんじゃおうよ」

うらら「……」

凪「……どうかな？」

ゴン、優しい目線で、そんな凪を見つめている。

ゴン「……」

うらら「……」

うらら、ピシャッと戸を閉めて部屋に戻ってしまう。

凪「ああ……」

凪、余計なことを言ってしまった、とへこむ。

凪「無職のおばさんにそんなこと言われたくないよね……」

と、

うららの声「本当だ、何これ」

凪、振り返ると玄関先にうらら。持っているのは、牛乳をかけたビスケットのお皿。

うらら「牛乳かけたビスケット、美味しい！」

凪「……！」

凪、ちょっと涙目になり、

凪「だ、だ、だよねー!!」

　と、うららの部屋に誰かが帰ってきた気配。

うらら「あ、お母さん帰ってきた」

凪「うららちゃん……お母さんのこと、好き?」

うらら「うん！　大好きっ！」

凪「……」

　うらら、部屋のドアを開けると、うららの母、みすずが立っている。うらら、帰ってきたみすずに抱きつく。

うらら「お母さん、おかえりー！」

　凪、そんな様子を見つめ……。

みすず「(凪に気づいて)初めまして。隣の白石と申します。娘がお邪魔してしまったみたいで」

凪「あ、いえ！　初めまして、隣に越してきた大島です」

うらら「凪ちゃん、またね！」

　去っていくうららとみすず。

　凪、そんな二人を見つめ……。

○凪の部屋・ベランダ

凪「『大好き』か……。そこは、私と違くて、よかった……」

　凪、ふうと息を吐いていると、隣から伸びてくるゴンの手。

凪「!?」

　ゴン、凪の頭をもふもふと撫でる。

ゴン「わー、頭、気持ちぃー」

凪「え?　いつから?」

ゴン「割とずっといたかな?　(もふもふと)」

凪「(顔赤く)」

ゴン「(もふもふ)」

凪「（顔真っ赤に）」
ゴン「あのさ、凪ちゃん」
凪「（初めて名前で呼ばれ）え……？」

ピンポーンとチャイムの音。

○凪のアパート・廊下

チャイムを鳴らす慎二。返事はない。

慎二「この俺が……片道一時間以上かけて来てやってんのに」

慎二、チャイムを鳴らしまくる。

慎二「無職がどこほっつき歩いてんだ！」

と、顔を出すのはみどり。

みどり「そちらに何かご用？」

慎二、ぎょっとしつつも、営業スマイル。

慎二「あ、どうも。僕、前の会社の同僚で、たまたま近くまで来たんで大島さんの顔見に」
みどり「あら。あなたそれ、もしかして」
慎二「北海道出張のお土産です」
みどり「ちょうど映画借りてきたとこなの。あなたうちで映画観て大島さん待ってたら？　上映料はその白い恋人三枚でどう？」
慎二「は？　映画？」

○公園

ゴン「そー、バーベキュー」
凪「せ、せっかくですけど、私バーベキューはちょっと……お友達との集まり邪魔しちゃ悪いですし」
ゴン「あー、平気平気。メンツ、俺一人」
凪「え？」

ゴン、木の下に小さなレジャー

シートを敷く。
袋から出すのは、小さなバーナーといくつかの缶詰、マヨネーズやコショウなどの調味料。

凪「これは……？」

ゴン「まずツナ缶にマヨネーズとスライスチーズ載っけて、バーナーにまんま載せて」
ゴン、バーナーの火を点け、缶を上に載せ温める。

ゴン「缶は熱いから素手で触っちゃ絶対ダメね」
ゴン、アツアツになった缶詰をトングで火から下ろし、今度は食パンを焼き始める。

ゴン「はい、できた。ツナ缶のっけトースト。召し上がれ〜」

凪「……。い……いただきます！」
凪、一口食べて、

凪「美味しいぃい〜〜！」

ゴン「（笑う）」

凪「青空の下で食べるパン、さいっこうですね！」

ゴン「でしょー」
ゴンも食べて、

ゴン「材料費ワンコイン以下の節約バーベキュー。凪ちゃん、こういうの、好きかと思って」

凪「……。大好き、です」

ゴン「よかった」
ゴン、次の缶詰を作りながら、

ゴン「凪ちゃんって、バーベキューに嫌な思い出でもあんの？」

凪「……。やらかしてしまったことがあって」

○凪と慎二のバーベキュー（回想）

凪、緊張の面持ちで慎二と歩いている。

凪の声「彼の友達っていうのが、小中高大学エスカレーター式の私立校のつながりの人たちだったんですけど」

声「お、慎二、来た」

慎二「おー、久しぶり」

凪「!!」

メンバー、高学歴、裕福な美男美女たち。

凪の声「選ばれし民たちのバーベキューって感じで。私、場違い感がすごくて。でも私、頑張ったんです」

凪、玉ねぎを山ほど切り、炭をあおぎ、肉を焼き、皿を洗う。

凪の声「彼と一緒にいるには、この人たちの空気に溶け込まないとって」

みんなが楽しげに会話する中、凪、一人、網の焦げを綺麗にしている。

友人（男）「ねえねえ、慎二の会社の人！　本当は慎二の彼女なんでしょ？」

凪「え、えっと、あの」

友人（女）「もー、絡むのやめなよ。さっき慎二が違うって言ってたじゃない」

凪「（え？）」

凪、慎二を見る。慎二、一瞬、目が合うが、友人との会話に戻る。

凪「……」

凪の声「その時、思ったんですよね」

○公園

凪「あ、私。テストに落ちたんだって」

ゴン「……。たぶん、凪ちゃんはさ。その彼氏と、青空の下でうまいもん食いたかっただけなんだろうね」

凪「……。そうだったのかな」
ゴン「違った？」
凪「……そうだった、ような気がします」
女の声『ダメよ、釣り合うはずがない』

○みどりの部屋

みどりと映画を観る慎二。

女『もう帰ってよ！』
慎二「わっかんね〜！　なんでこの女はうじうじしてんすか？　こんな金持ちがお前のことを好きって言ってんじゃん」
男『君なしでは生きていけないんだ』
慎二「この男も、とっととこの女とのこと、オープンにすりゃいいのに」
みどり「あなた、自分の恋人をすぐ周りに紹介するタイプ？」
慎二「歴代そうっすね、そうした方がいろいろと話早いんで……あ、でも一回だけ、しくったことあったな」

○凪と慎二のバーベキュー（回想）

慎二の声「昔からの友達に、彼女紹介するつもりだったんですけど」

凪、必死に網の焦げを取っている。
一方、慎二、男の友人たちと飲んでいる。

慎二の声「当日、友達の一人がひどい振られ方したことがわかって」
慎二「うおー、まじか……もう今日、飲も、飲も！」
友人1「いいよなー、慎二は幸せそうで。あの子、彼女だろ？」
慎二「は？　違うわ、ただの同僚。ういっ（と、ビールを渡して）乾杯！」

慎二の声「とてもそんな空気じゃなくてお蔵になったっていう」

○みどりの部屋

みどり、そんな慎二をじっと見つめ、

みどり「噛み合わない歯車ってセクシーよね」
慎二「は？」
みどり「映画の話。結末教えてあげましょうか」
慎二「どうせ安っぽいハッピーエンドでしょ」
みどり「この二人ね、結局、すれ違ったまま別れるの」
慎二「……」
みどり「男女の悲劇の引き金はいつだって言葉足らず。彼はただ『好き』って伝えるだけでよかったのよ」
慎二「……」

○公園

凪とゴン、芝生に寝転がっている。

ゴン「天井でっかくていーわ」
凪「天井？」

凪、それが、青空のことだと気づく。

凪「ああ……天井……」

凪、青空を見つめて、

凪「私……今まで、なんにも見てなかったんだな、って」
ゴン「……」
凪「いつも自分が周りのテストに受かるか落ちるか、びくびく気にして、自分のことしか見てなかったんだなって……だから……ゆっくり飲むコーヒーが、すごく美味しかったり、誰かと『だよね！』って言えるのがすごく嬉しかったり、ワンコインでバーベキューできちゃうこととか……そういうこと、知れるのが、すごく嬉しいんです」

ゴン「……」

凪「ありがとうございます。今、空気、美味しいです」

ゴン「……」

ゴン、むくりと起き上がり、

凪「やっぱ、凪ちゃん面白い。そんで」

ゴン、凪の上に四つん這いでまたがって、

ゴン「可愛い」

凪「!!」

凪を見つめてくるゴン。

凪「……」

ゴン「……」

凪「あの……めちゃくちゃ人が見てます」

二人を見る人々。ゴン、全く気にせず。

ゴン「めちゃくちゃ人が見てるねー」

ゴン、凪に顔を近づけ……。

○アパート・表（夜）

慎二、帰ろうと出てくる。
と、帰ってきた凪の姿を見つけ、

慎二「凪」

一瞬微笑むが、隣にいるのは、ゴン。

慎二「……！」

凪「もー、からかわないでくださいよ」

ゴン「はは、ごめん。でも、円形に人が集まってきて面白かったねー」

凪「そりゃそうですよ、昼間から野外であんなことしてたら！」

ゴン「昼間の野外じゃなかったらありだった？」
凪「……」
凪、気づく。
凪「慎二⁉　また来たの⁉」
慎二「『また来たの』？」
慎二、凪の言葉に内心、傷つきつつも、
慎二「駅前のビルにリサーチに来てて、そういやお前んち近かったなって思い出して寄ってみた。しかし遠いわー、立川」
凪、慎二から目をそらしつつも、頑なに、
凪「わ、私、これから予定あるから！」
慎二「予定って何」
凪「お、お隣のうららちゃんと、トランプするって約束してるの！」
慎二「ふーん。じゃあみんなでやる？」
凪「え？」
慎二「大人数でやった方が楽しいじゃん、トランプ！」

○凪の部屋（夜）

みどり「じゃあ、配るわよー」
トランプを配るみどり。
凪の部屋に、凪、慎二、うらら、ゴン。
凪の声「何これ」
慎二「知ってる！　俺、学生時代めっちゃ通ってた！」
ゴン「ホント？　じゃ、今度よかったらイベント来て。フライヤー送る（スマホを取り出す）」
慎二「お、いくいく！（スマホを取り出し連絡先交換しながら）なつかし〜」

凪の声「何これ」

慎二「ごめんね、うららちゃん。知らないおじさんがまざちゃってて」

うらら「別にいいよ。凪ちゃんの友達なら」

慎二「(うららの頭を撫でて)うわー、めっちゃいい子〜」

みどり「配り終えたわよー」

慎二「ババアがババ配ってんのレアっすね！」

みどり「言ったわね、我聞君！」

笑う一同。凪だけ笑えず、

凪の声「空気が全部持ってかれる。こわい」

× × ×

最後にババを引く凪。

うらら「また凪ちゃんの負け？」

ゴン「五連敗って、ある意味、持ってるね」

凪「すみません……昔からこういうゲーム弱くて」

みどり、新しくトランプを配る。

慎二「知ってる？『ホットポテト理論』ってのがあってさ」

凪「ホット、ポテト？」

慎二、ババ抜きを続けながら、

慎二「アメリカのゲーム。輪になって、熱々のホットポテトに見立てたボールを回して、音楽が止まった時に持っていたやつが負けっていう。で。そういうので負けるやつって、最初から決まってるらしい」

凪、ジョーカーを引く。

凪「！」

慎二「アッツアッツのポテト誰に投げるかっていったら、集団心理の無意識で、気が弱くて支配しやすいやつのところにボールが回っていくんだって」

凪「……」

カードを慎二に差し出す凪。

慎二、ジョーカーを避け、数字の

カードを引く。

慎二「でも、俺、逆だと思うんすよね。ババ引くやつって、本当は自分から喜んでババ引いてんじゃねーかって」

ゴンが抜け、みどりが抜ける。

カードを慎二に差し出す凪。慎二、見えているかのように、ジョーカーを避け、数字のカードを引く。

慎二「虐げられてる、耐えてる、断れない、優しくていい人の自分に、本当はうっとりしてんじゃねーのかなって」

凪「……」

うららが抜けて、慎二と凪、一対一の勝負に。

凪、ジョーカーと数字の二枚のカードを慎二の前に差し出す。慎二、凪の目をじっと見て、

慎二「本当は投げてほしいんでしょ？　アッツアツのポテト」

凪「……」

慎二「欲しくて欲しくてたまらないんでしょ？ジョーカーが」

凪「……」

凪の声「そうだ。私はこの人のこの目が怖くて」

凪、慎二の目から目をそらす。

凪の声「何もかも見透かされてる気がして」

凪の目が泳ぐ。

手元のトランプ、つい、ジョーカーを見てしまう。

慎二「(凪を追い詰めるようにじっと見つめる)」

凪「(すっかり呑まれてしまい、視線を外せない)」

凪の声「空気に呑まれる。いやだ。苦しい」

凪「(ぎゅっと目をつぶる)」

ゴン「……でもさ」

凪「(え？　と目を開ける)」
ゴン「さっき言ってたホットポテト？　俺んとこ回ってきたら、俺、多分食っちゃうな」
凪「……！」
ゴン「だって、うまいもんアツアツのポテト」
慎二「あ？」
凪「……」
ゴン「(凪に微笑む)」
凪「……」
凪、ぶっと吹き出す。
凪「……そうですよね、美味しいですよね、おいも」
ゴン「うん。イモ、うまいよねえ」
凪、ゴンののんびりとした笑顔を見つめる。
凪「(心が落ち着いていき)」
凪の声「……うん。そうだ」
凪、キッと慎二の目を見る。

慎二「！」
凪「もう……逃げないから」
慎二「……はあ？」
慎二、差し出された凪の二枚のカードを、試すように両方触る。
凪「(顔色を変えずに慎二を見る)」
慎二「(凪の気持ちが読めず)……」
慎二、苦し紛れに一枚引く。それは、ジョーカー。
凪「や！　やったあ！」
慎二「……ちょっと待て。ババ、俺も持ってんだけど」
凪「え？」
慎二、重ねて持っていた二枚のカード。
一枚は、ジョーカー。
みどり、いつのまにか鍋を持ってきていて、

みどり「あら、どうかした？」
ゴン「いやー、なんかババが二枚入ってたみたいで」
みどり「やだ私。配り間違えちゃった？」
ゴン「ごめん。ラストなのに二枚ずつ持ってんのおかしいなって気づいてたんだけど、白熱してたから水差せなくて」
慎二、凪「……」
みどり「お詫びと言ってはなんだけど、はいっ、お鍋丸ごとジャガバター。ホットポテトの話聞いてたら食べたくなっちゃって」
うらら「いい匂い！」
凪「美味しそう！」
みどり「あったかいうちにどうぞ」
鍋に駆け寄る凪たち。
慎二、そんな様子を見つめ、
慎二「……寒」
凪「え？」
慎二「用事思い出したんで帰ります」
みどり「あら、おいもは？」
慎二「苦手なんすよね。アットホームごっこ。ヘドが出ます。てなわけで失礼します」
慎二、去っていく。
凪「……すみません、あの人ちょっと口が悪くて」
ゴン「いいの？　帰っちゃったけど」
凪「あ……いいんです。仕事ついでにからかいに来ただけだし」
みどり「でも何時間もうちであなたのこと待ってたのよ」
凪「え」
みどり「それに、リサーチに来たって言ってたビル、今は改装中でお休みよ」
凪「……」
みどり「これ。あなたにって」
みどり、凪に白い恋人を渡す。

凪「……」

○アパート・外の道（夜）

慎二「……」

　慎二、一人、帰っていく。と、

凪「慎二！」

　凪、走って、慎二に追いつく。

凪「え……駅まで送ってくよ」

慎二「……いーよ。お前はイモ食ってろよ」

凪「……あ……あのさ、お土産ありがとう。……もしかして、覚えててくれたの？　私がこれ好きって」

慎二「……」

　慎二、凪を見つめる。

みどりの声「男女の悲劇の引き金はいつだって言葉足らず。彼はただ『好き』って伝えるだけでよかったのよ」

慎二「……」

　慎二、凪に向き合い、

慎二「俺……俺さ」

　慎二、とても、小さな声で、

慎二「ただ……ずっと、お前の顔が」

凪「え？　（聞こえず耳を近づける）」

慎二「だから」

　慎二、さらに蚊の鳴くような声で、

慎二「俺は……ただ、ずっと……お、お前の顔が見たかっ」

凪「え？　なんて？」

慎二「だからっ」

　慎二、言おうとして、気づく。

　アパートから出てきたゴン、余裕の笑みで、

ゴン「ばいばーい」

慎二「……」

　慎二、突然、凪の手を引き、キス

をする。

凪「！」

ゴン「……」

凪「……は？」

慎二「……『好き』」

凪「！」

慎二「なんだろ？　結局は、俺のこと」

凪「……」

慎二「気引きたいの、充分わかったからさ。そろそろ、素直になって、戻ってこいよ」

凪「……」

凪、慎二に思いっきり平手打ちをかます。

凪「……バカにしないでよっっ!!」

凪、白い恋人の袋を慎二に突き返し、アパートに戻っていく。

慎二「……」

帰っていく慎二。

仕事帰りのみすず、慎二とすれ違う。

ゴン「(みすずに)おかえりなさい」

みすず「今の人……こないだ駅前で」

ゴン「うまいのになぁ。ホットポテト」

みすず「(慎二を見つめ)……」

○横断歩道（夜）

歩いている龍子。と、すれ違った男が、何かを落とす。龍子、拾って、

龍子「あの！　落としましたよ、白い恋人」

慎二の声「ズビマセン……」

龍子「え？」

慎二、受け取り、白い恋人を食べながら去っていく。

龍子「……号泣？」

○夜明けの実景（夜）

○凪の部屋（日替わり、朝）

　翌朝。回っている扇風機。
　布団の上にゴザを敷いて寝ていた凪。
　目覚める。凪、扇風機に抱きつき、

凪「ありがとうー、相棒！　お前のおかげで眠れたよー!!」

○凪のアパート・外（朝）

　凪、郵便受けのハガキを見る。
　足立からの怒りの引き継ぎのハガキ。

凪「わ、やば！」

　その下には、前のマンションから転送されてきた郵便物。びっしりと書かれた母からの怒りのハガキ。
『電話もつながらないし、引っ越したってどういうことですか？　土日に東京に伺います』

凪「!!　や、や、やばっ、どーしよっ！！！」

声「大島さーん」

　目の前のアパートで、坂本龍子が、満面の笑みで手を振っている。

龍子「引っ越してきちゃいました！」

凪「え、な、なんで」

龍子「友達じゃないですか。これからもよろしく～」

　その手に光る、天然石のブレスレット。

凪「……！」

○前回からの続き・凪のアパート・外（現在、朝）

もじゃもじゃ頭の凪、うーんと伸びをして出てきて、郵便受けのハガキを見る。

足立からの怒りの引き継ぎのハガキ。

凪「わ、やば！」

その下には、前のマンションから転送されてきた郵便物。びっしりと書かれた母からの怒りのハガキ。『電話もつながらないし、引っ越したってどういうことですか？　土日に東京に伺います』

凪「!!　や、や、やばっ、どーしよっ！！！」

声「大島さーん」

目の前のアパートで、坂本龍子が、

満面の笑みで手を振っている。

龍子「引っ越してきちゃいました！」

凪「え、な、なんで」

龍子「友達じゃないですか。これからもよろしく〜」

その手に光る、天然石のブレスレット。

凪「……！」

龍子「早速だけど、お茶でもどう？」

凪「あの、坂本さん！　ちょっ、ちょ、ちょっと、待っててっ!!」

○道（朝）

凪、全速力で走る。

○携帯ショップ（朝）

凪、高速で申込書を書いている。

凪の声「うんそう。だから安心してお母さん」

○凪のアパート・凪の部屋

凪、新しく契約したガラケーで話している。

凪「番号変わったのは、料金プラン見直して、こっちの方がお得だなって。新しいマンションも都心からは少し離れてるけど。会社まで一時間かからないし」

凪、ベランダに出る。ゴーヤが生い茂っている。

凪「緑も多くて」

ぬっと突き出るタトゥーの腕。

凪「治安もいいし、お隣さんもいい人で」

ゴン、ベランダでタバコを吸っている。

凪「(ゴンに気づかれないように小さく) 空気も美味しいし」
ゴン「(凪に気づき笑顔で手を振る)」
凪「(気まずくも会釈) だからわざわざ来てくれなくても。交通費だってバカにならないし……え？ あ、そうだ仕送り！ ごめん、バタバタして忘れてた、今日すぐに振り込むね」
女の声「ちゃんとしてるの？」
凪「え」

○北海道・とうもろこし畑

静かだが異様な威圧感を感じさせる女の背中。
麦わら帽子をかぶった母・大島夕《ゆう》、

夕「身なりはちゃんとしてる？ まさかあのみっともない頭で外に出たりしてないわよね？」

○凪のアパート・ベランダ〜凪の部屋

凪「……(周囲を見渡し) まさか〜！ ちゃんとしてるよ」
凪、息苦しそうな様子で部屋の中へ。
ゴン「(凪を見ている)」
以下、夕とカットバック。
夕「そう。なら、そっちに行くのは結婚式にするわね」
凪「え？ 結婚式？」
夕「黒沢さんとこのさやちゃん、結婚するのよ。そっちで式挙げるんですって。お母さんもお呼ばれしたから行くわね。凪の新しいお家も見てみたいし」
凪「……！」
夕「お母さん。凪に会えるの、楽しみよ」
切れる電話。凪、はーっと息をつ

いた後、

凪「……やばい」

○同・廊下、共有スペース

凪「やばいやばいやばいやばい、あーもうどうしよ」

凪、頭をもしゃもしゃしながら出てくると、坂本が勝手に座っている。

凪「坂本さん⁉」

龍子「ちょっと待っててと言われたので、待たせてもらってます」

凪「……」

○イベント会場

空気清浄機の販促イベントの準備が行われている。

空気清浄機には、汚れセンサーが付いていて、センサー、赤く点灯すると、可愛い声で喋る。

『あ！　空気汚れてます。これからキレイにするね！』

営業の慎二、小倉、井原。足立、江口、織部も手伝いに来ていて、忙しそう。

慎二「売れ行き好調で。××さんの読み、やっぱすごいですわ」

×　×　×

慎二「デザインよく褒められて。さすが××さん」

×　×　×

慎二「おー、仕事早いな！　めっちゃ助かる！」

×　×　×

慎二「（差し入れ両手に）一旦休憩入れましょー！」

×　×　×

慎二、頬のはがれかけた絆創膏を直していると、

足立「我聞さん、自転車で転んだって本当ですか」

慎二「いや、嘘みたいだけどほんと。坂道ダーって走ってたら」

足立「あやしー。本当は、彼女にビンタされてたり」

慎二「……」

×　×　×

#2のフラッシュ。

慎二「『好き』なんだろ？　結局は、俺のこと。気引きたいの、充分わかったからさ。そろそろ、素直になって、戻ってこいよ」

凪、慎二に思いっきり平手打ちをかます。

凪「……バカにしないでよっっ!!」

×　×　×

慎二「……」

足立「女の子たち噂してましたよー。ま、我聞さんがそんなベタなことする子と付き合うわけないか」

慎二「だとしても足立さんには全く関係ないよね」

足立「……！」

江口、織部「……」

その発言で、凍る周囲の空気。

空気清浄機が一斉に空気を吸い込み始める。

慎二「あ、いや。みんな差し入れ、食べるでしょ？　取ってくるわ」

慎二、部下たちの方へ。

小倉「いただいてまーす」

慎二、差し入れを皿に取り分けながら、

慎二「おー、どんどん食って」
井原「めっちゃうまいっすわ、このイモのやつ」
慎二「イモ?」
　慎二、イモを見つめる。
×　　×　　×
　ゴンと仲良くイモを食べていた凪。
×　　×　　×
慎二「……ふざけんなあのブス」
小倉、井原「え?」
慎二「二度と立川なんか行くか、一生イモ食ってろ」

○凪のアパート・共有スペース

　凪、みたらしのいも餅を食べている。
　龍子、凪の話を聞いて興奮した様子で、
龍子「少女マンガじゃないですか。突然のキスにビンタで応戦とか、来月号めちゃくちゃ楽しみなやつじゃないですか」
凪「お、落ち着いて、坂本さん」
龍子「『戻ってこいよ』って、ツンデレの元カレさん、大島さんのこと大好きなやつじゃないですか」
凪「いや、そういうわけじゃなくて! あ、お茶、どうぞ」
　お茶を飲む凪と龍子。
凪、龍子「ほうじ茶、美味しー……」
凪「みたらしのお餅も、温かいうちに」
龍子「大島さんの手作りなんですか?」
凪「ええ。上の階のみどりさんにいただいたじゃがバターが余ったので、リメイクでいも餅に」
凪、龍子「(至福の表情) んー!」

凪「……それで、さっきの話の続きなんですけど」
龍子「大島さんのことが本当は大好きなツンデレの元カレさんのお話ですね」
凪「いえ、違くて。ホントにそういうんじゃないんです。私と会うのはアッチがいいからだけだって、会社の人に話してるの聞いちゃったことがあって」
龍子「アッチって……」
凪「引っ越してから突然会いに来た時もすぐそういうことに持ち込もうとしてきて。今回の、その……キスで、より確信したっていうか。やっぱりこの人それだけなんだなって」
龍子「……ひどすぎます、そんな扱い。大島さん、こんなに素敵な女性なのに。ツンデレ元カレさんと思いきやクソみたいな男じゃないですか」
凪「そ、そこまで」
龍子「大島さんも大島さんです。自分のことは大事にしなきゃ。どうしてそんなクソみたいな男と付き合ってたんですか？」
凪「え？」
龍子「元カレさんのどこが好きだったんですか？」
凪「……えっと……」
ゴンの声「おはよー」

凪、龍子が見ると、ゴン、ゴミ袋を持って、部屋から出てきて、

ゴン「（眠そうだが笑顔で）凪ちゃん、早いねー」
凪「（思わず笑顔で手を挙げる）」
ゴン「（龍子にも笑顔で）どうも〜」

龍子、ゴンを見ながら、小声で、

龍子「誰ですか、あの笑顔が素敵な男性は？」
凪「お隣さんの、ゴンさんです」
龍子「引っ越し先のお隣さんとの出会い……

やっぱり少女マンガじゃないですか、大島さん」
凪「いえいえ、そんなっ」
と、エリィ、タカ、ノリ、入ってきて、
エリィ「ゴンちゃーん、お腹へってんだけどー」
ゴン「あー、ごめん、今日何もない」
龍子「(小声で) あの、あの方たちは」
凪「(小声で) パフォーマーの皆さんだそうです。クラブでイベント、とか、なさってるそうで」
龍子「……じゃ、あのお隣さんは」
凪「イベントオーガナイザーだそうです」
龍子「イベント、オーガナイザー……大島さん。危険です」
凪「はい?」
龍子「私たちとは住む世界が違いすぎると思います」
凪「『私たち』……」
龍子「そんなうさんくさい職業のクラブ男が恋の相手なんて、全然少女マンガじゃありませんし、無職の私たちが養える相手でもありません」
凪「シー! (と気にして) いえっ、恋の相手とか、そんなんじゃないですし、や、養うってどこからそんな」
凪、ゴンの部屋の方を見て、
凪「……でも確かに、私も思います。103号室と104号室の間には川が流れていると」

×　　×　　×

凪の妄想。ゴンと仲間たち、と凪を挟んで、103号室と104号室の間に流れる川。
凪の声「人種の隔たりリバーが!」

○凪のアパート・前

凪、龍子、出てくる。

龍子「元カレはクソ野郎で隣のイケメンはパリピですか」

凪「そんなあんまりなまとめかた」

龍子「でも大丈夫です。大島さんにも私にも、この先きっと、素敵な出会いがありますよ（と、石を見つめる）」

凪「で、ですね」

龍子「ハローワーク行ってきますね、じゃ、また！」

龍子、笑顔で去っていく。

みどり「いいわねー、恋バナ」

みどり、野菜などを干している。

凪「あ！　私も便乗していいですか？」

×　　×　　×

凪、みどりの隣で人参の葉っぱを干している。

みどり「さっそくお友達できたみたいね」

凪「急に近所に引っ越してきたのには、ちょっとびっくりしちゃいましたけど……お茶して、相談乗ってもらって……なんかこういうの、私、実は初めてで」

みどり「いいわよね、無駄話する相手がいるって」

凪「……はい。……あ、みどりさん、後でレンジお借りしてもいいですか？」

みどり「いいわよ。一回十円」

凪「えっ」

○道

龍子、歩きながら、ご機嫌でスマホを操作。

婚活サイトに、凪の名前を入れ、『申し込む』ボタンを押す。

龍子「よしっ」

○イベント会場

同じボタンを押している足立。
イベントが終わり、片付けが進んでいる。
慎二、商品を運びながら、

慎二「お世話になりましたー！」
サラサラストレートヘアの会場スタッフ・深田《ふかだ》カナ、

カナ「またよろしくお願いしまーす」

○魚屋前の道（夕）

凪、そんなことはつゆ知らず、買い物へ。
と、魚屋の前で、ゴンがしゃがんで、真剣に魚を見ている。

凪「ゴンさん」

ゴン、凪に気づくと、手でおいでおいで、と、

ゴン「ホッケ。こんな立派なの二百円だって」
ホッケの干物、三枚で二百円。

凪「うわー、七輪で焼いたら美味しそう！」

ゴン「でも、こっちもうまそーで」

凪「こっち？」
魚屋で一山百円のイワシと目が合い。

凪「安っ！　わー、美味しそうなイワシ……イワシ？」
凪、イワシを見つめる。

○水族館（回想・一年前の夏）

ストレートヘアの凪、水族館でイワシの水槽を見ている。
同じ方向に向かって力強く泳いで

廻るイワシ。

凪「綺麗……あ！」

と、一匹のイワシが群れから外れ、列に戻れなくなる。凪の目の前でウロウロするイワシ。

凪「が、頑張って。落ち着いてっ。きっとまた戻れるから！」

隣にいるのは慎二。

慎二「何はぐれてんだ、あのイワシ。空気読めよなー」

凪「！」

慎二「他のイワシとめちゃくちゃぶつかってんじゃん。死ぬんじゃね？　ウケる」

凪「……。……もし、死んじゃったら、私があの子のこと、食べてあげたいな」

慎二「お前、イワシとか食うの？　あんなの庶民の食い物じゃん！」

凪「(何も言えず）……」

○道（夕）

凪、気づくと、すぐ目の前に、ゴンの顔。

ゴン「で、凪ちゃん、どっち好き？」

凪「……え？　ど、どっちって……」

ゴン「ホッケ？　イワシ？」

凪「ああ！」

○タイトル

○凪の部屋（夕）

キッチンに並ぶ、豆苗や人参のへタなど再生野菜。

凪、うらら、ゴンと料理をしていて、

凪「できた、イワシのフリッター！」

凪、でき立てのイワシのフリッ

ターに、緑色の物を振りかける。

ゴン「パセリ?」

凪「いえ、人参の葉っぱです。乾燥させてレンジでチンすると、パセリの代わりになるんですよ」

ゴン「へー!」

うらら「(食べて)衣ふわっふわ、美味しい!」

凪「(麦茶を出し)うららちゃん、やけどしないでね」

うらら「上のおばあちゃんにもでき立て、あげていい?」

凪「もちろん。じゃ、私持ってて」

うらら「行ってくる!」

うらら、フリッターを皿に載せて、去っていく。

凪、ゴンと二人きり。

ゴン「……凪ちゃん」

凪「(緊張)はい」

ゴン「これ、めっっっっっっっっちゃ、ウマイ!」

凪「……(嬉しく)美味しいですよね、イワシ(と、自分も食べ)」

ゴン「うん、ウマイ」

凪、ゴン、はふはふ言いながらフリッターを食べる。

ゴン「ね、凪ちゃん、このカレンダーの○、何?」

カレンダーのある日に丸がつけられている。

凪「ああ……母が上京してくるらしくて……」

ゴン「苦手なの? お母さん」

凪「え?」

ゴン「会社辞めたこと、言ってなかったみたいだし」

凪「! ……真面目な人なんです。すごく。学校も仕事も結婚も、とにかく『ちゃんとした路線』に乗ってないとダメっていう人で」

ゴン「ちゃんとした路線かぁ」
凪「こんな姿見られたら、間違いなく実家に強制送還というか」
ゴン「そのお母さんがこの日に来るわけだ」
凪「そうなんです……今から気が重くて」
ゴン「タイトルマッチじゃん」
凪「え？」
ゴン「この日までに、凪ちゃんなりの戦い方を身につけて、挑まないとだね！」
凪「タイトルマッチ……」
カレンダーを見つめる凪。ゴンを見ると、
ゴン「(微笑んでいる)」
凪「……」
凪の中で、ゴングが鳴る。
凪「タイトルマッチ……そっか、それですね！……よし!!　力つけて、決戦にそなえます！」
ゴン「おー、頑張れ！」

凪「まずは、栄養を摂らなくちゃ！」
凪、フリッターを食べる。
ゴン「(微笑んで、凪を見つめ) やっぱ、凪ちゃん面白い」
凪「え？　いえ、ゴンさんと話していると、なぜか前向きになれるというか」
最後に一匹余ったフリッター。
凪「あ、どうぞ。まだいっぱい揚げられますから」
ゴン「じゃあ、はんぶんこ。はい」
ゴン、フリッターを半分にし、凪の口へ。
凪「(食べる)」
ゴン、自分も半分食べる。
凪「(ドキドキしている)」
ゴン「ついてるよ」
凪の口の端にイワシにかけた人参の葉。
ゴン、凪の口の端に触れる。凪を

　見つめて、
ゴン「凪ちゃんってほんと可愛いね」
　顔を近づけてくるゴン。
凪「……」
　そのままキスしそうになるが、凪、直前で、ゴンの口を塞ぐ。
凪「……もー！　からかわないでくださいってばゴンさんっ」
ゴン「……」
　凪、冗談にする感じで、
凪「あんまり何度もこういうことされると、本気にしちゃうじゃないですかー！　もー！」
ゴン「……本気にしていいのに」
凪「え？」
ゴン「……」
　ゴン、一瞬寂しそうな顔。
凪「……」
ゴン「あ。そろそろ行かないと。友達のイベントに顔出さなきゃだった」
　ゴン、立ち上がり、
ゴン「ご馳走になってばっかで悪いからさ。気が向いたらうちにも遊びに来てよ。おもてなしさせて」
凪「あ、はい、ぜひ！」
　凪、笑顔で返す。ゴン、部屋を去る。
　凪、なんだか胸が痛い。
凪「……」

○実景（夜）

○東京・マンション（夜）
　玄関のドアを開けたのは、慎二の取引先のカナ。
カナ「我聞さんだ。本当に来たー」
慎二「急に来てごめんねー」

慎二、カナの頭をぽんぽんする。

カナ「ううん、会えて嬉しー。急だったから簡単なのしか作れなかったんだけど」

テーブルの上、美味しそうな料理が並んでいる。

慎二「おー。めっちゃうまそー」

慎二、一瞬、視線を走らせる。

キッチンの端にデパートの紙袋が畳んで置いてある。

カナ「うちの上司、我聞さんのことべた褒めだったよ。今日も」

慎二「俺、カナちゃんに会いにお邪魔してるようなもんだから」

カナ「ふふー。食べて食べて」

カナ、フレンチドレッシングをかけようとする。

慎二「あ、俺、サラダにかけんの中華ドレッシングがいいな」

カナ「えっ、ごめん。うち、フレンチしかないの、買ってこようか?」

慎二「(微笑み)いや、いい。それで」

カナ「あ、ビール飲むでしょ?」

カナ、キッチンへ。

慎二、カナの後ろ姿を見つめる。

ストレートの髪。

その姿がかつての凪の後ろ姿と重なり。

○凪のマンション(回想)

サラサラストレートの凪、ドレッシングを作っている。サラダ油とごま油と酢と塩と砂糖を混ぜ、

凪「これで即席中華ドレッシング」

慎二「(味見して)あっ、うまっ! ちゃんと中華」

凪「市販のやつ買っても使い切れなくてダメにしちゃうから。たいていのドレッシングは台所にある調味料で作れちゃうんだよ」

○東京・マンション（夜）

慎二「……貧乏くせえの」

カナ「（聞こえておらず）ご飯、美味し？」

慎二「え？　あ、うん、うまいよ。色とりどり、豪華で」

慎二の声「けど俺、あれ食いたい」

○凪のマンション（回想）

凪、製氷器に入れて凍らせておいた出汁を鍋に入れる。

凪「冷凍しておいた濃いめのお出汁。一人分にちょうどいいの」

でき上がったのは、「豆苗入りの雑炊。

凪「慎二、最近胃の調子悪いって言ってたから、これだとお腹に優しいかなって」

慎二「（豆苗をつまみ）これ」

凪「採れたて」

慎二「（雑炊を食べ）っっ、うめー！」

慎二の声「貧乏くさくて、やたら沁みる、あの節約メシ」

○東京・マンション（夜）

慎二「……」

慎二、箸が止まる。

慎二「……。ごめん、カナちゃん。俺、今日帰るわ」

○ハローワーク前の道（日替わり）

ハローワークから出てくる凪と龍子。

龍子「大島さん……この後、よかったらお茶でも」

凪「あ、はい、ぜひ！」

○婚活パーティ会場（夕）

凪の目の前には、婚活パーティ会場。

凪「……！」

龍子「さあ、行きましょう、大島さん」

龍子、凪の手を引いて行こうとする。

凪「ちょ、ちょっと待って坂本さんっ、なんでなんで、お茶しておしゃべりするって話じゃ」

龍子「ええ。お茶やおやつも出ますし、女性は参加費安いんですよ」

凪「あの、坂本さん、お気持ちだけありがたくいただきます！　私ホントに、ホントにこういう場が苦手で」

龍子「わかります、気後れしちゃいますよね。安心してください。大島さんの分も私がエントリーしておきましたから」

凪の声「この人、全っ然、空気読まないっ‼」

龍子「受付してきますね」

凪「ちょっ」

凪、たくさんの男女を見つめ、

凪「無理……ほんと無理……」

と、目の前を通り過ぎるのは、普段より露出多めの服を着た足立。

凪「‼」

凪、頭を隠し、足立にばれないようにそっと去ろうとする。と、目の前には龍子。

龍子「エントリーシートもらってきました、書きましょ！」

×　×　×

ずらりと向かい合わせに並んだ男女。

男1「こんにちはー」

凪「あ……こんにちは……」

凪、向かいの男性とエントリーシートを交換する。

凪の声「どうしてこんなことに」

凪、龍子をちらっと見る。

龍子、笑顔で、親指を立てる。

凪の声「いやいや、『グッ』じゃなくて！」

離れた席には足立。男性と盛り上がっている。

男1「(エントリーシートを見て)凪さん、節約が趣味なんだー。へー、いいですねー」

凪「(ぎこちなく微笑み)あ、ありがとうございます……」

沈黙。

凪の声「ほら……間が持たないし！」

凪、困って、エントリーシートを見る。

職業、年収まで書いてある。

凪「……」

×　×　×

男2「わ、アフロ！　攻めてますねー」

凪「(ぎこちなく微笑み)あ、ありがとうございます……」

凪の声「面白い返しとかできないし」

×　×　×

男3「ラッコって交尾する時、オスがメスの鼻に噛みつくんですよ」

凪「(ぎこちなく微笑み)お詳しいんですね……」

凪の声「とにかく、間を埋めないと」

凪、とにかく笑って相槌を打つ。

×　×　×

凪「そうなんですね」
凪の声「間を」

×　×　×

凪「そうなんですか」
凪の声「間を！」

×　×　×

凪「そうなんですね」
凪の声「間をっ‼」

○婚活パーティ会場（夕・時間経過）

司会「それではお待ちかねのフリータイムです。気になった方と自由におしゃべりしてくださいね」

壁際にいる凪。さえない男たちに囲まれている。

凪「……」
男1「凪さんが一番話してて安心したっていうか。笑う時の目尻のシワがいいよね！」

男1、凪の目尻をちょんとつつく。

凪「‼」
男1「（スマホ取り出し）LINEのID教えてくれる？」
凪の声「さ、坂本さーん‼」

凪、助けを求めるように龍子を見ると、素敵な男性としゃべっていて、

龍子「（笑顔で親指を立てる）」
凪の声「いや、グッじゃなくて‼」
凪「わ……私、LINEやってなくて、スマホも持ってないんです」
男2「さっきカバンからチラッと見えたよ。ガラケー」
男1「番号教えて。ショートメールするし」

凪「あ、あ、あの……」

女性の声「連絡先交換はカップリングが成立した人たちのみって規定があったはずですけど」

凪、声のした方を振り向くと、足立の姿。

凪「！」

足立「いい年して、学生ノリのナンパみたいなマネ、見苦しいですよ。なんならスタッフに報告しますけど」

足立の声にあたりがシーンとなる。

男1「いや……別にそんなつもりじゃ」

もごもご言って去っていく男たち。

足立「（凪に）あなたも、嫌なら嫌ってはっきり言わなきゃ」

足立、凪の顔を見つめ、あれ？という顔。

凪「……（顔を隠し）す、すいません」

凪、逃げようとする。

龍子「大島さん大丈夫ですか？」

凪「！」

足立「……大島さん!? だよね、やっぱり!!」

凪「……はい……」

○近くのカフェバー（夜）

足立と近くのお店に入った凪、龍子。

足立「気づいてたなら、声かけてくれればよかったのにー」

凪「あ……場所が場所だったので……」

足立「仕事辞めて婚活かぁ。よく行ってるの？」

凪「今日が初めてで、友達が連れてきてくれて」

龍子「初めまして。坂本と申しま（す）」

足立「どうもー。私は何回か参加してるけど、正直、笑っちゃうくらい毎回、クソ男ばっかりだよー」

凪、龍子「……」

足立「でも、びっくりしちゃった。大島さん昔と雰囲気全然違うんだもん。前は女子アナっぽい感じだったもんね」

凪「！」

足立「髪の毛サラッサラで、シャンプーのＣＭに出てきそうな？」

龍子「え、そうなんですか」

凪の声「これは」

足立「ま、見た目変わっても相変わらずなんだね。ああやって男が寄ってきちゃうとことか」

凪の声「始まった……もう会社辞めたのに」

足立「大変だったもんね。一緒にランチとか飲みに行くと、隣の席の男とか店員とかにムダに絡まれて。大島さん、愛想よくて断れないから、向こうもグイグイ来ちゃって。会社の子たちみんなでガードしてさ。お姫様かよっていう」

凪の声「サンドバッグタイム！　……サンドバッグ？」

凪、思い出す。

×　　×　　×

ゴン「タイトルマッチじゃん。凪ちゃんなりの戦い方を身につけて、挑まないとだね」

×　　×　　×

凪「……」

凪の声「なら、これは……タイトルマッチ前しょう戦！　こんなところで負けてどうする！」

凪、キッと足立を見据える。ゴングの音。

○凪の妄想

凪の妄想。凪と足立、そのままの格好で、ボクシングのリングの赤コーナー青コーナに座っている。
サイドテーブルにはカフェで飲んでいるお茶。
龍子、凪のセコンドの位置にいて、

龍子「お姫様ですか〜大島さん、モテモテだったんですね！」

凪「いや、モテとは違って……もっと、なんていうか、その」

足立「ぶっちゃけ、下に見られちゃってるんだよね」

凪「……！」

龍子「！」

足立「チョロそうな女ってことに安心する男たちが寄ってきてるだけっていうか」

凪「……！」

龍子「(タオルを握って凪を見る)」

凪「(龍子に首を横に振り) た、確かにそうかもしれないけどっ」

足立「(かぶせるように) まあ、いいんじゃない？ 大島さん、婚活には向いてそうだし。私なんかさあ、話してると、自分の世界観がガッツリあって制しにくい女だってばれちゃうみたい」

凪の声「今、チャンス？」

凪「た、確かに足立さんはそういうとこあるかも」

足立「……」

凪の声「一歩引いた？」

足立「ま、今日いたみたいな男はこっちから無理だけどね。自分の顔とエントリーシートの職業と年収見直してから来いって感じ」

凪「……」

足立「大島さんとこ群がってたみたいな男に寄ってこられても、私は切ないかなー」

凪「……！」

龍子「（心配そうに凪を見つめる）」

足立「要はハイハイ言うこと聞いてくれそうな都合のいいチョロい女見つけてヤりたいだけじゃん。浅ましー！」

凪「……。じゃあ、なんで今日の足立さんは、そんな肩出した格好してるの？」

足立「……はぁ？」

凪「雰囲気違くて、びっくりしたのはこっちもだよ。足立さんって、もっと媚びない印象だったから。もしかして会社帰りにわざわざ着替えたの？　すごいガッツ！　なのに収穫ないってちょっと切ないね」

足立「……！」

凪「エントリーシート見直して来いってことは、職業や年収がお眼鏡に適えばオッケーってことだよね？　その人の肩書きによっては抱かれちゃうってことだよね？」

足立「……！」

凪「それって、チョロそうな女に群がる男と同じくらい、浅ましいんじゃない？」

足立「!!」

カンカンカーンと試合終了のゴング。

○カフェバー（夜）

気づくと、もとのカフェバー。
足立、顔を真っ赤にして、お金を置いて帰っていく。

龍子「大島さんっ（と、凪にハグ）」

凪「……」

龍子の声「めちゃくちゃ、かっこよかったです!!」

○道～凪のアパート近く（夜）

凪、龍子、歩いている。

龍子「スッキリしましたね！　……大島さん？」

凪、胸のあたりを押さえている。

凪「いや……なんか、なんか、このあたりが」

龍子「え？　胸焼け？　大丈夫ですか？」

○みどりの部屋（夜）

みどり、凪、ポッキーを食べながらお茶をしている。

みどり「違和感ね」

凪「(胸を押さえ) はい……違和感です」

みどり「散々サンドバッグにされてた元同僚をKOしたものの、の違和感ね。……答えは出た？」

凪「足立さんに肩書きに抱かれるなんて浅ましい、とまで言っておいて……でも、相手のエントリーシート、見た時、私も思ったんですよね」

×　×　×

エントリーシートの職業や年収を見ている凪。

凪の声「あ、この人たち、慎二より下だって」

×　×　×

みどり「自分の出したパンチが、自分に当たったってわけね」

凪「……」

○凪の部屋（夜）

凪、よろよろと戻ってくる。扇風機を見る。

凪「だよね。私、何様だよね……」

凪、扇風機に抱きつき、一緒に転がる。

凪「浅ましい、浅ましいよ〜！」

凪、恥ずかしさに悶絶。

○会社・エレベーター（日替わり）

ランチ終わりでぎゅうぎゅう詰めのエレベーター内。

江口「婚活パーティ？　大島さんが？」

足立「うん、私は友達に誘われてたまたま行ったんだけど、ばったり会っちゃって」

織部「会社辞めてそっちかー」

江口「どう？　相変わらずな感じ？」

足立「うん。いや……」

ドアが開く。足立たち降りながら、

足立「あ、そうそう。髪型が……」

人々が降りていき、最後に残されたのは慎二。

慎二「婚活パーティ？」

○同・廊下

慎二、歩いている。

慎二「無職になったからって結婚？　発想が安易すぎんだろっ。（同僚に）あ、こないだ。ありがと！」

と、スマホが鳴る。表示には、『母』。

慎二、一瞬、空気を吸って、電話に出る。

慎二「（明るい声）ああ、うん、日曜でしょ。だね、一回うち寄ってから行くわ。はいはーい」

○結婚式場・新郎側控え室（日替わり）

　慎二の親戚たちが集まっている。
　そこに現れる、慎二と慎二の父・慎介《しんすけ》、母・加奈子《かなこ》。

新郎「おー、慎二！」
慎二「かっちゃーん、オメデトー！　さっき、奥さんチラッと見た。めっちゃ、綺麗じゃん！」
加奈子「克哉《かつや》くん、おめでとう」
新郎「ありがとうございます」
慎介「慎二、先越されちゃったな」
慎二「はいそれ、絶対言うと思ったやつ！」
　笑う一同。

×　×　×

　慎二、親戚たちの前で愛想よく振る舞う。

慎二「(大学生の親に)××君、医学部受かったんだ。すごいっすね！」

×　×　×

慎二「(おばあちゃんに)やだよー、俺の結婚式までは生きててよー」

×　×　×

慎二「(子供に)うわ、イテ！　撃たれた！」
親戚1「やっぱり慎二君がいると、空気がパッと明るくなるなー」
慎二「あ、叔父さん俺の会社、空気清浄機出たんですよ」
慎介「気をつけないとまた買わされるぞ」
親戚2「慎介さんのところはいいわね。加奈子さんも相変わらずお綺麗で」
慎二「天然なのも相変わらずですけど」
慎介「確かに」
加奈子「もー、バカにして！　うちの男たちっていつもこうなんです。慎二もパパも、いじわるばっかり言ってくるんだから」
慎二の声「母さん、また顔、いじったな」
親戚3「でもいいじゃない、誠実で優しい旦那さんで」

慎介「（笑って加奈子に）だって。もっと言ってやってください」

慎二の声「外に愛人四人と子供までいますけど」

親戚1「今日は、慎一《しんいち》君は？」

慎介、加奈子「……」

慎二「兄は、海外赴任中で、出席できないこと残念がってました」

慎二の声「長男はトンズラ。消息すら不明」

親戚2「素敵ねえ。ご兄弟でご活躍で」

加奈子「こっちに帰ってきたら、お食事でもって」

慎介「年末にでも。みんなでね」

慎二、慎介、加奈子、和やかな笑顔。

慎二の声「……『理想の家族ショー』」

○結婚式場・外

笑顔で親戚たちに頭を下げる慎二、慎介、加奈子。

歩いていく。

と、慎介と加奈子の距離、自然に離れていく。

慎二「……」

二人、表情が消え、目すら合わせない。

慎二「……じゃ、俺ここでっ」

慎二、笑顔で言って、別方向に歩いていく。

慎二「……」

○スナックバブル（夜）

慎二、飲みながら、

慎二「イワシみたいに滑稽」
杏「イワシ？」
慎二「うちの家族」
杏「イワシと家族とどう関係があんの？」
慎二「……前に水族館に行った時にさ。イワシが、みんな揃って、同じ方向に泳いでるの見たわけ。僕たちほら、仲良しですよーって、こっちに見せつけるみたいに？　俺、心底、キモくなって、一刻も早く、その場、離れたいって。そしたら」

○水族館（回想）

凪とイワシを見ている慎二。

凪「あ！」
慎二の声「群れから外れたイワシが一匹、力強く逆方向に泳ぎ出した」
慎二「何はぐれてんだ、あのイワシ。空気読めよなー」

○スナックバブル（夜）

慎二「俺、そいつに憧れた。どんどんはぐれろ、勝手にどこまでも行っちまえって……そういや、あいつ、なんか言ってたな」

○水族館（回想）

凪「……もし、死んじゃったら、私があの子のこと、食べてあげたいな」
慎二「お前、イワシとか食うの？　あんなの庶民の食い物じゃん！」
凪「いっ、イワシは美味しいよ！　干しても焼いてもフリッターでもピカタでも蒲焼きでも！」

○スナックバブル（夜）

慎二「ムキになって可愛かったな……」
杏「ガモちゃんは一人でスイスイ泳いでるように見えるけどね」
慎二「空気読んでるだけだし」
杏「それでうまくやってけるなら、よくない？」
慎二「そうかもね。そこに俺はいないけど。ただただ、相手にとって心地いい言葉を返すだけの透明人間」
杏「彼女の前でも？」
慎二「……」
ママ「なるほどね。自分以上に空気を読むその子の前だから、小学生みたいに自由に振る舞えたってわけ」
慎二「……」
ママ「ちゃんと謝ったら？」
慎二「……」
ママ「彼女、まだ誤解してるんじゃないの。『アッチがいいから会ってるだけ』っての。誤解といて謝ったら、美味しいイワシ、食べさせてくれるかもしれないよ？」
慎二「……」

○公園（日替わり）

凪、一人、ランチ。おにぎりと干しイワシ。
凪、イワシをぽりぽりと食べ、

×　×　×

龍子「元カレさんのどこが好きだったんですか？」

×　×　×

凪、イワシを見つめる。
凪「……」

と、足音。やってきたのは、ゴン。

ゴン「昼ご飯？」

凪「は、はい。ゴンさんは」

ゴン「昼寝」

ゴン、凪から少しだけ離れた場所に座って、ミニ蚊取り線香を出す。

ゴン「こないだ刺されたから。煙、平気？」

凪「はい、蚊取り線香の匂い、好きです」

ゴン「俺もー」

凪「なんか夏って感じで」

ゴン「わかる（と、微笑む）」

凪「……」

ゴン、横になって、

ゴン「流れてるかなあ？」

凪「え？」

ゴン、凪の間に手で線を引くようにして、

ゴン「ここに。川」

凪「川？　……え、あれ、聞こえて」

ゴン「安心して。煙しか、越えないから」

凪「……」

ゴン「（目をつぶる）消えるまで、いてよ」

凪「……」

ゴン「……」

凪「……あの、ゴンさん」

ゴン「……」

凪「ゴンさん？」

ゴン「（寝息を立て始める）」

凪「寝るのめちゃくちゃ早くないですかっ⁉」

凪、寝息を立てているゴンを見つめ……。

凪「……（微笑む）」

おだやかで、暖かな時間が流れる。

凪、減っていく蚊取り線香を見て、

凪「……」

凪、ゴンを起こさないように立ち

上がると、その場を後にする。

○道

凪、走っていく。

○会社・外の道（夕）

慎二、会社から出てくる。
慎二、スマホで立川への到着時間を確認。

慎二「……行くか」

慎二、歩き出すと、柱の陰に隠れるように立っているもじゃもじゃ頭。

慎二「!!」

慎二、凪に近づいていき、

慎二「何してんだよ、こんなとこで」

凪「連絡先、消しちゃったから」

慎二「……。……え、俺の？」

凪「（うなずく）」

足立「え？」

慎二「俺に会いに来たってこと？」

凪「慎二と、話したくて」

慎二「……」

と、そこに通りかかるのは、足立、江口、織部。

足立「大島さん!?」

江口、織部「え？」

足立「な、何して」

凪「あ、足立さんっ、こないだはごめんなさいっ」

足立「え？」

凪「あ、浅ましいのは、私も同じでした！」

足立「は？」

江口「ちょっと待って、本当に大島さんだ！」

織部「髪!!」
当時の同僚や、嶋課長も遠巻きに見ている。
ざわつく社員たち。

凪「……」

慎二「……」
慎二、凪の手を引き、歩いていく。

凪「!」

足立「!」

江口「嘘、あの二人って」

織部「そういうこと?」

足立「……」

○レストラン(夕)
席に着く二人。空気清浄機が置いてある。

凪「こないだはごめん」

慎二「え?」

凪「わざわざ立川まで来てくれたのに。二回も」

慎二「ああ、(頬を触り)ああ、全然!」

凪「……私勝手に引っ越しちゃったし、慎二とちゃんと話してなかったから」

慎二「いや、俺も、お前んとこ行ったら行ったで、なんか変なテンションなっちゃって……俺も、ちゃんと話したいなって。その……『アッチがいいだけ』って、あれはさ」

凪「いいの。私も同じだから」
空気の汚れセンサーのランプが赤く反応する。

慎二「……え?」

凪「私も……慎二の外側だけを見てた」

慎二「……外側?」

凪「『営業部のエースで出世頭でみんな大好きな我聞慎二君』。どこ見たってちゃんとしてて間違いなくて、親に紹介したらきっと喜んでくれて。そういう慎二の、肩書きに惹かれてたんだと思う」

慎二「……」

凪「そういう慎二に乗っかりたいだけだったんだと思う。その証拠に……慎二のどこを好きだったのか、思い出せない」

慎二「……！」

凪「空気を読むのが上手で、群れの中で先頭切って泳げるような人には、一匹だけはぐれたイワシの気持ちはわからないよね」

慎二「……」

凪「でも……脱線してもいいから、群れに戻れなくてもいいから、これからは、誰かに乗っかって泳ぐんじゃなくて、ちゃんと一人で泳いでみたいの」

慎二「……」

凪「私……慎二のこと、好きじゃなかった」

慎二「……」

凪「……別れてください」

凪、頭を下げる。

慎二「……」

空気清浄機が、どんどん風を吸い込んでいる。

慎二「……。……何様だよ、お前」

凪「……」

慎二「俺ら、とっくに別れて……っていうか、もともと、付き合ってた記憶ないけど？」

凪「……」

慎二「せいぜい婚活パーティで、男漁り頑張ってくださーい」

凪「……」

凪、席を立って去っていく。

空気清浄機、ピコン、と音が鳴って、赤ランプ、青ランプに変わる。

慎二「……」

○凪のアパート（夜）

凪、帰ってきた。

凪「……」

凪、そのままベランダへ直進。
戸を開けて、ベランダに出ると、
ゴンがタバコを吸っている。

凪「……あの！　ゴンさんこんばんは！」

ゴン「おーす」

凪「あっ、あの。もし、ゴンさんさえよければ」

ゴン「……」

凪「今夜、お部屋に遊びに行ってもいいですか？」

ゴン、一瞬、きょとんと驚いた顔
をするが、

ゴン「いーよ。おいで」

○廊下（夜）

103号室から出てくる凪。10
4号室を見つめ、

凪「……」

凪、大股で一歩踏み出す。スロー
モーション。
104号室の前に行くと、ゴン、
ドアを開けて、顔を出す。

ゴン「上がって」

○ゴンの部屋（夜）

凪、部屋に入っていく。
本やレコードやCDや変わった雑
貨……。

凪「ゴンさん、もしかして、これ……ハンモック？」

ゴン「うん。座っていーよ」
　凪、恐る恐る座ってみる。
凪「うわー……（感動）」
ゴン「ごめん、もてなすとか言って、うち今お酒しかないや。凪ちゃん、飲める子？」
凪「はい。飲めます」
　ゴン、ハイボールを作り、上にアイスを乗せる。
ゴン「ほい、ハイボールのチョコミントアイス載せ」
凪「わ！」
ゴン「けっこーイケるんだよね。あ、チョコミントダメ？」
凪「大好きです」
ゴン「よかった～、ほんじゃ、召しあがれ～」
凪「いただきます。（飲んで）お、美味しい！　なんですかこの絶妙な組み合わせ！」
ゴン「だっろー!?　奇跡のマッチングだよね！」
　ゴン、夢中でチョコミントハイボールを飲む凪を見つめ、微笑む。
凪「（気づき）」
ゴン「俺ずっとこうして凪ちゃんと飲んでみたかったんだよね。だから、すっげ～嬉しい」
凪「……」
　凪、飲み干す。
ゴン「はやっ」
凪「すみません、ペース早くて」
ゴン「いーよ。お酒だけなら、いくらでもあるし（と、二杯目を作り出し）もしかして凪ちゃんて意外とお酒強い？」
　凪、渡された二杯目を見つめ、
凪「……はい。実は、かなり。でも、ずっと飲めないフリしてました。その方が都合がよかったから……」

○凪のマンション（回想）

慎二「ほんとお前、酒弱いのなー。ほらよこせよ、飲んでやっから」

凪の声「彼が喜ぶって知ってたから……」

○ゴンの部屋（夜）

凪「こしゃくな女ですよね」

ゴン「……」

ゴン、近づくと、凪の隣に座り、

ゴン「ずっと、一生懸命、『ちゃんと』しようとしてきたんでしょ」

凪「……」

ゴン「もっと力抜いてイイと思うんだよ。せっかくのお暇なんだしさ」

凪「……」

ゴン、凪にキスをする。

二人、そのまま抱き合っていき……。

○三軒茶屋・クラブ『ノア』の前の道（夜）

慎二の背中。やけにゆっくり歩いている。

立ち止まり、座り込む。

慎二、ショックのあまり、立ち上がれない。

エリィ「あの人」

タカ「酔っ払い？」

エリィ「前に立川で号泣してた人に似てんだけど。……え？　また泣いてる？」

エリィ、慎二に近づいていき、

エリィ「ねえ、大丈夫？　うちら、ここでイベントやってるから、気分上げたかったらおいでよ」

慎二、もらったフライヤーを見ると、ゴンの写真。

慎二「……！」

○同・店内（夜）

慎二、エリィに連れられて、よろよろと入ってくる。

慎二「このゴンってやつ……」
エリィ「ゴンちゃん知ってるの？　今日は来ないよ」
慎二「どういうやつ？」
エリィ「ゴンちゃん？　ま、一言で言うなら、メンヘラ製造機？」
慎二「……は？」
エリィ「（会場見渡し）あの子、あの子、あ、あの子も」

フロアには、追い詰められた表情の女の子たち。

エリィ「来ないってわかってるのに、ゴンちゃんもしかしたら顔出すかもって。切な」
慎二「……」
エリィ「とにかくあいつクソだから。特に女の子は、関わったらおしまいだね」

エリィ、フロアに戻っていく。

慎二「メンヘラ、製造機？」

慎二、すっかり目が覚めた様子で、

慎二「あいつ……やベーやつじゃねえか……！」

○ゴンの部屋（夜）

抱き合っている凪とゴン。

第4話『凪、恋のダークサイドに堕ちる』

○前回のリフレイン

○ゴンの部屋（夜）

　凪とゴン、キスをする。
　そのまま抱き合っていく二人。

凪のM《モノローグ》「ゆらゆら、ふわふわ、無重力。なんだろう、これ。ゴンさんの背中が熱い」

×　　×　　×

　凪、ゴンと背中合わせで、布団に入っている。

凪「（呆然）……」

凪の声「……めっちゃくちゃ、気持ちよかった!!　よ、余韻がスゴイっ！　こんなの人生初!!　熱くて溶けるかと思った!!」

凪「……」

凪の声「背中に感じるゴンさんの心臓の音……ゴンさん。私、幸せです」

凪、微笑みながら振り向くと、ゴン、スマホでゲームをしている。

凪「！」

凪の声「ソシャゲ？　あんなことした直後に？」

ゴン「よし！」

凪「よし？」

ゴン「あ、凪ちゃん。見てこれ。激レアガチャメデューサ」

凪「メデューサ……」

ゴン「(凪をじっと見る)」

凪「？」

ゴン「ポカンてした顔も可愛いね」

ゴン、凪のおでこにキスをする。

凪「(幸せな気持ちでとろける)」

だがゴン、布団を出て、

ゴン「ゴメン俺シャワーいい？」

凪「あ、は、はい！」

凪の声「あれ？　なんか……終わった後でもっとこう……まったりトーク的な何かとか」

ゴン「どうかした？」

凪「いえ！」

凪の声「でも、汗は流さなきゃ気持ち悪いもんね、うん！」

凪「あ、ゴンさん、背中に髪の毛ついてます」

ゴン「本当？」

凪、ゴンの背中に触れる。

凪「！」

凪の声「あれ？　ゴンさんの背中、めちゃくちゃ冷たい……あれ？」

○カフェ（日替わり）

足立たち、お昼を食べている。

織部「大島さん、まさか、我聞さんとできてたなんてね！」

江口「彼氏いるそぶり見せなかったけど、意外とやるよねー」

足立「意外でもなんでもないけど」

江口、織部「え？」

足立「我聞さんのあの人のいい感じ？　なんかうさんくさいと思ってたんだよねー、前から。大島さんにはあのくらいのがちょうどいいんじゃない？」

江口、織部「……」

○会社・会議室

社内会議。慎二、笑顔で意気揚々と、

慎二「新製品の空気清浄機エレストが、七月の目標出荷台数××台に対して、一三〇パーセント、××台を達成しました！　えー…

…売れてます！」

上司や同僚たちから笑顔と拍手。

上司「新モデルは？」

慎二「ええ、フィルター部のバージョンアップについては、××工場に新型の製造機を導入し……」

慎二、突然、言葉が止まる。

一同「……？」

慎二「新型の製造機を……」

一同「……」

慎二「製造機……」

エリィの声「ゴンちゃん？　ま、一言で言うなら、メンヘラ製造機？」

×　　×　　×

三軒茶屋のクラブ。（＃3）

エリィ「とにかくあいつクソだから。特に女の子は、関わったらおしまいだね」

×　×　×

慎二「……」
小倉「我聞さん？」
慎二の声「もし、その、メンヘラ製造機の隣に」

○同・休憩スペース

慎二、スマホでクラブのイベントページのゴンの写真を見ている。
慎二の声「私、変わりたいの！　ってぬかしつつ、むちゃくちゃ流されやすいありのまま気取りのアホ女が越してきたら？」
慎二「……」
慎二、思い出す。

×　×　×

ゴンの前で笑顔を見せていた凪（＃1）。
ゴンと熱々のジャガバターを食べる凪（＃2）。
慎二に余裕の笑みで手を振ったゴン（＃2）。

×　×　×

慎二「……」
足立、江口、織部、小倉、井原、遠巻きに慎二の様子をうかがっている。

×　×　×

凪「慎二のどこを好きだったのか、思い出せない。私……慎二のこと、好きじゃなかった。別れてください」

×　×　×

慎二「……」
慎二の肩が震え出す。
織部「え？　泣いてる？」

足立「は？　嘘でしょ」
江口「だって」
慎二「……ふっ……ふっ」
小倉「いや、あれ……」
井原「笑ってますね」
慎二「……勝手に堕ちてけ！　モジャモジャがっ！」

慎二、スマホをオフにして、立ち上がると、目に入るのは、風になびく髪。
サラサラストレートの凪が、歩いてきて、慎二の横を通り過ぎる。

慎二「……な、凪？」

凪、振り返る。
と、それは、凪ではなく、市川円。

円「我聞さん……ですよね？」
慎二「……え、ああ」
円「初めまして、大阪支社から異動になりました市川円です。我聞さんのお噂はかねがね。一緒に働けて感激です、よろしくお願いします！」
慎二「……」
慎二の声「圧倒的に……顔が可愛い!!」

○凪の部屋（日替わり）

凪の部屋。カーテンが閉まっていて誰もいない。
止まっている扇風機。
テーブルの上に母からのハガキ。
半分は、北海道のトウモロコシ畑の写真。
残り半分に、ぎゅうぎゅう詰めに文字が書かれている。

凪のM「お母さん。あなたとのタイトルマッチに備えて」

カレンダー『母上京』『タイトルマッチ！』の文字。

凪のM「力を蓄えるつもりでいましたが」

○凪のアパート・廊下

凪のM「あの日、勇気を振り絞って、ゴンさんとの一線を越えてから」

○ゴンのアパート

カーテンを閉め切った部屋。
ゴンと裸で寝ている凪。

凪のM「点けっ放しのテレビを横目に、ただただ、ただだれた時間を過ごしてしまっています」

凪「……あの、ゴンさん」

ゴン「うん？」

凪「あの……えっと……私たちって、その」

と、ゴンのスマホが鳴る。

ゴン「どした？　今？　うん、全然大丈夫〜。え？　あれ、うちで編集するって言ってたの今日だっけ？　あ、もう近くまで来てんの？」

凪「え、近く？」

ゴン「うん、俺、今うちだから全然平気。ほーい、んじゃ後で」

凪「ええっ？」

ゴン「ごめんね。凪ちゃん。今日友達が来んの忘れてて、今から来るって」

凪「えっ！　あの、今からって、今の今ですか?!」

と、ピンポンと鳴る。

ゴン「お、早。はーい（と、立ち上がる）」

凪「ちょっ！　ちょっと待ってゴンさん！　そのまま出ちゃダメ！」

ゴン「え？」

凪「ふ、服！　服着てください！　服！」

　　凪、ゴンにTシャツをかぶせるが、急いでいるため、後ろ前逆でしかも裏地が表。

　　もう一度ピンポンが鳴る。

エリィの声「ゴンちゃ～ん」

ゴン「開いてるよー」

凪「ちょっ!!　ちょっと、待っ」

　　凪、慌てて自分も服を着る。

　　ドアを開けて入ってくるエリィ、タカ、ノリ。

タカ「チース」

ノリ「あれ？　お隣さん？」

エリィ「……」

　　凪、ハンモックに座りテレビを見ていたふり。

タカ「何々、いつのまにか仲良しさん？」

凪「いえ、てっテレビを！　うち、テレビがないので、ゴンさんちで見せてもらってて。じゃ、じゃあ、ゴンさん、私これで」

ゴン「えー？　いていいのに」

凪「いえっ、打ち合わせのジャマでしょうし、じゃ、あの、失礼します！」

　　出ていく凪を、エリィ、シラーっとした目で見つめる。

エリィ「……」

龍子の声「それ、大人の関係ってやつじゃないですか」

○公園

　　ハローワーク帰りの凪、龍子。

凪「坂本さん、声を抑えて！」

龍子「聞いてるだけでドキドキしちゃった、見てくださいこの手汗。自分から一線を越えに行くなんて大島さんてば大胆」

凪「坂本さん！（子供たちの視線を気にする）」

凪と龍子、凪が持ってきた麦茶と、手作りの枝豆蒸しパンを食べながら、

凪「でも、やっぱり今日も聞けなくて……『私たちのこの関係は一体なんなんですか』って」

龍子「『私たち付き合ってるんですか？』って直接聞くのはダメなんですか？」

凪「そんなことサクッと聞けるのは自分に自信がある女性だけですよ……それに……一緒にいられる時間が幸せすぎて、もしそれ聞いて壊れちゃったらって思うと……このままの方がいいのかなって思ってしまったり」

龍子「大島さん……恋、しちゃってるんですね」

凪「……」

龍子「任せてください。私が、素晴らしい恋の参考書をお貸しします！」

○凪の部屋（夕）

龍子に押し付けられた大量の少女漫画に囲まれている凪。

凪が開いているページには、高校生の純粋なラブストーリー。ヒロイン、涙目で、

ヒロイン『好き！』

男の子『（微笑み）』

ヒロインを男の子が抱きしめる。

凪、ページをめくると、『Ｆｉｎ』の文字。

凪「違うの坂本さん、知りたいのは、Ｆｉｎの向こう側なの！」

凪、漫画を閉じると、扇風機が目

に入る。

扇風機「……」

凪「（扇風機に）やっぱり、早まったかな？　段階踏まずにこんなことになっちゃって……そういえば、あの慎二ですら」

○バス（回想、夜）

凪、バスに乗って、ほっと息を吐くと、乗り込んできたのは慎二。

凪「あ」

慎二「大島さんもこっちなんだ」

凪「はい」

慎二「忘年会の幹事、お疲れさま」

バスが動き出し、二人、沈黙。

慎二「大島さんって、髪、キレイだよね」

凪「え？　……い、いえ」

再び、沈黙。

凪、何かを話さねば、と、焦り、

凪「あの、我聞さんのスピーチ素敵でした。いきなり話振られたのに、あんな風に堂々と返せるなんて」

慎二「あー、ああいうのは何パターンかテンプレがあるんだよ。そん時の空気に合わせて応用してるだけで」

凪「すごいです。私なんてお酌すらまともにできなくて」

慎二「大島さん、思ってたでしょ？　『課長に〝手酌でいーから！〟って言われたけど、グラス空いてるし。でも、注いだらまた怒られる？　注がなかったら気が利かねーな！　って思われる？　注いだ方がいい？　注がない方がいい？』」

凪「……！」

慎二、笑って、

慎二「空気読みすぎ」

凪「……」

慎二「どこで降りるの」

凪「え、あ、次、中目黒です」

慎二「マジで？　俺も！」

凪「そうなんですか」

慎二「そっかー、ふーん……」

凪「……」

慎二「じゃあ、俺ら、付き合っちゃう？」

凪「……え？」

慎二「家も近所っぽいし」

凪「え？　え？」

アナウンス「中目黒です」

バスが止まり、乗客たちが降りていくが、慎二、凪を見つめたまま動かず、

慎二「どうする？」

凪「え、あの」

慎二「付き合う？」

凪「……は……はい」

慎二「じゃ、決まり。降りよ」

慎二、凪の手を引いて、バスを降りる。

○中目黒の街（回想、夜）

慎二に手を引かれて歩いていく凪。
長い髪が、風にたなびく。

○中目黒の街（現在、夜）

同じ道、一人歩いていく慎二。
長い髪の凪とすれ違った気がして振り返るが、凪はいない。

○凪のアパート（日替わり、朝）

凪、漫画に囲まれて寝転がっている。
結局全て読破した模様。
凪、最後のページを読み終え、感涙。
凪「最後の最後に、思いが伝わってよかった……!」
と、ゴンの雪駄の音。凪、飛び起きる。
凪、顔を洗い、鏡をチェック。
と、ベランダが開く音。
凪「……今日こそ、ちゃんと聞こう!」
凪、心に決めて、ベランダに出る。
凪「あ、あああの、ゴンさん!」
ゴン、にっこり笑って
ゴン「おはよう、凪ちゃん」
ゴンの背景、少女漫画のよう。
凪「(キュンとして)」

凪の声「朝からかっこよすぎ……いやいや、少女漫画に影響されすぎ!」
凪「……あ、あああのゴンさん! ちょっとお聞きしたいことが」
ゴン「凪ちゃん。これ、あげる。風鈴」
凪「……」
ゴン「好きかなと思って、こういうの」
ゴン、手を伸ばして、風鈴を凪の軒先につける。
凪とゴンの顔が近付く。
凪「……」
ゴン「……」
凪、ゴン、キスをする。
凪「……」
凪の声「やっぱり、野暮だよね。そんなこと聞くの。だって、こんなに幸せなんだもん」
ゴン、顔を離して、凪を優しく見

つめる。

凪、微笑み返し、

凪の声「そうだよね。もし聞いて、それで変な空気になったりしたら……『空気』？　……あれ？」

×　　×　　×

フラッシュ。#1。

水の中、空気を読んでいる凪のイメージ。

×　　×　　×

凪、真顔になり、

凪の声「私、また、空気読んでる？」

○タイトル

○駄菓子屋前のベンチ

二人、飴を手に持っている。

凪、ゴン「せーの」

凪はミルク味、ゴンはキャラメル味を口に入れて、コンビニコーヒーを飲む。

凪「……美味しい！　練乳の甘さがほろ苦コーヒーと合います！」

ゴン「でしょ？　うまいよねー」

ゴン、凪に微笑む。

凪「……」

さわさわと風が吹き、のんびりした時間が流れる。

凪、飴の包み紙を折りたたみながら、

凪の声「好きだなあ、こういう時間……でも……伝えなきゃ」

凪「あ、あの、ゴンさん」

ゴン「うん？」

凪「あの」

凪の下に選択肢のカード。
『「私たちの関係って、何ですか？」』

凪「……（聞けず）」
『「私たち、付き合ってるんですか？」』

凪「……（聞けず）」
『「私たち、彼氏彼女ってことで、いいんですよね？」』

凪「……（聞けず）」
選択肢、高速スクロールし、たどり着いた『野暮なので聞かない』が点滅する。
凪、ぶんぶんと首を振って、勇気を振り絞り、

凪「わっ、私……私、ゴンさんのことが好きです！」

ゴン「……」

凪「……」

ゴン「うん。俺も凪ちゃん、大好き！」

凪「！」
凪、その言葉に顔を輝かせる。
そして、しばしの沈黙。

凪「……」

凪の声「……で？」

ゴン「あ、そーだ、凪ちゃん。ずっと渡さなきゃって思ってたんだ」

凪「え？」
ゴンがポケットから取り出したのは、鍵。

凪「これ……」

ゴン「俺の部屋の鍵」

凪「……！　いいんですか？　こんな大事な物」

ゴン「凪ちゃんに持ってて欲しくて」

凪「……」

凪「ゴンさん、私たち……」
凪、嬉しさを噛み締める。
ゴン「(微笑む)」
凪の声「そういう仲ってことで……」
凪、微笑んでゴンを見つめる。
凪の声「いいんですよね?」
ゴン「(微笑む)」
凪「よろしくお願いします……」
ゴン「よろしくー」

○クライアント

円を連れて得意先を訪れている慎二。
円、表裏なく、誠意のこもった様子で、
円「はい、ぜひ! よろしくお願いいたします」

円「勉強になります!」
× × ×
円「××さんご病気なんですか。それは、心配ですね……」
× × ×
円「(脱線する男たちの話に笑いながら)そうですよ、そろそろ本題に戻りましょ!」
慎二「……」

○中目黒近くの道(夜)

慎二、円と歩いている。

慎二「その年で大阪支社で売上トップの理由わかったわ。相手を立てすぎず、立てなすぎず? 会話のキャッチボール、ポンポンポーンってリズミカルで」

円「いえいえ、そんな! 緊張しちゃって相槌打つので精一杯で」

慎二の声「そして、顔が圧倒的に可愛い」

慎二「地下鉄？」

円「あ、はい。我聞さんは」

慎二「俺、家近所なんで」

円「今日は本当にありがとうございました。明日から、またお世話になります！」

円、お辞儀をして、去っていく。

慎二、微笑んで手を振り、一人、歩いていく。

慎二「どっかのバカとは大違い……いや、なんでこの流れで出てくんだよ、あいつが」

慎二、思考を振り払い、歩いていこうとすると、慎二の前を歩くのは、もじゃもじゃ頭の凪。

慎二「！　……（目をつぶり）またかよ！　いい加減消えろよ、亡霊！」

慎二、目を開ける。

キョロキョロしながら歩いているのは、どう見ても、凪。

慎二「え？　本、物？」

凪、クラブを見つけると、若干、躊躇しつつ、入っていく。

慎二「……」

○クラブ（夜）

凪、恐る恐る、入ってきて、中の様子をうかがう。

慎二、こっそりうかがっている。

慎二「無職が何やってんだよ……」

ノリ「あー、お隣さん！」

凪「こ……こんばんは」

ノリ「何してんの、おいでよ。ちょうどゴンちゃんが回すとこ！」

凪、中に入っていく。タカがラッ

プしていて、ゴンがＤＪをしている。

凪「！」

ゴン、レコードをスクラッチしている。

凪の声「……何してるのかはさっぱり……なんの曲かもさっぱり」

慎二「お前にはわかんねえだろ、絶対」

凪の声「でも……ゴンさん、かっこいい!!」

と、ゴンが凪に気づく。

ゴン、満面の笑みで手を振る。

凪、照れつつも、手を振る。

慎二「……」

×　　×　　×

時間経過。時計は0時近く。

ゴン、そのおしゃれな友人たちとソファ席にいる凪。

慎二「(時間を気にして) いつまで居座ってんだよ、あのバカ」

凪、見ると、ゴンに女性1が顔を近づけ、何か内緒話をしている。

凪「……あ！　私そろそろ」

女性1「えー、帰っちゃうの？」

凪「終電の時間で」

ノリ「えー、朝まで飲もうよ」

凪「い、いえいえ！」

慎二「帰れ、帰れ、とっとと」

凪「じゃあ、ゴンさん、私、これで」

ゴン「うん、じゃ、しばしお別れの」

ゴン、凪を思いっきりハグして、

ゴン「ぎゅーーー」

凪「!!」

慎二「！！！」

○道（夜）

凪「ぎゅー……（と自分に腕を回し）」
　凪、ゴンに抱きしめられた感覚、まだ、噛みしめつつ、歩いている。歩いていくうちに、その表情から笑み、次第に消えていき。
凪の声「朝までいればよかったかな……」

○立川の道（夜）
　凪、うつろな表情で歩いている。
凪の声「やっぱ、都会は遠いな。往復の交通費と、イベント代とドリンク代で五千円以上かかっちゃうし。無職なのに何やってんだろ」

○凪のアパート（夜）
　凪、うつろな表情で帰ってきた。

　コンビニ袋を床に放り出す。

凪の声「でも、なんであんなに女の子が多いの？　ゴンさんと話す時距離近かったし、もしかして全員ゴンさん狙い？」

○慎二のマンション（夜）
　帰ってきた慎二、ワイシャツとトランクスのような中途半端な格好で、ベッドの上に座っていて、
慎二の声「自分がどう思われるか死ぬほど気にしてたやつが、あんなだせえ格好でのこのこクラブなんか来て。そこまでして、あのゴンってやつに会いたいのかよ」

○凪の部屋／慎二の部屋（夜）

壁にもたれて座っている凪。
凪の部屋と慎二の部屋、壁を挟んで二分割でつながり、
凪の声「もしかして、今頃あの中の誰かと」
凪の妄想。女性1と絡み合うゴン。
×　×　×
慎二の声「もしかして、今頃あのゴンってやつと」
慎二の妄想。ゴンと絡み合う女性、凪に変わっている。
×　×　×
凪、慎二「……」
凪、慎二、その想像を打ち消すように、頭をかきむしる。
凪、慎二「あー、もうっ」
凪「寝よう」
慎二「うん。寝よう」
凪、慎二、布団をかぶる。

凪、慎二「……」
凪、ガバッと起きて、
凪「……ダメだ」
慎二「(ガバッと起きて) くそっ、寝れねー」
凪「会いたい」
凪、ゴン(慎二)の部屋に向かって、
凪「あと何時間で帰ってくるの?」
慎二「今ならまだ間に合う?」
凪「もうもたないよ」
慎二「今なら止められる?」
凪「もう、無理だって! ゴンさんに会いたい、早く、会いたい」
慎二、窓際に目をやる。
豆苗が慎二を見ている。
慎二「……」
凪「会いたい、会いたい、会いたいよ、ゴンさん!」

凪、気づく。
扇風機が自分を見ている。

凪「……」

○慎二の部屋（日替わり、朝）

慎二、起きたままの姿勢で固まっている。

慎二「寝れなかった……」

○凪の部屋（朝）

凪、全く眠れなかった様子で、同じ場所にいる。

凪「全っ然、寝れなかった……やばくない？これ」

扇風機にはタオルがかけられている。

凪、よろよろと立ち上がり、

凪「会いたくて会いたくて震えるなんて、都市伝説かと思ってたけど……」

凪のガラケーが鳴る。凪、飛びついて、

凪「！　ゴンさん!?」

龍子の声「……いえ、坂本です」

○ハローワークの前（朝）

龍子「大島さん、メールの返事もないし、もう一週間もハローワーク来てないから、心配で」

○凪の部屋（朝）

凪「……ごめんなさい、今日はちゃんと伺います！」

○凪のアパート（朝）

　凪、ハローワークに行く支度をして外に出てくる。
　自分に言い聞かせるように、
凪「しっかりしなきゃ。ちゃんと現実見て、生活を立て直す！」
うらら「あ、凪ちゃんおはよう！」
みすず「おはようございます」
凪「おはようございます！」
みすず「お出かけですか？」
凪「はい！　ハローワークに行って参ります」
　と、目の前には、バイクにまたがったゴン。
凪「す……」
ゴン「凪ちゃん、おはよー」
　広がりかける少女漫画的背景。
　凪、ときめきそうになる自分を
　ぎゅっとこらえ、
凪の声「……よし、耐えた！」
凪「どうしたんですか、バイク」
ゴン「友達が貸してくれた。凪ちゃんぷらっとドライブでもどう？」
凪「え？」
ゴン「これから、もし時間あったら」
凪「これから……（声小さくなり）これから……ハローワークに……」
ゴン「うん？」
凪「いえっ、はい！　喜んで！」
みすず、うらら「……」
　凪、ゴンと二人乗りで出発していく。
　と、みどり、手にパンの耳の袋と、おから（豆腐屋でもらった）、揚げ玉（天ぷら屋でもらった）を持って、帰ってきて、凪、ゴンと

すれ違い、

みどり「青春ねえ」

みすず「そうですね……（少し心配そうに）」

うらら「……」

うらら、凪からもらった、ぽんぽんアクセを見つめ……。

○道

凪と二人乗り、バイクを飛ばすゴン。

○会社

一睡もできなかった慎二、ヨロヨロ。汗だくで、重いポップの入った段ボールを台車に積み込む。

慎二「はあ……」

○海の見える公園

バイクから降りる凪。

二人の目の前、海が広がっている。

凪「……」

ゴン「たまに来るんだ。ベンチもあってまったりできるし、凪ちゃん好きかなって」

凪「……好きです」

ゴン「よかったー」

凪「あ、ゴンさんあそこ！　キリンみたいなクレーンがいますっ」

ゴン「（凪を見つめ）……」

凪「え？」

ゴン「元気出たみたいでほっとした。イベントの帰り際、一瞬ちょっと暗い顔してた気がして、ずっと気になってて」

凪「……。そんなことないです、私、全然、元気ですよ」

ゴン「そっか。気のせいだったならよかった」
微笑むゴンに、凪も微笑む。
凪「……ゴンさん、海、きれいですね。すごく」
ゴン「うん」
海を見つめる二人。手をつなぐ。

○アパート前の道（夕）

凪、ゴン、帰ってくる。と、女子大生・モルが画材を抱えて待っていて、
モル「ゴンゴン！　来たよ！」
凪「……」
ゴン「ん？」
モル「えー、忘れたの？　今度のイベントのディスプレイ用の絵、見せるって約束したのに！」
ゴン「あー……（凪に）この子、美大生のモルちゃん。めちゃくちゃグッと来る絵描くんだ」
凪「初めまして」
モル「（ゴンばかり見ていて）暑かったよー、三十分も待った」
ゴン「ごめんごめん。あ、凪ちゃんもうちでモルちゃんの作品、見てかない？」
凪「いえそんな、大事な打ち合わせに、とんでもないです。私、ハローワークに行ってきますので、ごゆっくり」
ゴン「そっかー、了解」
凪、その場を去ろうとして、ほんの少しだけ振り返る。モルとアパートに向かうゴン。
モル、ゴンと笑顔で話しながら、嬉しそうに、ゴンの腕を摑んでいる。

凪「……」

凪、見ないふりをして、行こうとすると、目の前には龍子。

凪「！」

龍子「おかしくないですか？」

○凪のアパート近くの道（夕）

龍子「おかしいですよ」

凪「あの、ごめんなさい。ハローワークには行こうと思ってたんですけど」

龍子「あのゴンって人」

凪「え？」

龍子「大島さんがいながら、平気で他の女性を部屋に上げるなんて。しかもちょっとイチャイチャしてましたよね」

凪「ゴンさんは……自由な人なんですよ」

龍子「大島さん。あの男に騙されてると思います」

凪「！　……そんなんじゃ」

龍子「じゃあ、はっきり言ってくれたんですか？　付き合おうって」

凪「……」

龍子「そういう関係って、大人の関係と言えば聞こえはいいですけど、いわゆるそのセ……」

凪「……」

龍子「セフレ」

凪「（聞きたくなくて同時に咳払い）」

龍子「って言うんですよね」

凪「（咳をして）すみません、海風に当たって喉の（調子が）」

龍子「現実見てください、大島さん！　そんなの、本当の幸せじゃないと思います」

凪「……さ、坂本さんに本当の幸せの、何がわかるんですか、げ、現実の恋愛は、坂本さんが好きな少女漫画とは違うんです！」

龍子「……」

凪「……」

龍子「……確かに、私、学生時代から勉強一辺倒で、恋愛なんてからきしですし」

凪「……」

龍子「……確かに、そんな私に幸せがどうとか言われたくないですよね」

龍子、去っていく。

凪「……」

○凪の部屋（夜）

ゴンの声「すっつごい、いいじゃん、モルちゃん」

モルの声「ゴンゴンのもすっごくいいよ〜」

凪「……」

凪、鍵を握りしめる。

凪、耳栓をして、布団を頭からかぶる。

○アパート前の道（日替わり、朝）

ゴン、バイクのエンジンをかけている。

と、寝られなかった様子の凪、走ってきて、

凪「ゴンさん！」

ゴン「あ、凪ちゃん、おはよー」

凪「お出かけですか？」

ゴン「うん」

凪「あ、あのっ、今度、ゴンさんのお部屋でご飯作って待っててもいいですか？」

ゴン「何それ、うれしー。じゃあ、今夜とかどう？」

凪「はいっ！」

○ゴンの部屋（夕）

凪、料理を作っている、と、ドアが開く。

凪「ゴンさん、おかえりなさ……」

入ってきたのはエリィ。

エリィ「ゴンじゃなくてごめんね」

エリィ、部屋に上がり込み、

エリィ「気にしないで。レコード回収したらすぐ出るから。もしかして、ゴン待ち？」

凪「あ、はい。今日イベント早めに切り上げられるから、帰ってきたらご飯でもって」

エリィ「ふーん、あいつとそう約束して……えーとこれ何」

凪「ロール白菜です。ロールキャベツの白菜版」

エリィ「あいつ、多分朝まで帰んないよ」

凪「え？」

エリィ「ノリで深夜のＤＪタイム代打で回すことになったから」

凪「……」

エリィ「前に私言ったよね？　あいつ人との距離感おかしいから勘違いしちゃダメだよって」

エリィ、ポケットから鍵を取り出し、

エリィ「あいつ、誰にでも渡すからね、部屋の鍵」

凪「！」

エリィ「ゴンちゃんってさ、優しいでしょ。一緒にいるとめちゃめちゃもてなしてくれて、その時自分が一番言って欲しい言葉くれるでしょ？」

凪「は……はい」

エリィ「あいつは、ただひたすら『目の前にいる人に誠実』なの」

エリィ、凪に迫るように、まくし立てる。

エリィ「この意味わかる？　それってつまり『目の前にいない人には不誠実』ってこと。だから、平気で約束も忘れる」

凪「……」

エリィ「あいつの言う面白いも、可愛いも、真に受けちゃダメ。誰にでもああだから。誰でもウェルカムなの。そこがクソ。しかもエッチがクソうまい。そこがあいつの怖いとこ」

凪「どうしてエリィさんがそんなこと」

エリィ「……マジ思い出したくないドブ歴史だから!!」

凪「……」

エリィ「……あいつのせいでどんどん倒れてく女の子たちの屍？　見て……正気に戻ったの」

エリィ、どこか憐れむように優しく凪を見つめ、

エリィ「あいつとうまくやっていくには用法用量守らなきゃダメ。依存したら終わりだよ」

凪「……」

○アパート・実景（日替わり、朝）

○ゴンの部屋（朝）

帰ってくるゴン。テーブルの上にメモ。

『冷蔵庫にロール白菜あります。温めて食べてください』

ゴン「……あ」

○国分寺あたり（夕）

慎二、円「よろしくお願いいたします！」
　クライアントに頭を下げて、歩いていく二人。
円「はい、お腹すいちゃいました！」
慎二「軽く飯でもどう？」
　駅の方に向かっていく二人。
慎二「……」
　慎二、足を止める。
慎二「……ごめん、俺、あれ、忘れた。あれ、名刺入れ！」
円「あ、戻るなら私も」
慎二「ごめん、先帰ってて！　次、必ずご馳走させて！」
　慎二、走っていく。
円「（慎二を見つめ）」

○立川・凪のアパート近く（夕）

　慎二、タクシーから降りて、凪のアパートの方へ向かう。
慎二「……」
　慎二、引き返す。
慎二「……」
　やはり、凪のアパートの方へ向かう。
慎二「……」
　やはり引き返すが、やはりアパートに向かう。
　そんな様子をアパート近くから見ているみすず。

○凪のアパート（夕）

　布団の中に丸まっている凪。耳には耳栓。
　部屋のチャイムが執拗に鳴る。

○同・外の廊下（夕）

執拗にチャイムを鳴らしている慎二。

慎二「……またいねえのかよ！」

と、102号室の扉が開いて、

みすず「大島さんにご用ですか？」

慎二「え？　あ、あの」

うららも顔を出す。

慎二「こないだトランプした……うららちゃん！」

うらら「いてもいなくても出てこないよ」

慎二「は？」

うらら「凪ちゃん、お昼にピンポンしてもいつも出ないいもん。夜には出歩いてるみたいだけど」

うらら、髪のポンポンアクセを外し、ポケットにしまう。

うらら「最近全然遊んでくれなくなったし。まあ、私は私の友達と遊ぶので忙しいから別にいいけど」

慎二「……」

うらら「凪ちゃん、最近おかしいよ」

みすず「うららっ」

うらら「あの人と『青春』するようになってからなんか変」

慎二「青春？　あの人？」

うらら「その人」

慎二「その人？」

振り返る慎二。そこにいたのはゴン。

ゴン「あ、『凪ちゃんの元カレ』くん！」

みすず「(慎二を見る)」

慎二「……」

○ゴンの部屋（夕）

ゴン、レンジにマグカップを入れて温めボタンを押す。

ゴン「凪ちゃん帰ってくるまでうちで待ってて」

慎二「……ゴン君さあ、最近あいつとつるんでんでしょ？」

ゴン「え？」

慎二「二人で『青春』してるらしいじゃん」

ゴン「えー、青春かあ。いいねそれ爽やかで」

慎二「（イラッと）」

ゴン「でも俺ら我聞君が心配するような仲じゃないから、安心して、大丈夫」

慎二「心配？　は？　俺ら、もう一切そういうんじゃないんで」

ゴン「ははっ（慎二に顔を寄せ）我聞君って可愛いね！」

慎二の声「近っ！」

レンジがチンとなる。ゴン、マグを慎二に渡し、

ゴン「はい。これ、よかったら、ホットの麦ミルク」

慎二「麦ミルク？」

ゴン「麦茶のミルク割り。ホットもいけるんだよ、騙されたと思って一口」

慎二「……（飲む）あ、うまい」

ゴン「でしょー」

慎二「そもそもこの麦茶自体がうまいような、香りが濃いっていうか」

ゴン「その麦茶、凪ちゃんがうちで淹れてくれたやつだよー」

慎二「……！」

慎二の声「う、ち、で、淹、れ、て、く、れ、た、や、つ？」

ゴン「少なめの熱湯で麦茶パックを蒸らすのがコツなんだって」

慎二「へー、生活の知恵ってやつねー」

慎二の声「どうでもいいわ！　こいつさっきからちょいちょいジャブ打ってくんな、ケンカ売ってんのか？」
ゴン「ね、我聞くん。俺と勝負しない？」
慎二「は？」

○アパート・実景（夜）

ゴロゴロと雷が鳴り始める。

○ゴンの部屋（夜）

ゲームをやっている慎二、ゴン。
ゴン「もしかして我聞くんって、結構ゲームっ子だった？」
慎二「あー、そうかも。うちゲーム禁だったから反動で友達んちでやり込みまくって」
ゴン「うちも！　うちはゲーム自体買ってもらえなくて。女姉妹に男一人だったからおもちゃ選ぶ権利なくてさ。我聞君ちは？」
慎二「ああ、うちは兄貴が受験失敗して、母ちゃんがヒスって……」
慎二の声「って、なんでこいつにそんな話！
ヌルっと聞き上手、怖っ」
ゴン「我聞くん、部屋寒くない？　飲み物どーする？　次ビール行く？」
慎二の声「しかも、優しいし。ヌルっと人をたらしこむ、生きてるだけで貴重な国産天然うなぎ」
ゴン「あー、負けたー！　我聞くん、もう一回！」

と、ゴンのスマホが鳴る。
ゴン「わ、ごめん！　俺そろそろ出なきゃ」
慎二「あ、じゃあ俺も」
ゴン「いーよいーよ、凪ちゃん帰ってくるまでゆっくりして」

ゴン、鍵を慎二に手渡し、
ゴン「ポストに入れといてくれればいいから。じゃー、また遊ぼーね」
ゴン、笑顔で去っていく。
慎二「……あんなん、隣に住んでたら、確実に落ちるだろ……」
慎二、寝転がる。
慎二「はあ～…ん？」
慎二、脇に寄せられたテーブルの上のメモに気づく。
『冷蔵庫にロール白菜あります。温めて食べてください』
慎二「……」
慎二、冷蔵庫を開ける。
慎二、鍋を取り出し、ロール白菜をひとつ、食べる。
慎二「……」
中に入っていたのは、豆苗。

慎二「……」
慎二の背中が震える。

○アパート・実景（夜）

激しい雨。

○同・ユニットバス（夜）

ドアを開け、電気を点ける慎二。
そこで、ある光景を目にして…
…、
慎二「！」

○道（夜）

雨が降っている。
慎二、折りたたみ傘を開いて帰っ

ていく。
と、気づく。
コンビニの中、会計をしているのは、凪。
慎二「……」
会計を終え、外に出てくる凪、顔色悪く、うつろな表情。
慎二「！」
凪「(気づき)……慎二？」
慎二「お前」
慎二が近寄ろうとすると、凪、傘もささずに外の道に走り出す。
慎二「待て！」
慎二、追いかけて、凪の手を掴む。
凪「なんなの？　なんでまた来たの？」
慎二「話があんだよ！」
凪「やだ、来ないで！」
慎二「濡れるから！」
慎二、離れようとする凪の手を掴んだまま、傘の中に入れる。
凪、それでも、離れようとして、
凪「うちにはもう上げないから絶対！」
慎二「俺、今日お前の隣の男んちに上がったぞ」
凪「！」
凪の顔色が変わる。
凪「嘘!?　何それ？」
凪、慎二に詰め寄り、
凪「ゴンさん、家にいたの!?　今日は帰らないって言ってたのに、なんでっ?!」
慎二「……」
凪「だって物音とか全然……そっか私、耳栓して寝てたから！　せっかく会えたかもなのに、あーもう私ばかっ！」
慎二「……」
凪「今もまだいる?!　もう出かけちゃった?!」

慎二、凪を見つめ、

慎二「……まじなのか……あいつとつるむようになってお前が変になったって話は」

凪「え？　誰がそんなこと、私は元気だよ」

慎二「どこがだよっ！」

慎二、折りたたみ傘を投げ捨て、凪のコンビニの袋を奪い、中の物を出す。

あんぱんやカップラーメンなど。

慎二「なんだこの自堕落なメシのチョイスは？　節約魔のお前がコンビニでこんな散財ありえねえ」

凪「……」

慎二「なんだよその顔？　ゾンビみたいにやつれて」

凪「……私は、元気だってば」

慎二「お前も見ただろ？」

凪「見たって、何を」

慎二「あいつのユニットバスの洗面台！」

○ゴンの部屋（回想）

慎二が見たのは、ゴンの部屋のユニットバスの洗面台に置かれた、大量の女性用化粧水。

○ゴンの部屋（回想、数週間前）

凪、大量の女性用化粧水を目撃するが、

凪「……」

目をそらし、ユニットバスを出ていく。

○道（夜）

凪「……」
慎二「いいのかよ、お前以外に何人も女がいるような男で」
凪「……」

○クラブ（夜）

女「わー、ゴンちゃん、来たー！」
女、ゴンに駆け寄りハグ。
女「ぎゅー！」
ゴン「はは、ぎゅー」

○道（夜）

凪、うつろな目のまま、
凪「……全然いいよ？」
慎二「！」
凪「だって、二人でいる時は幸せなんだもん。むしろ、ゴンさんみたいなすてきな人はみんなでシェアしなくちゃ」
慎二「……」
凪「……」
慎二「……寒」
凪「寒くても全然いいよ。自由にやらせてよ。せっかくのお暇なんだしさ」
慎二「お前さぁ……マジでスベってんなよっ！」
慎二、初めて凪の前で涙をこぼす。
凪「……」
慎二「……」
凪「え……なんで……」
慎二「……」
凪「慎二……もしかして……泣いてるの？」
凪の表情、ほんの少しだけ、正気を取り戻したようで……。

第5話『凪、お暇復活！』

○道（夜　4話の続き）

雨の中、凪と慎二。

慎二「お前も見ただろ？　あいつのユニットバスの洗面台！」

×　　×　　×

凪、ゴンの部屋で大量の女性用化粧水を目撃するが、目をそらし、ユニットバスを出ていく。

×　　×　　×

慎二「いいのかよ、お前以外に何人も女がいるような男で」

凪、うつろな目のまま、

凪「……全然いいよ？　だって、二人でいる時は幸せなんだもん。むしろ、ゴンさんみたいなすてきな人はみんなでシェアしなくちゃ」

慎二「……寒」

凪「寒くても全然いいよ。自由にやらせてよ。

せっかくのお暇なんだしさ」

慎二「お前さぁ……マジでスベってんなよっ！」

慎二、初めて凪の前で涙をこぼす。

凪「え……なんで……慎二……もしかして……泣いてるの？」

凪。ほんの少しだけ、正気を取り戻したように、

凪「慎二？」

慎二「……ドブスが」

凪「は？」

慎二「なんで俺が泣くんだよ。雨だ雨。むしろ滑り倒してるお前に笑えてくるくらいだわ」

凪「……。そ。笑ってくれて光栄だよ。じゃこれで」

凪、去っていこうとすると、

慎二「本当にあんなやつでいいんだな？」

凪「……『で』じゃないよ、『が』いいんだよ」

慎二「……」

凪「話聞いてくれて、笑わせてくれて、知らない世界、教えてくれて、ほっとさせてくれて……ゴンさんといると空気が美味しいの」

慎二「じゃあ、お前、その空気のうまみだけのために、また空気読んでやってくんだ？」

凪「！」

慎二「散々空気読みまくってぶっ倒れた前みたい（に）」

凪「読んでない！」

慎二「あ？」

凪「もう私、空気、読んでないっ‼」

慎二「はぁ？」

凪の声に、振り返る周囲の人。

うららと買い物帰りのみすず、

みすず「大島さん？」

慎二「読みまくってっからそんなザマになってんじゃねえか！」

凪「読んでないっ！」

慎二「読んでんじゃねーか!?　もじゃもじゃのありのまま気取りのブスに成り下がったと思ったら、今度はぼろアパートの隣のゆる男に食われて、闇落ちしてんじゃねーか！ゾンビみてえなツラしてっ！」

凪「！」

慎二「イキったところで結局お前はオドオドクビク周りの空気読んで、自分をごまかして生きてくんだよ！」

凪「……」

凪、呼吸が荒くなる。うまく息が吸えない。

みすず「……」

慎二「（気づかず）言っただろ？　お前は絶対！　変われないって！　うっ！」

慎二、悶絶。お腹に体当たりをしたのは、うらら。

うらら「凪ちゃんをいじめないで」

みすず「うらら！（と、駆け寄り）ごめんなさい、大丈夫ですか？」

慎二「う（息ができない）」

凪「……」

○アパート・実景（夜）

雨、止んでいる。

○うらら・みすずの部屋・お風呂（夜）

凪、ハッカ湯のお風呂に入っている。

凪「……（ぼーっと）」

みすず「（覗いて）ゆっくりあったまってくださいね」

凪「は、はい！」

みすずが引っ込むと、凪、お湯に沈み、上がると、ふーと、気持ちよさそうに息を吐く。

凪「……あれ？」

凪の声「こんな風にゆっくりお風呂に浸かったの……いつぶり？」

○同・リビング（夜）

みすず、お風呂上がりの凪の前のテーブルで土鍋のふたを開ける。

みすず「土鍋まるごと茶碗蒸しです」

凪「うわぁ、美味しそう！　……す、すみません、お風呂だけでなくご飯まで」

うらら、座布団の上で、うたた寝している。

みすず「やだ、ごめんなさい。（凪に）温かいうちにどうぞ。お口に合えばいいんですけど」

凪「あ、いただきます（食べて）……美味しい……！　たまごがふるっふるで」

みすず「よかったー」

凪「これ、私も作りたいです！」

凪、傍らに置かれている自分が夕飯を買ったコンビニの袋に目をやり、

凪の声「……あれ？　私、いつのまに自炊、やめたんだっけ？」

凪「……」

うらら「凪ちゃん……」

凪「あ、起きた？　うららちゃん」

うらら、寝ぼけながら、凪に近づいて、

うらら「まだ、帰らないで……」

うらら、凪の膝の上で眠ってしまう。

みすず「……本当に、大好きみたいで。凪さんのこと」

凪「……」

凪、うららの頭を撫でて、気づく。テーブルの上にあるうららのキッズケータイには、凪があげたポンポンアクセがついている。

凪の声「……こんな凪にうららちゃんの顔見たの、いつぶり？」

凪「……」

×　　×　　×

布団に寝たうらら。

みすず「あの……さっき、話してらした男性って」

凪「あ、ああ、あの、少し前まで付き合ってた人なんですけど……」

みすず、お徳用の焼酎ボトルを取り出し、

みすず「わ、私でよければお話聞きます！　な、なんならお酒の力を借りても」

凪「お、おろおろしながら差し出すには、男前なお酒すぎませんか？」

みすず、凪、目を合わせ、思わず笑う。

みすず、お酒の準備をしながら、

みすず「あの方、前に駅の近くでもお見かけしたんですけど」

凪「えっ」

みすず「その時その……人目もはばからず、号泣してらして」

凪「……。号泣？　慎二がですか？」

みすず「ええ」

凪「……いや、ないです……ないです！　あの人、血とか涙とかそういう、に、人間的な液体が流れてるタイプじゃないので！」

みすず「じゃあ、見間違いだったのかしら」

凪「は、はい多分。いつも突然来て、人のこと、土足で踏み荒らすような人なんで」

みすず「でもさっきも、言葉はあれでしたけど……なんだか、凪さんのこと、とても心配してらっしゃるように見えて」

凪「そんなこと」

×　×　×

慎二「まじなのか……あいつとつるむようになってお前が変になったって話は」

×　×　×

凪「……」

凪、首を振り、焼酎を一気に飲み干す。

○スナックバブル・前の道（夜）

慎二、店の前に立っている。

貼り紙。『2号店開店準備のため、しばらくお休みします　ママ』

慎二「……ハックション！」

○慎二の家（夜）

慎二、ベッドになだれ込んでいる。

体調が悪そう。

慎二「（咳をして）あー、くそ」

×　×　×

と、その額に置かれる凪の手。

過去の凪。

凪「大丈夫？　おかゆ食べるの無理だったらせめてこれ飲んで。大根汁。喉にね、すごくいいの」

×　×　×

凪の幻は消えている。

慎二「……もう、いない……」

慎二、感傷に浸ると思いきや、急

にむくりと起き上がる。

慎二「だよ。いないんだよ」

慎二、テキパキと動き出し、食器や、水族館のパンフレットなど、凪に関する物を黙々とゴミ袋に入れ始める。

慎二、スマホを取り出し、『凪さんが退室しました』になっていたままのメッセージアプリの凪との通話記録を消し、写真を消し、連絡先を消す。

と、慎二、豆苗に目をやり、

慎二「……」

慎二、豆苗をゴミ袋の中に入れ、袋をキュッとしばる。

慎二「お、これかー。人生、リセットってやつ。うん、尊いわー」

○凪の部屋（夜）

戻ってきた凪。荒れている部屋。カップラーメンやスナック菓子。敷かれたままの布団。相棒の扇風機にはタオルがかけられている。

凪「……」

凪、気づく。

キッチン。すっかりしおれた豆苗。

と、トントン、とノックの音。

ドアを開けると、ゴン。

凪「！」

ゴン「ちょっと、いいかな？」

凪「あ、どうぞ（と言ってしまい）……あっ！」

凪、荒れた部屋を慌てて片付けようとする。

凪「最近ちょっとあの、忙しくて。あ、い、今お茶っ」

ゴン「ごめん」

凪「え？」

ゴン「凪ちゃん、ほんっと、ごめん。こないだ、ロール白菜、作って待っててくれたのに、俺すっかり約束忘れてて」

ゴン、座ってしゅんとしている。

凪「あ、いえっ、いいんですいいんです、私もあの日、あの後、いろいろと予定、入っちゃって、だからちょうど」

ゴン「お詫びになるかわかんないけど、よかったら、これから散歩でもどう？」

凪「え？」

ゴン「雨上がったから、今夜は星がきれいに見えるかなーって。凪ちゃんと一緒に見れたらなって」

凪「……。（迷うが）あ、ああの、ゴンさん。あの、あの、私」

ゴン「うん？」

凪「いえ、あの…」

と、ゴン、凪に顔を寄せて、

ゴン「いい匂い。凪ちゃん、お風呂上がり？」

凪「さ、さっき、うららちゃんのママにハッカ湯のお風呂をいただいて」

ゴン「そっかー、それじゃ湯冷めしちゃうから、今夜はもう寝た方がいいね（と、立ち上がる）」

凪「……。あ、いえ、でもやっぱり！　せっかくなので！」

凪、立ち上がろうとする。その瞬間、思い出す。

×　　×　　×

エリィ「あいつとうまくやっていくには用法用量守らなきゃダメ。依存したら終わりだよ」

×　　×　　×

凪「……」

と、ドンドンドン！　とドアをノックする音。

凪「え?!」

凪、固まっていると、ドアが少しだけ開き、隙間から、

モル「ゴンゴンいます？」

凪「！　（びっくりしてドアを閉めようとする）」

と、そのドアをガシッと摑む手。

モル、すっかりやつれた顔。手には鍵。

モル「スマホつながらないから心配になっちゃってイベントにも来てないしいつものコンビニにもいないし部屋にもいないしどうしようどうしたらいいいんだろう」

凪「……」

モル「あーゴンゴン！」

モル、勝手に上がりこんでくる。

凪「！　あ、あのっ」

モル「もー、なんども連絡したんだよ？」

ゴン「あー、そうだったんだ、ごめん」

モル、げっそりした顔で、微笑んで、

モル「ふふー、ほんと自由人なんだから！　行こ？」

モル、ゴンを連れていく。

ゴン「(凪に) ごめん。じゃ、また。おやすみ」

凪「あ、はい！　おやすみなさい……」

ゴン、部屋を去る。

凪「……今の、『ゾンビ』？」

凪、思わず、洗面所の鏡に近づき、

凪の声「私……あの子と同じ顔してる？」

凪、鏡の前で、ぎゅっとつぶった目を、恐る恐る開く。仄暗い中、浮かび上がるのは、不気味な……

凪の背後のみどりの顔。

　　　凪の悲鳴。

○タイトル

○凪の部屋（日替わり、朝）

　　　しおれた豆苗に、朝日の光が差し込む。
　　　ラジオの音に、凪、ドアを開ける。

みどりの声「ゆうべはごめんなさいねえ」

○同・共有スペース（朝）

　　　凪、出てくると、みどりがラジカセを前にラジオ体操をしている。

みどり「びっくりさせちゃって」
凪「い、いえ！」
みどり「下が騒がしかったから、泥棒でも出たのかと思ったのよ……どうかした？」
凪「久々、日の光浴びたら、立ちくらみが……」
みどり「いやあねえ、ゾンビじゃあるまいし」
凪「！　……あの、みどりさん、映画だと、一度ゾンビになった人間は、どうしたら復活できるんですか」
みどり「無理ね、ゾンビになったらハイそれまでよってのが、ゾンビ映画の醍醐味じゃない」
凪「そんなっ」
みどり「いいじゃない、人間でいるより楽かもしれないわよ。（体操）一緒にやる？」
凪「……や、やらせていただきます！　（日の光に）うっ」

　　　凪、クラクラしながらも、無理に太陽を浴び、みどりに合わせて、体操をする。

○会社・とあるスペース

慎二、新しい炊飯器のふたを開け、

慎二「どうです？　お米、喜んでるでしょ？」

慎二、自らしゃもじでご飯をよそう。

慎二「炊きたてぜひ召し上がってみてください。ここだけの話、他社さんとの違い、歴然ですから。あ、おかずもお好みでどうぞ〜！（と、取引先相手に妙にテンション高く）」

円、足立、江口、織部も手伝っている。

小倉、井原、遠巻きに、

小倉「（小さく）××電機さんとの新規契約、ガモさんが取ったらしい」

井原「わー、とうとう切り崩しましたか」

小倉「最近ちょっと変だったけど、完全復活って感じだな」

井原「いいですよねー、市川もガモさんにすっかりなついちゃって」

小倉「……」

円「どうぞ〜」

円、慎二の周りで笑顔で配膳を手伝う。

嶋課長、やってきて

嶋「市川さん（おいでおいで、と）」

円「はい」

×　　×　　×

バックヤード。嶋に呼ばれた円。

嶋「××（得意先）さんから君の対応がとてもよかったってお褒めのメールが来てね。いやあ、俺も鼻が高いよ」

円「よかったです！　ありがとうございました」

お辞儀した円に、嶋、手を差し出す。

円「！」

　嶋、円の頭をポンポンして、

嶋「さすが大阪営業成績ナンバーワン！　これからもよろしくね」

円「……」

　足立、織部、江口、そんな様子を見ていて……、

足立の声「市川さん、大丈夫だった？」

○会社・喫茶スペース

　足立たちに呼び止められている円。

江口「市川さん来てから課長、テンションやばいよね」

足立「頭ポンポンとか気持ち悪すぎ」

円「ああ……まあ、仕事に支障はないんで、私は全然」

足立、織部、江口「……」

円「（空気がピリッとしたことに気づき）」

足立「あー……市川さんて、ああいうの慣れちゃってる人？」

円「いえっ、たまたま、お辞儀したところが手の置きやすい位置だったのかな、とか」

織部「わ、優しー、私、絶対無理ー」

江口「こんな可愛い顔でそんなこと言われたら男たち勘違いしちゃうよねー」

足立「ま、市川さんがいいならいいけど……気をつけないと」

円「はい…」

足立「周りから八方美人って言われちゃうよー」

円「……」

○ハローワーク

　龍子、職員男性・砂川と話してい

る。

龍子「そうおっしゃりたいお気持ちもわかります。でも、もう二度と、妥協して入った会社で自分をすり減らしたくないんです」

砂川「……もったいないなあ。せっかく素晴らしい学歴、持ってらっしゃるのに」

職員が目を落とす履歴書には、『東京大学　卒業』と。

龍子「……」

×　　×　　×

龍子、帰り際、砂川が女性職員と立ち話をしているのに気づき、挨拶して帰ろうとすると、

砂川「融通きかないんだよなぁ。だから、『高学歴の人は使えない』って言われちゃうんだよ」

龍子「……」

龍子のスマホが鳴り、砂川と目が合う。

砂川と女性、気まずく去っていく。

龍子、スマホを見ると、凪から。

龍子「……」

×　　×　　×

＃4。

龍子「現実見てください、大島さん！　そんなの、本当の幸せじゃないと思います」

凪「さ、坂本さんに本当の幸せの、何がわかるんですか！」

×　　×　　×

龍子、手首のブレスレットを見つめ、電話を取らずに、歩いていく。

○道

ヤオアニ帰りの凪、つながらなかったガラケーを見つめ、ため息。

凪「だよね……ゾンビとなんか、もう関わりたくないよね……重たっ」

凪、太陽の日差しと野菜の重さにフラフラ。

みすずの声「いつのまにこんなもやしっ子に……」

凪、見ると、カフェ、作業着姿のみすずが、ママ友三人に囲まれてランチをしている。

みすず「すみません、こんな格好で」

祐美《ゆみ》（ママ友）「ううん、全─然っ、仕事の休憩時間に来てもらってごめんね！」

みすず「すみません、いつもお誘いいただいてるのに……」

祐美「全然！　うちの子からうららちゃんの話よく聞いてるの。元気いっぱいでいいわよね、階段の高いとこから飛び降りたり。うちの子にはうららちゃんみたく運動神経よくないんだから真似しちゃダメって言ってるんだけど」

凪「！」

ママ友1「うちもー、絶対怪我するわ」

みすず「……す、すみません。言っておきます」

祐美「お母さんが一緒にいて発散できる時間作ってあげたらいいんだろうけど、お忙しいもんね」

みすず「い、いえ」

凪「……」

凪の声「うわ……私これ知ってる」

祐美「あ、ねえ、来月のバザーは来てね」

みすず「あ……はい、いつも役員の仕事も満足に参加できなくて」

祐美「全然、全然！　絶対うららちゃんママに似合う服があって」

ママ友2「あの花柄のワンピでしょ！」

ママ友1「絶対似合うよね！」
祐美「うららちゃんママ美人だから私たちプロデュースしたい欲もりもりなの」
凪の声「何かをオブラートに包んだ」
ママ友1「もったいないよねーっていつも話してて」
祐美「綺麗なママの方がうららちゃんもきっと嬉しいと思うし」
凪の声「じんわりサンドバッグタイム！」
みすず「……」
凪「(見つめ) ……」
凪の声「ど、どうする？」
凪の目の前に現れる選択肢のカード。
『助ける』『しばらく様子を見る』『見なかったことにする』『逃げだす』
凪の声「いや、それは人として！　こないだは助けてもらったんだし」
『勇気を出して声をかける』
凪の声「……でもこんなのと知り合いって思われたら余計……」
と、クラクションの音。
凪「！」
近くに停めてあった軽トラから、作業着姿の男・中村健《なかむらたける》、
中村「まだっすかぁ？」
みすず「中村くん」
中村、出てきて、みすずの腕を取ると、
中村「もうこの人連れてっていいすかね？　わざわざ仕事、中抜けしてきてるんすけど」
祐美、ママ友1、ママ友2「……」
みすず「すみません、そろそろ仕事に戻らないといけなくて」
みすずが財布を出そうとすると、

祐美「あら、いいわよいいわよ、ランチくらい」
みすず「い、いえっ、そんなわけには」
　みすず、祐美、やりとりが続く中で、中村、乱暴に千円札を一枚置くと、みすずを軽トラに連れていきながら、
中村「(声大きく)ったく毎回くどくどくどくど長えんだよ。おばさんシンポジウム」
みすず「中村くんっ」
　軽トラ、見事な切り返しで去っていく。
祐美、ママ友1、ママ友2「(唖然)」
凪「(小さくガッツポーズ)よくやった、中村くんっ」
祐美「(千円札手に)足りないんだけど。信じられない。あんなガラの悪い人のいる職場に勤めてるなんて。ほんとあの人、男を味方につけるの上手よね」
凪「！」
ママ友2「先生もあの人には甘いし」
凪「(ママ友たちを見つめ)」
祐美「亡くなった旦那の勤め先でおこぼれの仕事もらってるんでしょ？　ああいう人こそ手に職つけなきゃダメなのよ」
ママ友1「お給料だってたかがしれてるだろうし」
ママ友2「資格取るなりなんなりして自立しないと」
祐美「うららちゃんがかわいそう〜」
凪「！」
ママ友1、ママ友2「ねー」
凪「(ママ友たちに近づき)」
祐美「男に頼ってしか生きられない人って嫌よねー」
　ママ友たち、うんうん、と頷いて、

気づく。
凪が、すぐ目の前にいる。

凪「……（憤然と見つめ）」

祐美「……。なんですか？」

凪「……あの」

ママ友1、2「……」

凪「……あのっ」

祐美「……」

凪「あのっ!!　……駅っ!!　どっちですか!?」

祐美、ママ友1、ママ友2「……（黙って指をさす）」

凪、ヤオアニの袋を抱えて歩いていく。

○道

歩いてきた凪、袋を下ろし、座り込む。

凪「……言えなかった……」

と、その凪の頭をもふもふと撫でる手。

うららだ。

凪「うららちゃん……あ、あの、ごめんね、うららちゃん、私、最近ずっと……」

うらら「また、遊んでくれる？」

うららの手には、ポンポンアクセのついた毛糸のブレスレット。

凪「……う、うんっ、もちろん！　私でよかったら」

と、うららの友達、かのん、ゆきのが来て、何も言わず、通り過ぎていく。

凪「あれ？　今の、お友達だよね」

うらら「私と仲良くしたらダメだってお母さんたちに言われたんだって」

凪「え？」

うらら「だから、もうしゃべらないようにしてる」

凪「そんな！」

祐美の声「うららちゃん、こんにちはー」

凪「！」

祐美「お母さんの代わりにお買い物？　大変ねえ」

うらら「全然。別に普通です。お隣さんの、大島さんです」

凪「あ、ど、どうも」

祐美「あらー！　お隣さんだったのー」

ママ友1、2「(品定めするように凪を見る)」

かのん、ゆきの、振り返ってうららを見ている。

かのん「ママ〜」

ゆきの「もう行こうよ」

祐美「ちょっと待って。(うららに)やっぱり、お母さんの帰りは遅いの？　お部屋は散らかったりしてない？」

凪「！」

祐美「あ、お隣さんだったら、何か騒音とか聞こえたり」

凪「え？」

祐美「(うららの耳に入らないように小声で)ホラ、虐待してる音だとか、ガラの悪い男の人の出入りとか」

凪「……」

祐美「彼女、母親としてちょっと危なっかしいところあるから、私たちが気をつけてあげなきゃって言ってるの。うららちゃんのためだったら、私たち、全然」

凪「あの。そういうのって、すごく失礼だと」

と言いかける凪の手を取るのは、

うらら。

凪「！」

うらら「(ママ友たちに)今からちょっと行き

たいところがあるんですけど、子供一人だと不安なので、付き合っていただけませんか?」

祐美「もちろん!」

○工事現場近く(夕)

うらら、凪、ママ友とうららの友達たち、やってくる。

シートで覆われた中からは、工事の音。

うらら「凪ちゃん知ってる? ここ、新しくファッションビルが建つんだって」

ママ友2「そうなのよね!」

祐美「おばさんたちも楽しみしてるのよー」

うらら、中に入っていく。

凪「うららちゃん?! 危ないよ!」

凪、慌てて追っていく。

うらら「あ、いた!」

凪「え?」

うらら「おかーさーん!」

遠くに見える巨大なクレーン。運転席に乗り、それを真剣な面持ちで操っているのは、みすずだ。

凪「!」

ママ友たち「!!」

凪「(みすずの姿を見つめ)……」

みすず、うららたちには気づかない。

うらら「……おかーさーん!」

男たちがうららに気づき、みすずにジェスチャーで伝える。

みすず「うらら?!」

うらら「(手を振る)」

× × ×

汗だくのみすず、うららたちの元

　へ。
みすず「危ないでしょ、こんなとこ来ちゃ……（ママ友たちに）すみません、先ほどはお話の途中で」
うらら「みんな、このビル建つの楽しみにしてるんだって」
みすず「え??」
祐美「え、ええ」
　みすず、心底嬉しそうに微笑んで、
みすず「素敵なカフェや、お洋服のテナントいっぱい入るらしいですよ。大人も子供も、みんなの憩いの場になるといいですよね」
ママ友たち「……」
凪「……」
中村「（遠くから）職長！　進行表の変更点、確認、お願いしまーす！」
みすず「（ママ友たちに）あ、失礼します。（中村に）はーい！」
　みすず、男たちの元へ。
　上司として、潑剌と指示を飛ばしている。
ママ友たち「……」
　うらら、みすずの様子を嬉しそうに見ている。
凪「（みすずとうららを見て）……」

○道（夕）

うらら「お世話になりました。では」
　うらら、ママ友たちと別れる。
　と、しばらく歩いて、友人たち、こっそり振り返り、うららに小さく手を振る。
うらら「（手を振る）」
凪「あれ?」

うらら「あ、話さないようにしてるのは、大人の監視の目がある時だけです」
凪「え……」
うらら「あれから犬飼ってないのも、住んでる家も、ほんとのこと話したら、もっと仲良くなっちゃって」

と、うらら毛糸で作ったポンポンアクセのブレスレットを見せる。
凪、気づく。友達の女の子たち、同じブレスレットをしている。

うらら「私たち、親が思ってるほど子供じゃないから。一緒にいて楽しい子は、自分で考えて選べるし」
凪「……」

うらら、歩きながら、

うらら「ね、凪ちゃん。うちのお母さん、超かっこいいでしょ」
凪「……」
うらら「だから、全然、いろいろ、平気なの」

そう言って、誇らしげに微笑むうらら。

凪「……。うん。かっこいい。自分の足で立ってるうららちゃんママも、自分の意志で友達選んでるうららちゃんとお友達たちも、超、超、かっこいい！」
うらら「ふふっ（と、歩いていく）」

凪、もう一度、工事現場を振り返り、クレーンを見つめる。

凪「……。うららちゃん。ごめん」

凪、突然、走り出す。

うらら「凪ちゃん？　どこ行くの？」
凪「私ちょっと、ちょっとっ、旅に出てくるっ!!」

凪、ヤオアニの袋を抱えたまま、走り去る。

うらら「……旅？」

○会社・オフィスフロア（夕）

慎二、窓からクレーンを見つめている。

小倉「(来て）ガモさん、何見てんすか」
慎二「クレーン。あんなでっかいの、思うままに操れたら気持ちいいだろうなーって」
小倉「会社一でかい金額動かしてる人が何言ってんですか。あ、市川もうすぐ来ます」

そこにやってくる円。

小倉「市川って女子社員にちょっと評判悪いみたいですね、男にだけやたら色目使ってるって」
円「！」
慎二「色目ねー、なるほどー、ヘド出るわな」
小倉「ですよねー、まぁだいぶ思わせぶりですもんね、あいつ」
円「……」
慎二「ヘド出るわな。そういう生産性のない悪口」
円「……！」
慎二「実際、色目でもなんでも結果残してりゃいいだろ。あいつ大阪で営業トップでこっちに抜擢されて来てんだぞ。俺たちもうかうかしてらんないってこと」
円「……」

○アパート前の道（夕）

凪、自転車にまたがり、走り出す。

○道（夕）

凪、自転車を全力で漕いでいる。

凪のM「もう一度、あの海に行かなきゃいけない気がする」

凪、自転車を漕ぐ。

凪のM「今度は一人で、自分の運転で、今すぐ」

○別の道（夜）

自転車を漕ぐ凪。

凪のM「自分の足で漕いで。走って。走って。そうして夜明けとともにたどり着いたのは」

○凪の妄想・ゴンと行った海（日替わり　朝）

自転車にまたがり、昇る朝日を見つめる凪。

凪のM「あの日の海」

凪、ポケットからゴンの部屋の鍵を取り出すと、キラキラ光る水面へと投げる。

凪のM「さよなら、ゴンさん。さよなら、私の恋心」

凪「（海を見つめ、微笑む）」

凪のM「そうして、私は取り戻せたんだ。私のお暇を」

○道（夜）

凪のM「……なんて、うまいことといくはずもなく」

凪、汗だくで、自転車を押している。

凪「ここ、どこ?!　ガラケー、またルート再探索してるし！」

ガラケー、充電が消える。

凪「嘘でしょ?!　（ガラケーに）ねえ！」

凪、暗闇に入っていく。

ガシャンと自転車が倒れる音。

凪「痛──っ！」

○道（深夜）

凪「痛い……暗い……怖い……痛いよぅ」

凪、破れたデニム、血が出た足を引きずりながら、自転車を押してくる。と、一筋の光。

そこには、『スナックバブル２号店』と書かれた看板。中の様子は見えない。

凪「……」

凪、自転車を止めると、ためらいつつも、その扉に手をかける。

○スナックバブル２号店（深夜）

扉が開く。新装開店のお花が届いている。

凪「あ、あの、失礼します」

杏「来たー！　お客さん第一号！」

凪「あ、あの、すみません、私お客さんじゃないんです」

杏「え？」

凪「自転車なのでお酒も飲めなくて、このあたりで迷子になってしまい道をお尋ねしたくて」

ママの声「客じゃない？」

ママ、凪の目の前に顔を出し、

ママ「冷やかしなら帰んな！」

凪「……し、失礼しました（帰ろうとする）」

杏「ちょっと待って。ね、ママ、この子怪我してる」

ママ「あん？」

×　　×　　×

ママ、凪の膝の傷を治療。

ママ「(面倒くさそうに) はい、これで大丈夫」

凪「あ、ありがとうございます」

杏「ガラケーも今充電してるから」

ママ「せっかく客が来たと思ったら手負いの電力ドロボー」

凪「す、すみません。あ、あの、お酒は飲めないんですが、ソフトドリンクを、一番安いやつをお願いします」

杏「はーい (とカウンターへ)」

ママ「あんた、家どこ?」

凪「た、立川です」

ママ「立川? 最近よく聞くわねえ。タクシー呼んでやるから、さっさと帰りな」

凪「いえっ! 家に帰るのは、ちょっと!」

ママ「は?」

凪「……いえ、今戻ったら、私、きっとまた……」

◯ゴンの部屋 (深夜)

ゴン、モルに尖ったペンを突きつけられている。

ゴン「とりあえず、落ち着いて話そ? これしまって」

モル「触らないでっ!」

と、モルのペンがゴンの腕に刺さる。

ゴン「(ペンを抜いて) よかった、折れてないよ、モルちゃんの商売道具」

モル「……なんでそんなに優しいの?」

ゴン「え?」

モル「もう無理。今ね、大好きだった絵が、一枚も描けないの」

ゴン「……」

モル「ゴンゴンは、私にとっては、ドラッグだったみたい。一緒にいると、私ダメになる。だから、もう会わない」

モル、ゴンに鍵を返す。

ゴン「さみしいな」

モル「嘘。ずるいんだよ、ゴンゴンは」

モル、ゴンに抱きつく。ゴン、キスをする。

二人、折り重なっていく。

杏の声「無理めの男との情欲に心乱れ」

○スナックバブル2号店（明け方）

杏「そんな自分と決別するためにその男と昔行った海に一人、旅の途中……ってこと」

ママ、カウンターの中で料理をしながら、

ママ「『青い鳥探し』ってとこね。幸せの青い鳥探して飛び回って、結局自分の家の中にいましたっていうオチでしょ、どーせ」

杏「でもわかる。地元帰りたいー、やっぱ実家落ち着くもん」

ママ「旅に出たとこで、そんなもんよ」

凪「いや、でも、それって、青い鳥をちゃんと探したことのある人が言うから深みがあるっていうか、お恥ずかしながら私、SNSとかで誰かの旅の素敵な写真がアップされるたび、『で？』って」

× × ×

凪のマンション。SNSを見ているロングヘアの凪。

凪の声「私、知ってるよ、遠くに行ってもあなたが何も変われないって。意味なくない？　って『いいね！』押しながら思ってて」

× × ×

杏「性格悪ー」

凪「でも……あんな遠くに行けちゃう人たちっ

て、本当はすごかったんだなって……私、二十八歳で、今、無職なんですけど。今までの人生で、一度も自分の意志で、どこかに行きたい、と思ったことがなくて」
ママ「……」
杏「やっべー」
凪「で、ですよね？　いつも誰かに乗っかって泳ごうとして、その浅ましさに一度気づいて、元カレにもこれからは、一人で泳いでいくから！　なんておっきい口叩いた直後に、恋のキラキラに溺れてまた別の人に乗っかって」
ママ「……」
凪「だから私は、自分の意志で、自分の足で、一人で、海に行かなきゃいけないんです、今すぐに」
ママ、凪の前に丼をどん、と置く。
ママ「あいよ、青い鳥丼！」
杏「わー、ママの鳥照り丼！」
ママ「あんたの目的地、意外と遠いよ」
と、ママが渡すのは、ペンでルートの書き込みをした周辺の地図。
凪「これ……（ママを見つめ）」
ママ「ほら、明けてきたよ」
外から明るい光が入り込んでくる。
ママ「初めて自分の意志でどっかに行きたいって思ったなら、それ食って、とことん走りな！　二十八歳無職！」
凪「は……はいっ！　いただきますっ！」

○地下道（日替わり、朝）

凪、自転車を漕いでいる。
明かりが見えてくる。

○ゴンと行った海（朝）

凪、海にたどり着いた。

凪「つ、着いたー！」

凪、海を見つめ、

凪「な、なんか普通だな……あの時ほど綺麗じゃないし……けど」

凪、思いっきり息を吐いて、吸う。

凪「……うん。じゅうぶん」

○ゴンの部屋

『バイバイ　モル』とイラスト入りで書かれたメモが置かれている。

○コインランドリー

ゴン、モルに返された鍵を見つめている。

ゴン「（寂しげに）本当にもうおしまいっぽかったな…」

ノリ「お前、何人食えば気がすむんだよ」

タカ「こないだもイベント中女の子とイチャイチャイチャイチャ、ずりーんだよ、お前は」

ゴン「ずるいのかな、俺」

エリィ「百害あって一利なしのドラッグ野郎。自分がぶっ壊れてるって、少しは自覚したら？」

ゴン「えー」

エリィ「あんたの部屋のゴーヤだってさ、水あげるだけあげて優しくしといて実がなって弾けてもまんま放置じゃん」

ゴン「あ、欲しかったら持ってってってい－よ」

エリィ「そういうことじゃなくて！　あんた、可愛い、面白いってそれだけでいくらでも優しくするけど、ありったけの水をもらった方は、その先が欲しくなるの！

そういうのわかんないでしょ」

ゴン「うーん。あ。おいでー、ぽっぽー」

ゴン、寄ってきた鳩にパンをやる。

エリィ「人の話聞いてた？」

ゴン「……可愛い、面白い。から、優しくしたい。それだけじゃ、ダメなのかなあ……」

○凪のアパート前の道

龍子、元気のない様子で歩いてくる。

と、自転車で走っている凪を見かける。

龍子、声をかけずに去る。

○凪の部屋

帰ってきた凪、畳に倒れこむ。

凪「家……！（畳にしがみつき）離れてみてわかったよ、あなたの尊さ！」

凪、部屋を見回し、

凪「……」

凪、立ち上がると、猛烈な勢いで掃除を始める。

×　×　×

凪、しおれた豆苗を収穫。他の野菜に水をやる。

凪、粉をこね始める。

×　×　×

片付いた部屋。凪、扇風機に目をやる。

凪「……」

凪、扇風機にかけられたタオルを取り、

凪「ごめんね。……ただいま」

凪、ガラス戸に映る自分の顔を見

る。

凪「……」

凪、火にかけていた土鍋のふたを開ける。

凪「(微笑む)」

ピンポーンというチャイムの音。

○ゴンの部屋〜廊下

ゴンの部屋の前で向き合うゴンと凪。

凪「えっと、ゴンさんにお話ししたいことがあって……鍵、お返しします」

ゴン「……」

凪「それで、今までみたいに二人で会うのは、もうやめようって思って」

ゴン、鍵を受け取り、

ゴン「(小さく) 今日は二本立てか」

凪「ゴンさんといる時、空気がすっごく美味しくて、でも、ゴンさんといれない時……息、してないみたいだった」

ゴン「……うん」

凪「たぶん、ゴンさんは私にとって」

ゴン「うん。百害あって一利なしの、ドラッ……」

凪「ちぎりパンみたいな人なんだって」

ゴン「うん？　ち、ちぎりパン？」

凪「あっ、すみません、土鍋丸ごとちぎりパン、たくさん作ったんで、よかったら」

ゴン、手渡されたちぎりパンを見つめ、

ゴン「ちぎりパンって、何？」

凪「いろんな具が入ってるんです。レーズン、チーズ、ごま、チョコ、くるみ、豆苗も」

ゴン「俺、ちぎりパン、なの？」

凪「はい。ゴンさんって本当にこのパンみたいで、かじるたびに、次はどんな味で楽しませてくれるんだろうって、これ以上食べたら太っちゃうのにやめられなくって、でもたくさん食べたいからそれっぽい食べる理由ひねり出して、食べて、食べて……今の私にとって、ゴンさんは、あまりにも美味しすぎるんです」

ゴン「……。ごめん。ちょっと何言ってるかわかんない」

凪「え」

ゴン、凪に近づき、

ゴン「美味しいパンなら食べたい時に好きなだけ食べればいいじゃない」

凪「えっ」

ゴン「それに凪ちゃん全然太ってないし、もし太っても可愛いし（と、さらに近づく）」

凪「ちょっちょっちょっと待ってくださいね、ピンとくるたとえを探します！　……そう、例えば！　私にとって、ゴンさんはやたら色っぽい女子中学生みたいな存在なんです！しかも隣に住んでて、美味しいちぎりパン片手にいつでも食べていいよって言ってくるんです!!」

ゴン「……凪ちゃんにとって、女子中学生なの俺？」

凪「はい！　セーラー服に生足むっちり太ももです!!」

ゴン「……ちょっと待ってね……（目をつぶり一生懸命想像してみる）セーラー服……生足むっちり……中学生……ちぎりパン」

凪「……」

ゴン「……（ゆっくりと目を開け）」

凪「……ど、どうですか」

ゴン「……」

ゴン、凪の肩に手を置き、

ゴン「それは絶対食べちゃダメ。お縄だし、身を滅ぼすよ」

凪「わ、わかっていただけましたか！　……というわけで」

凪、ゴンから体を離し、

凪「これからは、前のようにいち隣人としてよろしくお願いします」

ゴン「うん、わかった」

凪「じゃあ、私はハローワークに行きますので、これで」

ゴン「いってらっしゃーい」

凪、出かけていく。

ゴン「……」

○アパート・外

凪「青春……おしまいっ！」

凪、駆けていく。

○廊下

そのまま佇んでいるゴン、ちぎりパンを一口、かじる。

ゴン「……」

中に入っていたのは、ゴーヤとチーズ。

×　×　×

＃1。同じ場所。ゴンにゴーヤを差し出した凪。

凪「この幸せの黄色いラッキーゴーヤ、誰かに食べて欲しいなって、ずっと思ってて」

コインランドリーで体操している凪。（＃2）

流しそうめん用の竹を破る凪（＃2）。

ホットポテト（＃2）。イワシのフリッター（＃3）。

公園でのお昼寝（＃２）、など…
…。
×　　×　　×
ゴン「……ん？」
ゴン、初めて感じる感情に、戸惑う。

○取引先会社・前の道（夕）

慎二、円、タクシーに乗り込む。
慎二「飯田橋まで。もう二人、すぐ来るんで、ちょっと待っててもらえますか」
運転手「はい」
慎二、書類をチェックしていると、
円「あの……我聞さん」
慎二「（書類を見ながら）んー」
円「あの……どこに行っても、八方美人って呼ばれる人のことって、ど、どう思われますか？」
慎二「……八方ブスよりよくね？」
さらっと言って、書類を見ている慎二を、円、恋する視線で、見つめる。
円「……」
小倉「お待たせしました」
小倉と井原が来て、井原が助手席に、小倉が円の隣に座る。
円、席を詰めて、右手が慎二の左手に少し触れる。
慎二「（ん）」
慎二、手を避けようとするが、円、そのままにしている。
慎二「……」
慎二の声「ん？　ん？」
井原「（慎二）この時間帯混んでますかね？」
慎二「かもなー（運転手に）湾岸通りでお願い

できますか?」

慎二、円、わずかに手が触れ合ったまま。

慎二「……」

円「……」

慎二「ん? うーん、うん。ん。なるほど」

慎二、まんざらでもない様子。

慎二の指、動いて、円の指に重なりそうになり……。

走り出す車。

○とある会社(夕)

社長室。社長、社員の沖田《おきた》、坂本、

社長「坂本龍子さん、素晴らしいね。まず、名前が素晴らしい! ご学歴も東大ご出身で、ご立派じゃないですか」

龍子「……ありがとうございます」

沖田「彼女、大学時代のゼミの後輩でとても優秀なんです!」

社長「ウチとしては、ぜひ、坂本さんと一緒に夢を見たいなって思ってます」

龍子「はい、ぜひ、よろしくお願いいたします!」

龍子、頭を下げる。微笑む沖田。

× × ×

オフィス。龍子、頭を下げて、

龍子「本日よりお世話になりま……」

龍子、顔を上げると、社員たち、誰も龍子に目もくれず、ひたすらパソコン作業をしている。

『完全招待制』『起業支援セミナー』『上場のCEOとあなたをマッチング』『今こそ。DreamからRealへ。あなたの夢、叶えます』

電話営業をしている社員の手には、詳細なマニュアル。

「と、言われた場合↓」「と、言われた場合↓」

行き着く先には、高額な料金設定のセミナー。

社員たち、疲弊した様子。

龍子「……坂本龍子と申します！　よろしくお願いいたします！」

○ハローワーク・表（夕）

出てきた凪、龍子に電話をするも、電源が入っていないのアナウンス。と、すぐに見知らぬ番号から電話。

凪「さ、坂本さん？」
声「ううん、ママ」
凪「え？　お、お母さん?!」

○スナックバブル2号店（夕）

ママ「アタシよ、アタシ！　青い鳥丼の恩、もう忘れた？」

○ハローワーク・表（夕）

凪「ああ！　その節は大変お世話に」
ママの声「あんた、無職なのよね？」
凪「は、はい、おかげさまで」
凪のM「大島凪。二十八歳、無職、しばしお暇、をいただいております。が」

○スナックバブル2号店（日替わり、夜）

凪のM「仕事、決まりました」
混雑している店内。女の子たちが増え、ボーイ姿の凪、戸惑いなが

ら、

凪「い、いらっしゃいませー！」

ママ「凪ボーイ！　氷まだ？」

凪「は、はいっ！」

杏「これ、飾っといて、お得意さんから（と花を渡す）」

凪「は、はいっ」

凪、届いた花をカウンターに飾る。

客「お姉ちゃん、取り皿ないんだけど」

凪「は、はいっ！　ただいま!!」

花に付けられたカードには、『2号店オープンおめでとうございます。今度顔出しますね　我聞慎二』

凪、全く気づかず……。

○道（夜）

慎二、円、どこかに向かって歩いている。

○スナックバブル2号店（夜）

お店の扉が開く。

凪「！」

凪、びっくりした顔で。

第6話『凪、坂本さんを救う』

○スナックバブル2号店（夜）

凪のM「大島凪。二十八歳、無職。でしたが」

　開店後の店内。混雑している。

凪のM「この度、お暇を、しばし、お暇させて
いただきます」

　凪、ママや杏と客との会話を邪魔しないように、こそこそと飲み終わったグラスなどを片付ける。

杏「（客に）今日、メイク変えてみた、どう？
ま、似合う以外は認めないけどー」

ママ「アケミちゃん、優しすぎんのよ〜、その旦那、一回連れてきな。アタシが説教してやるから！」

アケミ「ママ、ホント言ってやってよー！」

　凪、気づく。目の前、カウンターで一人、むっつりと黙って飲んでいる中年客・オシオ。

凪「(は！)」
凪の声「た、退屈してる？　何か話題を！」
オシオ「……あんた、サッカー好き？」
凪の声「話題振ってくれた！」
凪「サッカー、サッカーですね！　サッカー、サッカー……すみません、私、サッカー全然観ないのでわからなくて」
オシオ「……そう」
凪「……」
右下に、『完』のテロップ。
凪の声「会話、終わっちゃった！」
アケミ「ボーイさん、カラオケのリモコン頂戴！」
凪「は、はいっ、どうぞ」
アケミ「(リモコンを操作して)あんた歌わないの？　なんか好きな歌、ある？」
凪の声「話題振ってくれた！」
凪「歌、歌ですね！　……歌……歌……す……すみません、私、音楽全然聴かないので、わからなくて」
アケミ「あっそ……」
右下に、『完』のテロップ。
カラオケが始まる。凪、落ち込みながら、雑用に戻る。
凪の声「もっと話し上手になりたいな……例えば」
杏「これ、飾っといて、お得意さんから(と花を渡す)」
凪「は、はいっ」
凪、届いた花をカウンターに飾る。
『2号店オープンおめでとうございます。今度顔出しますね　我聞慎二』
凪、全く気づかず。ドアが開く音。
凪「いらっしゃいませ！」
凪、びっくりした顔。目の前に現

れたのは、

龍子「……ご無沙汰してます」

凪「坂本さん！　どうしてここ」

龍子「アパートのおばあちゃんに聞きました。……ごめんなさい、何度も電話もらったのに」

凪「いえ、こちらこそ！　……あの、あの時は……」

×　　×　　×

#4。

凪「……さ、坂本さんに本当の幸せの、何がわかるんですか、げ、現実の恋愛は、坂本さんが好きな少女漫画とは違うんです！」

×　　×　　×

凪「坂本さんにひどいことを言ってしまって……本当に、ごめんなさい」

龍子「……いえ、私の方こそ。恋愛のスタイルは個人の自由なのに出過ぎた真似をしてしまいました。ごめんなさい」

ママ「（見ている）」

×　　×　　×

店内。カウンターに座る龍子。

凪、カウンターの中で、カウンター越しに、

凪「あの後、ゴンさんとはその……お別れしまして」

龍子「！　そうだったんですか」

ママ「その男忘れるために旅に出て、ここに流れ着いたの、この子（と、凪と龍子にビールを）」

凪「ああっ、（私の分まで）ありがとうございます」

ママ「大丈夫、給料から引いとくから」

凪「……」

龍子「……やっぱりすごいな、大島さんは。少し会わない間に、たくましくなって」

凪「いえいえっ、闇に落ちて戻ってきただけです……」

龍子「………私も、大島さんにご報告があって」

龍子、自分の名刺を差し出す。

龍子「決まったんです。就職」

凪「え?!」

龍子「合同企業説明会で大学の先輩に偶然再会して、面接に行ったらとんとん拍子に。働き方改革で副業を考えている人向けに、セミナーを開催している企業なんです。人の夢を支援する仕事ってやりがいがあると思って」

凪「……よかったですね。坂本さん。頑張ってましたもんね」

嬉しそうな凪の様子に、龍子、嬉しそうに微笑む。

ママ「なんなのあんたら、できてんの?」

凪「か、乾杯しましょう! 坂本さんの就職のお祝いに」

龍子「大島さんの新しい一歩と……あと……仲直りにも」

凪「……(微笑み)頑張りましょうね、お互い」

龍子「はい。前向きに」

二人、微笑み、乾杯をする。

と、ビールがこぼれ、カウンターに置かれた名刺が濡れる。

凪「ご、ごめんなさいっ!!」

慌てて名刺を拭く凪。企業コピーの『Dream』の文字がにじむ。

不吉な予感。

○タイトル

○ゴンの部屋(日替わり、朝)

ゴン、ハンモックに座って、凪に返された鍵を見つめている。

と、隣のドアの扉が開く音。

ゴン「！」

ゴン「……」

○アパート・前の道（朝）

凪、自転車で出発していく。

ゴン、出てきて、

ゴン「な、凪ちゃん」

凪「あ、ゴンさん、おはようございます」

ゴン「……。お、お出かけ？」

凪「はい。ちょっと調べ物があって図書館に」

ゴン「……」

凪「……？」

ゴン「……じゃ（と、部屋に引っ込む）」

凪「え？　ゴンさん？」

○古着屋

ゴン、エリィの隣でTシャツを畳むのを手伝っている。

エリィ「じゃお隣さんとも、終わったんだ」

ゴン「うん。これからはただのお隣さんとしてよろしくって」

エリィ「あんたが出会う女の子みんなぶっ壊すから、毎回そうなるんでしょ。少しは人の痛みを知れっての」

ゴン「痛み……そう、最近、このへんが」

エリィ「え？　（ゴンの胸に手を当て）心臓？やばくない？　（心配して）今も痛い？」

ゴン「ううん。凪ちゃんに会った時だけ」

エリィ「……は？」

ゴン「見つめ合うと素直におしゃべりできない……」

エリィ「なんだっけそれ。……は？」

ゴン「凪ちゃん見ると胸がちくってする」
エリィ「……」
エリィ、ゴンの心臓を思っ切りパンチ。
ゴン「!?」

○会社・営業部（夜）

小倉「林《はやし》部長と広報の小島《こじま》アヤ、不倫してるらしい」
井原「え、まじっすか!?」
小倉「資料室でキスしてんの、福田《ふくだ》が見たって（と、笑う）」
慎二「脇甘いよなー、社内でいちゃつくなんて。本人たちだけバレてないつもりで、全部筒抜け」
円、向こうから歩いてくる。
井原「ま、別れた後も永遠に言われますもんねー」
慎二「そのくらいのリスク管理、できないもんかねー」
すれ違う瞬間、円、会釈。
慎二、円、一瞬だけ、二人にしかわからない視線を交わす。
慎二の声「とかなんとか思っていましたが」

○エレベーターの中（日替わり）

他の社員が降りていく。わざと降りない慎二、円。二人きりになると、目を合わせ、微笑む。手をつなぐ二人。
慎二の声「ハマっております」

○会議室（日替わり）

一人、待っている円。
慎二、入ってきて、素早く、円にキスをして、出ていく。微笑む円。
慎二の声「どハマりしております」
○会社・オフィス（日替わり）
円「我聞さん、（書類を渡し）確認お願いいたします」
慎二「はーい、そこ置いといて」
書類にはポストイットが貼られていて、『ランチ、ガパオライスのお店どうですか』
ちらっと円を見ると、円、微笑む。
慎二の声「オフィスラブ、最っ高です」
○龍子の会社（夜）
龍子、残業をしている。
沖田「龍子に声かけてよかった。オーナーもすごく喜んでるよ」
オーナー（社長）の万極《まんごく》、龍子に笑顔で手を上げて、社長室へ。
龍子「（会釈）……あの、沖田先輩、ちょっと質問してよろしいですか？」
沖田「もちろん」
龍子「この営業マニュアルなんですけれど、××は無料と最初にうたっておきながら、セミナー参加者に有料かつ高額なセミナーコースのローンをやや強引なやり口でお勧めするのは、顧客にとって大きな誤解を生みかねないのではないで（しょうか）」
沖田「好きだなあ！　龍子のそういうところ」
龍子「……」
沖田「選ぶかどうかは本人の自由だろ？　俺たちは、お客様の夢を全力でバックアップするだけ！（と、笑顔）」
龍子「……」
沖田「一緒に頑張ろうな！　俺がついてるから」
龍子「……はいっ」
仕事に戻る龍子。時計は十一時半を回っている。

○凪のアパート近くの道（夜）

龍子、家に帰る途中。
龍子「（もの思う様子）……」
凪、疲れた様子でバイトから帰宅中。
凪「（龍子に気づき）坂本さん」
龍子「！　（笑顔になり）大島さん！」
凪「今帰りですか？」
龍子「ええ、残業で終電になっちゃって」
凪「私もバイトが終わったところです」
みすずの声「こんばんは！」
凪「みすずさん、今帰りですか」
みすず「（疲れた様子で）ええ、ちょっとトラブルで会社に呼び戻されちゃって」
凪「（龍子に）お隣の白石さんです。（みすずに）ハローワークで知り合った坂本さんです」
みすず「初めまして、白石です」
龍子「こちらこそ、初めまして。坂本です」
凪「うららちゃんは」
みすず「お風呂入って先に寝るってメールが来ました」
凪「相変わらずしっかりしてますね」
凪、龍子、みすず「……」
みすず「……一杯だけ、飲んじゃいます？」
凪、龍子「はいっ！」

○共有スペース（夜）

みすず「嬉しいです、こんな風に女性同士で一杯やれるなんて」

みすず、テーブルにどん、と置くのはお徳用焼酎。

龍子「（凪に）がっつり飲む気満々じゃないですか」

凪「（豆苗とツナの炒め物をテーブルに並べながら）ですね」

みすず、テーブルのスペースを開けようと物を棚に置いていて、見つけたのは、

みすず「あら、これ」

古いタイプの人生ゲーム。

龍子「人生ゲーム！」

凪「懐かしぃ〜！　小さい頃、よくやりましたよね」

凪、龍子、みすず「（顔を見合わせ）……」

×　×　×

三人、飲みながら人生ゲームをしている。

みすず「大学の先輩と再会なんて、運命感じちゃいますね」

龍子「ええ、沖田先輩はゼミのカリスマだったんです」

みすず、ルーレットを回す『10』。

みすず「あ、女の子、生まれました（と、車に子供のピンを挿す）」

凪「うららちゃんですね」

龍子「展開早いですね、みすずさん。（と、ルーレットを回し）あ、じゃ私は大学に進学コースで（と、車を進める）」

凪、ルーレットを回す。『1』。

凪「（一コマ進めて）坂本さんは、どちらの大学だったんですか」

龍子「東大です」
凪、みすず「……」
凪「と、東京大学、ですか？」
みすず「赤門の？」
龍子「はい」
凪、みすず「えーっ！」
凪「(深夜だと気づき、口を押さえ) あ、す、すみません。さ、坂本さん、すごいじゃないですか」
龍子「(ゲームを続けながら) すごくはないです。まあ、小さい頃は地元では神童とか言われて、そのまま勉強では特に苦労することなく、東大に入りましたけど」
　龍子の車、順調にコマを進め、『大学卒業』のコマへ。
龍子「でも就活が始まったら、突然前に進めなくなったんです。面接でことごとく落とされて」
　龍子の車、『銀行員になる』に止まる。
龍子「なんとか就職してからも、決まって言われる言葉は、『空気読めよ！』って」
凪「……」
　龍子の車、『早速5月病に。一回休み』。
龍子「(顔が曇る)」
みすず「(微笑み) ゲームですから」
　龍子の車、次々に『仕事でミス　一回休み』『失言で左遷　3コマ戻る』
龍子「……」
凪「ゲ、ゲームですから」
龍子「いいんです。みんなが読めてる『空気』というものが、どうやら私には……見えないらしくて」
凪「……」

龍子「それでミスするたびに、みんな鬼の首を取ったみたいに言うんです」
凪、みすず「？」
龍子「『これだから高学歴は、使えない』って」
みすず「……そんな言い方（って）」
龍子「すり減って、職を転々として、でも後ろ向いてくよくよしたって効率悪いし、とにかく前向きに前向きに。そんな時に、大島さんに会ったんです」
凪「え？」
龍子「人生リセットして、着実に一コマずつ、前に進んでる大島さん見てたら、なんか、勇気もらえて」
凪「……そんな（と、首を振り）……あの、私、さっきから本当に、『1』しか出ないんですけど」
龍子「気づいてました」
みすず「私も」

凪の車、まだスタート付近にいる。
凪「そしてすでに約束手形がこんなに……（大量に）」
龍子「元気出してください、大島さん。それだけ借金できるのもひとつの才能です」
凪「は、励まし、ありがとうございます」
凪、ルーレットを回すが『1』。
凪「これ、壊れてません?!」
笑う凪、龍子、みすず。

○スナックバブル2号店・表（夕）

○スナックバブル2号店（夕）
開店前の店内。凪、店の隅で真剣な様子で、何かの本を読んでいる。
ママ「（外から帰ってきて）何こそこそ読んでんの？」

凪「あ、いえ！」
　凪、カバンにしまおうとするが、
　ママにカバンを開けられる。
　中には図書館で借りた、何冊もの
　会話上手になるための本。
凪「……お店のお客さんと上手に会話のキャッチボールができるようになりたくて。せめて投げてもらったボールを変な方向に飛ばさないように」
ママ「あら意外。あんた人に興味ないのかと思ってたよ」
凪「！　……そ、そんな！　人を冷徹人間（みたいに）」
ママ「ならまず愛想笑いと上っ面の相槌をやめることね。心がないの相手にバレバレだから」
凪「(ぎくっと) え。そんな（こと）」
ママ「(かぶせて) そもそも、なんで相手に会話のボール投げてもらう前提なの？　何様？」
凪「！　……で、でもこっちから会話のボール投げるのって、ハードルがっ、聞き役だったら (私にもできるかもって)」
ママ「あんたもしかして自分の事『私って聞き上手なタイプー』とか思ってない？」
凪「(図星で) えっ」
ママ「(早口でラッシュ) 本当の聞き上手は、相手が打ちやすいボール先に投げてあげてるから。あんたの場合は、あんたが顔色うかがうばっかりでなんのボールも投げてこないから、相手が気使って話題作ってくれてるだけ。じゃあ、自分から会話のボールを投げられない理由はなんでしょう？」
凪「え？　そ、(それは)」
ママ「あんたが相手に興味がないからよ」
凪「……」

×　　×　　×

開店後の店内。凪、ネギを刻みながら、

凪の声「興味ありますよ！　人に！　だから仲良くなりたいって……」

凪、店内のオシオとアケミに目をやり、

凪の声「ほんとに興味あった？」

凪「……」

凪の声「興味持ってた？　これまでも」

×　　×　　×

凪の声「例えば、足立さんたちに」

#1

足立、江口、織部とお茶をしている凪。

次々に話題を提供する足立。

凪「わかる〜」

×　　×　　×

凪、高速でネギを刻む。

凪の声「ありますよ！　人に興味！」

男の声「チース！」

そこに、ドアを開けて入ってきたのは慎二。

杏「あー、やっと来た！」

凪「いらっしゃいま……！」

ママ「もうあんたの席ないからね」

慎二「またまた〜。遠いんだもん、国分（寺）……」

慎二、気づく。固まっている凪。

目が合う二人。

慎二「……」

凪「……」

慎二「……」

凪「……」

慎二「……（そっとドアを閉める）」

杏、ドアを開けて慎二を引き込み、

杏「そういうノリいいからさっさと座んなよ」
慎二「あ、いや」

慎二、席に座らされる。

凪「……」
ママ「(凪に)ビール」
凪「あ、は、はいっ」

凪、ビールとグラスを慎二の前に、

ママ「(注いで)この子ね、バイトのボーイさん。凪ちゃん。(凪に)ガモちゃん。中目の1号店の常連さんでね」
凪「あ、は、はい」
慎二「……(営業スマイルで)どうもー、初めましてー、女性がボーイさんって珍しいですね」
凪「!」
慎二「ここのママ、人使い荒いでしょ?」
凪「あ、いえ、とてもよくしていただいてます」
ママ「めんどくさい男だけど優しくしてあげて。今、ガモちゃん、ハートブレイク中だから」
慎二「!」
凪「え?」
杏「そーそー、大好きな彼女に捨てられて? よくお店で号泣」
慎二「(言葉を打ち消すように、杏の言葉と同時に)あーーー! ビール! 炭酸! 俺もう無理かも!」
ママ「店に来ちゃ愚痴って泣いて愚痴って泣いて」
慎二「(打ち消すように同時に)トシだなこれ!! なんかもうシュワシュワ、上がってきてウエッてなっちゃうから! ウイスキーちょうだい! ウイスキー、スコッチ! 早くっ!」
凪「は、はい(と、席を立つ)」

グループ客の桃園《ももぞの》、

桃園「おねーさん、こっちの飲み物まだなんだけど」
凪「は、はいっ、すみません、すぐ！」
ママ「(慎二に) どしたの？」
慎二「……別に？」
凪、動揺しつつもグループ客に飲み物を持っていく。
慎二「(ちらっと見て)」
ママ「(その視線に気づき) 初めて会った時ピンと来たのよ。あー、この子絶対マメだって」
慎二「……」
ママ「掃除は完璧だし、グラスもピカピカ。頼んでもないのに三十分前には出勤してるし。なんていうか律儀な子なのよね」
慎二「……」
杏「はい、お通し」
杏、白髪ねぎたっぷりの煮物を慎二の前に。
杏「凪ボーイのお手製。大根もジャガイモもしみしみ〜」
慎二「……」
慎二、食べるかどうか思案して手をつけない。
働く凪をちらっと見て、
慎二の声「……元気そうじゃん。ゾンビだったくせに」
一方の凪、グループ客に飲み物を出している。
桃園「その取引先のジジイまじ使えなくて、老害すぎ！ あれ？ ボーイさん、頭の上にゴミ乗ってるけど大丈夫？」
凪「え？」
桃園「だって、ゴミじゃん、掃除機につまってるやつ」
同僚「ひっでー!!」

ゲラゲラ笑う同僚たち。

慎二「……」

桃園「あ、俺ら歌うからダンス要員お願いね」

凪「い、いいえ、私、リズム感ないので」

桃園「はー？　空気読んでよ」

凪「……」

慎二「（立ち上がり）ボーイさん！　トイレどこ？」

凪「……ご、ご案内します！」

○同・バックヤード（夜）

慎二「お前、マジでこの仕事向いてないからやめろ」

凪「！　……決めつけないでよ」

慎二「お前いじってたあのグループとか、生理的に無理だろ。顔に出てんだよ」

凪「それは……だって、あの人たち、来るたびずっと職場の人の悪口言ってるだけなんだよ」

慎二「だから向いてないって言ってんの」

凪「え？」

慎二「こういう店って、たまったモンをぶちまける場所でもあんだよ。もてなす側の優しさで回ってるっていうか。だから、お前には無理」

凪「え」

慎二「興味ないだろ、他人に」

凪「！　なんで慎二にまでそんなこと」

慎二「だって、お前、自分に興味持ってくれるやつしか好きじゃねーじゃん」

慎二、店に戻っていく。

凪「……！」

○龍子の会社（夜）

龍子「……」

龍子、残業している。
まだゼロのままの自分の売上グラフを見て。

○同・店内（夜）

慎二と桃園たちとオシオが、同じソファ席で盛り上がっている。

慎二「俺、キチレンジャー世代！」
桃園「俺、ゴムレン世代！」
慎二「うっそ！　意外と若いのな」
桃園「ひでえ！」
オシオ「知ってる？　オクレンジャーのレッドはゴムレンジャーピンクのお父さん役の人なんだよ」
慎二「えー。マジすか？　突然のオシオさんの豆知識すげえ」

そんな様子を見ている凪。

ママ「(凪に) 人見知りのオシオちゃんがあんなに溶け込んでるの、レアよ」
凪「……」
オシオ「でも社会に出た時しみじみ思ったよ、あ、俺、ヒーロー側の人間じゃなかったって。むしろ敵側のザコキャラの方だったたってな」
慎二「(うなずき)」
桃園「でも、ザコキャラ、実は一番かっこよくね？　だってどう考えても勝てねえじゃん？　それを毎回馬鹿正直に無謀に真っすぐに突っ込んで。いっそあのザコキャラになれたらって思うんだよな、マジな話……(しんみりと)」
慎二「……」

慎二、桃園の肩を抱いて、

慎二「……わかる！」

男たちと語り合う慎二の様子を見つめる凪。

凪「…」

凪のＭ「違う。私の『わかる』と、全然」

凪「……」

凪のＭ「本当にわかってるの、『わかる』だ」

○同・店内（時間経過）

だいぶ酔っぱらった桃園を両脇から抱える慎二と凪。

桃園「ありがとねー今日、めっちゃくちゃ楽しかったわ」

桃園、ふらつきながら慎二と凪に名刺を渡す。

桃園「なんかあったら、いつでも」

慎二「へー、何屋さん？」

桃園「副業支援のセミナー営業っす」

凪「！」

凪、勇気を出して会話に加わる。

凪「あ、あの、友達が最近同じ仕事始めて」

桃園「へー、なんて会社？」

凪「はい、えっと」

凪、ポケットから名刺を取り出し、

凪「『××（龍子の会社名）』」

桃園「そこ、詐欺だよ」

凪「え？」

桃園「詐欺まがいの勧誘で有名なとこ」

凪「……！」

桃園「んじゃ、またねー、我聞くん（と、去る）」

慎二「……お前、友達なんんか、いたっけ？」

凪「坂本さん……（と、名刺を見つめ）」

慎二「……」

○同・外（夜）

帰る慎二を凪、見送りに出ると、

慎二「友達の心配より自分の心配しろよ」
凪「え？」
慎二「水商売のバイトして、あの隣の男に貢いでるわけ？」
凪「……ゴンさんとは、お別れしました」
慎二「……は？」

そこに走ってくるのは、円。

円「ごめんなさい、遅くなっちゃって！」
慎二「！」
円「あれ？　もう帰るとこ？」

慎二、円と凪に挟まれ、

慎二「あー、えっと、そうね、うん。(円に)……ボーイさん」
円「初めまして。お店のお話はいつも伺ってます！」
凪「あ、初めまして！」
慎二「んで、その……」

円を凪に紹介しようとする慎二。
慎二の前に現れる選択肢のカード。
『彼女』『彼女です』
『彼女できました』

慎二「その」
慎二「(葛藤の挙句、小さい声で) 同僚」
円「！」
凪「(聞こえず) え？」
慎二「(小さい声で) 同僚」
円「……」

慎二、挙動不審な早口で、

慎二「大阪支社から来たばっかですごい優秀で、近くで飲み会してたんだよな？　あ、店混んでるから、ママにはまた紹介するわ、行こーか、じゃ」
円「(凪に) あ、じゃ、また……」
凪「お待ちしてます」

去っていく慎二と円。

振り返る円、凪と目が合い、

円「（ぺこりと頭を下げる）」

凪「（頭を下げる）」

慎二、振り返れず、先に行く。

慎二「……」

○みすずの部屋（日替わり）

日曜日。

みすず、厳しい表情でパソコンを見ていて、

みすず「『200万円のセミナーコースをローンで契約。あまりにも意味の薄い講座内容に解約をお願いするも、ガン無視』」

凪「（覗き見て）すみません、ガラケーじゃ情報追いつけず」

一同、調べているのは龍子の会社の情報。

うらら「（音声入力）『××（龍子の会社名）』！『詐欺』！……あ、被害者の会も発見」

みすず「元社員の方から給与未払いやパワハラで何度も訴えられてるようですし……凪さん。やっぱりどう考えてもこの会社、まともじゃないように思います」

凪「……」

○凪のアパート近くの道（日替わり・朝）

坂本、ひどく疲れた様子で、出勤している。

と、待っていたのは、凪。

凪「あの、おはようございます！」

龍子「大島さん！（と、笑顔になり）おはようございます。こないだは楽しかったです」

凪「はい、私も」

龍子「また飲みましょうね！　じゃ、行ってきます！」
凪「……あの！　……つかぬことをお聞きしますが」
龍子「はい？」
凪「……だ、大丈夫？」
龍子「……」
凪「あの、ちょっと、噂を聞いて、し、調べてみたんだけど。坂本さんの会社」
龍子「……」
凪「その、あの、ひょ、評判が」
龍子「調べたってどういうことですか」
凪「え。あ、あの」
龍子「そういうの、な、なんか、すごい嫌なんですけど」
凪「！　ごめんなさい、あの、違くて」
龍子「大島さんは応援してくれてると思ってました」
凪「……でも（と言いかけると）」
龍子「遅刻しますので、失礼します！」
　と、龍子、いきなりダッシュ。
凪「坂本さんっ」
　凪、追いかけて、
凪「坂本さん、待って！」
　龍子、猛ダッシュで凪を振り切り、去っていく。
凪「坂本さんっ!!」

○龍子の会社

　追い詰められた様子でデスクにいる龍子。
　×　　×　　×
　フラッシュ。人生ゲーム。『一回休み』『3コマ戻る』のコマを見つめている龍子。

万極が来る。

×　×　×

龍子「……社長！　今週のセミナーの司会、私にまかせていただけませんか？　必ず、結果を出しますので！」

○凪の部屋（日替わり、夕）

凪、体育座りで扇風機にあたり、落ち込んでいる。

みすず「それから坂本さんとは？」

凪「留守電入れても返事なくて……嫌われちゃいました……」

みすず「……」

うらら「そのお姉ちゃんって、どういう人？」

凪「え？　……坂本さんは……真面目で、ちょっと頑固で、でも頑張り屋さんで、純粋で、なんか危なっかしくて……なんでか知らないけど、私なんかに興味持ってくれて」

うらら「……」

凪「なんでか知らないけど、突然、近くに引っ越してきて」

みすず「……」

凪「なんでか……なんでだろう……私、放っておけないんです、坂本さんを」

みすず、微笑み、

みすず「大人になると、そういう相手って、なかなか会えないですよね」

凪「……」

凪、立ち上がり……。

○凪のアパート・共有スペース

凪、部屋から出てくる。

と、スイカを持ったゴンと鉢合わせ、

ゴン「あ、あの凪ちゃん、よかったら」
凪「ゴンさんごめんなさいっ、また後で！」
凪、走り去っていく。
ゴン「……」
ゴン、切なげに一人、椅子に座り、
ゴン「体調、わる……（と、突っ伏す）」
みどり「『モーゼの十戒』さん」
ゴン「モーゼ？（あたり見回し）俺？」
みどり「映画でも、いかが？　上映料はそのスイカで」

○会社

昼休み。慎二、スマホで調べているのは、龍子の会社。

○龍子の会社・前の道

凪、緊張の面持ちで怪しいテナントビルを見つめ、意を決して行こうとすると、ガラケーが鳴る。
凪「もしもし？」
慎二の声「慎二だけど」
凪「え？　慎二？　なんで番号……」

○会社

電話している慎二。
慎二「バブルのママに聞いた。今ショートメールでURL送った。お前の友達の坂本ってこれじゃね？」

○龍子の会社・前の道

慎二の声「ほんとヤベーわ、この会社」
凪、URLを開くと、本日開催の

セミナー。
担当者・坂本龍子、とある。

凪「……あ、ありがとう！　い、行ってみる！」

凪、電話を切り、駆け出す。

○会社

慎二「は？『行ってみる』？」

○セミナー会場

龍子、舞台の中央で、マイクを持ち、

龍子「本日はお越しいただき、ありがとうございます」

集まっているのは、主婦、サラリーマンなど、どこか切羽詰まった様子の人々。
龍子、マニュアルを読みながら、

龍子「複数の収入源を持つことで人生のリスクヘッジをお考えの皆様」

○道

凪、走っている。

龍子の声「私共がさせていただくのは、より豊かな人生という、夢の実現のためのお手伝いです」

○セミナー会場（時間経過）

龍子「本業だけでは豊かな暮らしを実現できない方、子育て中の主婦の方。夢を持ちながらも自分なんてと諦めてしまっている方もいるかもしれません。でも、大丈夫です！」

○道

凪、走っている。

○セミナー会場（時間経過）

沖田、契約書を配っていて、

沖田「本日ご契約の方には特典がございますので、決断するなら、今がチャンスですよ」

何人かが契約書に書き込んでいく。

龍子「（見ていて）……」

沖田、龍子に目配せ。

龍子、マニュアルに目を落とし、マイクに、

龍子「勇気一つであなたの未来が変わるんです。あなたの『人生』という名のゲーム」

と、扉が開き、入ってきたのは、凪。

龍子「……！」

沖田「どうぞこちらへ」

と、凪、龍子に近づいていく。

沖田「参加者の方は、お席におつきください」

凪「……」

凪、構わず、坂本の前まで行く。

会場がざわつく。

龍子、凪から目をそらし、

龍子「あ、あなたの『人生』という名のゲーム、一足跳びに大ジャンプして、ゴールまでコマを進める方程式が、あるんです」

凪「（坂本を見つめ）」

龍子「あ、あなたの人生、か、勝ち逃げする方法があるんです」

凪「……」

龍子「（凪を見て）そ、その方程式をこの私《わたくし》が

皆様にお教え」

凪「……」

龍子「お教え」

凪、坂本に手を差し出す。

龍子「（つぶやく）……こっちが教えて欲しい……」

会場がさらにざわつく。

龍子「（うつむき）……」

凪「……」

凪、龍子の手を引いて、連れていく。

沖田「坂本」

参加者がどよめく中、凪と龍子、出口へ。

沖田「坂本ー!!」

追ってくる社員たち。

出口を出る凪、龍子。

と、ドアを閉めたのは、慎二。

凪「！」

慎二「（扉を押さえ）早くっ」

○スナックバブル2号店（夕）

ママ「『卒業』のラストシーンじゃない〜」

杏「かっこいーじゃん、凪ボーイ」

慎二「さすがにここまでは追ってこないだろ」

杏「でもさ、ガモちゃん、いつのまに凪ボーイとつるんでんの？」

慎二「……」

ママ「……」

席で向かい合う凪と龍子。

凪「……」

龍子「……」

凪「余計なお世話だと思います。でも、あの会社、辞めた方がいいと思います」

龍子「知ってます」

凪「え?」

龍子「先輩の会社がやばそうなことくらい、入る前から社名検索して知ってました。でも……認めたくなかった。だって、せっかく私を必要としてくれたんだもん」

凪「……坂本さん」

龍子「もう……うんざりなんです。休むのも、戻るのも。いい加減、前に進みたい。前向きに、前向きに。そうじゃなきゃ……自分が惨めで見てられない」

龍子、涙をこらえる。凪、そんな龍子を見つめ、

凪「坂本さんのいつも前向きなところ、素敵だと思います。けど……たまには後ろも向かなくちゃ、自分がどこにいるのか、わからなくなっちゃいませんか?」

龍子「……」

凪「私、全部まっさらにしたくて、こんな感じになりましたけど……最近ちょっとだけ、後ろを向くことができて」

慎二「……」

凪「今までの私は、いつも誰かにボールを投げてもらうの待ってるだけで、気遣ってもらってるのにも気づかずに、愛想笑いの相槌打つだけで」

慎二「……」

凪「お、お恥ずかしながら、本当の友達が一人もいなかったのは……きっとバレてたんですよね、上っ面だって」

凪、龍子を真っすぐ、見つめ、

凪「今は、ちゃんと聞きたいです……坂本さんの話」

龍子「……」

凪「きっと何も身になることは言えないけれど、話を聞くことはいくらでもできるから」

龍子「……」

凪「だって、私、坂本さんに、興味があるから」
龍子「……」
ママ「……」
凪「……友達だから」
龍子「……。……空気、読めない友達でも？」
凪「……空気は、吸って、吐くものです」
龍子「……」
慎二「……」
ママ「……」
杏「……」
龍子「……大島さん。……なんか、今」
凪「はい」
龍子「甘い物、食べたくありませんか？」
凪「……（微笑み）わかる」
龍子「（微笑む）……」
慎二「……」
龍子「すいません！　メガバナナパフェ二つ！」
凪「ちょっ、そんなメニューどこにもない（です）」
ママ「あるよ」
凪と龍子とママが楽しそうにしているのを見て、
慎二「……」
慎二、席を立ち、出口へ。
凪「あ、慎二！　……ありがとう！」
ママ、杏「（ん?!）」
慎二「……別に」
帰って行こうとする慎二に、
龍子「あ！　思い出しました！　あなた、白い恋人」
凪「？」
龍子「立川で一度、お見かけしました」
慎二「……は？」
龍子「泣いてましたよね？」

慎二、凪「!?」
慎二「いや、人（違い）」
龍子「白い恋人食べながら！」
凪「白い恋人？」
慎二「いやだからそれは」
龍子「いや泣いてましたよ、白い恋人食べながら！　ねえ！」
慎二「俺じゃないです！」

慎二、去っていく。
カウンター、ママと杏、慎二と凪を見て、

杏「ね、ママ……そういえば立川ってガモちゃんの元カノ」
ママ「アタシも繋がっちゃった！（ニヤリと）面白いネタ提供してくれるじゃない」

○みどりの部屋（夕）

みどり、ゴン、ポッキーを食べながら、映画『十戒』のモーゼの海割りのシーンを見ている。

ゴン「モーゼの海割り……これ、俺？」
みどり「老若男女問わず、あなたが撃ち落として横たわる屍の列、割れた海のごとく。罪な男ね」
ゴン「モーゼとか、ちぎりパンとか、俺、何者？」
みどり「あなた、その胸の痛みが本当になんなのか知らないの？」
ゴン「え？」
みどり「だとしたら、初恋ね。おめでとう」
ゴン「初、恋？」
みどり「そして、ご愁傷様。ままならぬ愛と欲望の世界へようこそ」
ゴン「？」
みどり「今度は自分が壊れる番ね」

ゴン「……」

○会社・オフィス（日替わり）

円「我聞さん、（書類を渡し）確認お願いいたします」

慎二「はーい」

書類にはポストイットが貼られていて、『ガレットのお店、行きたいです』

円らしい可愛いイラスト付き。

ちらっと円を見ると、去っていく。

慎二「（どこか浮かない顔）」

部長「我聞、ちょっと」

慎二「あ、はい！」

慎二、書類の上に別の書類を乗せて、席を立つ。入れ違いにやってきた足立。

資料を慎二のデスクに置こうとして、気づく。

はみ出たポストイットの文字。

足立「……」

足立、すすすっと上の書類をずらして、戻す。

足立「……へー」

資料を置き、帰っていく足立。

江口「ランチ、どこ行こっか？」

足立「……ガレットとかどう？」

織部「あー、食べたい！」

○凪のアパート近くの川沿いの道（夜）

外に出てきている凪、龍子、みどり、ゴンたち。

うららとみすずだけは浴衣を着ている。

うらら「あ、上がった！」
花火が上がっていく。弾ける花火。
みどり「たーまやー」
凪、龍子、うらら、みすず「（真似して）たーまやー」
花火が凪の顔を照らす。
ゴン「（見つめ）……」
凪「（楽しそうな表情）」
夕のM「凪。あなたはこんなとこにいてはだめ」

○北海道・公民館（夜）
町内の人々の親睦会イベント。
子供たち、軒先で花火をやっている。
×　×　×
大人たちは飲み会に突入。
女性1「そういや凪ちゃん、もうすぐ三十でしょう？　そろそろ結婚相手でも連れてきそう？」
夕「いやあ……うちはそういうの自由にやらせてるから」
女性1「あ〜。だからダメなんだわ、大島さんは〜」
夕「……（愛想笑い）」
女性2「また、散らかしたまんまで」
子供たちが遊んだまま置いてあるのは、人生ゲーム。
女性1「人生ゲーム、子供らが納屋から見つけてきたんだって」
女性たち「なつかしー！」
夕「（合わせて）なつかしー」
×　×　×
飲みながら、人生ゲームをやっている大人たち。

大騒ぎする大人たちを横目に、夕、一人片付け。
マスを進んでいく車。

夕のM「凪。安定した仕事について。幸せな結婚をして」

女性1「そういや、昔、誰だったか子供生まれるマス止まった時、車に挿した子供のピン、放った子いなかった？」

おじさん「そういう勝手なことするのはお前だろ？」

夕、ガラケーで電話をかける。

夕のM「逃げて。自由に。遠くに」

女性2「違うわ。それ大島さんでしょや」

女性1、おじさん「えっ」

女性2「あんなおとなしそうな顔して、邪魔だからいらんってポーンって子供のピン放って。おっかないわって震えたわ」

電話つながらずかけ直す。相手は、凪。

夕「……」

夕のM「逃げて逃げて。そして、凪。お母さんを、こんな地獄から、早く連れ出してね」

○凪のアパート近くの道（夜）

凪「わー、今の見ました？　お花の形！」

凪、ゴンを見る。

ゴン「！」

凪「（ゴンを見つめ）……ゴンさん、そのまま」

ゴン「え？」

凪、真剣な顔で、ゴンに顔を近づける。

ゴン「……！」

ゴン、花火の音とともにドキドキが止まらない。
二人の距離、至近距離まで近づい

て、

ゴン「(思わず目をつぶる)」

と、凪、ゴンを軽く平手打ち。

ゴン「!」

凪「蚊です。仕留めました」

ゴン「……」

ゴン、力が抜けたように崩れて凪にしな垂れかかる。

ゴン「恋……しんど……」

凪「ご、ゴンさん? 体調悪いんですか? 大丈夫?」

○凪の部屋(夜)

置き忘れられた凪のガラケーが、扇風機の隣で鳴っている。

第7話『凪、夢を描く』

○ガレット屋

美味しそうなガレットのランチが運ばれてくる。

わあ、と盛り上がる近くの席の女性たち。

円、慎二を見ると、

慎二「(上の空)」

慎二、思い出すのは、

× × ×

#6。

凪「ゴンさんとは、お別れしました」

凪「……慎二！　ありがとう！」

× × ×

慎二「……」

円「……」

円、そんな慎二を見つめ、思い出すのは、

×　　×　　×

#6。慎二、凪に円のことを、

慎二「……同僚」

×　　×　　×

円「……あの、我聞さん……」

店員「（ガレットを運んできて）お待たせいたしました！」

慎二「お、うまそ。食お」

円「あ、はい」

慎二「半分、食う？」

円「うん」

二人、お互いのガレットを半分ずつ交換したタイミングで、

足立の声「あれー？　市川さんだ」

やってきたのは、足立、江口、織部。

慎二、円「！」

織部「我聞さんもー」

円「（ぎこちなく微笑み）お疲れさまです」

慎二「（すぐに顔を作り）おー、どしたの？」

足立「このお店、前から行きたいなってみんなで話してて」

江口「でも会社からはちょっと遠いからタイミングなくてね」

慎二「俺ら××電機さん、イベントの打ち合わせ行くとこ。軽メシできるとこ探してたら」

足立、江口、織部「へー」

一瞬、シーンとする。

慎二「……」

円「……」

足立「ここいい？　ごめーん、なんかお邪魔しちゃって」

江口「せっかく楽しそうなとこね」

足立、江口、織部、席に座る。

円「……」

慎二「……」

慎二のM「この空気は……バレてる？」

ドーンドーンと花火の音。

○凪のアパート近くの道（#6）

花火。凪とゴンの顔が至近距離に近づく。

凪「蚊です。仕留めました」

ゴン、凪にもたれかかる。

凪「ゴンさん？」

○アパート・共有スペース（夜）

ゴンと一緒に来る凪。

凪「ね、熱中症かも。お水飲んだ方がいいですっ、ちょっと待っててください」

凪、ゴンを座らせ、水を汲む。

ゴン「（凪を見つめ）……」

× × ×

#6。

みどり「初恋ね」

ゴン「初、恋？」

× × ×

凪「ゴンさん（と、水を渡す）」

ゴン「……ありがと」

と、一瞬二人の手が触れる。

凪「……」

ゴン「……（水を飲んで）……凪ちゃん」

ゴン、凪を見つめる。

凪「は、はい」

ゴン「また、遊んでくれる？　ただの、お隣さんとして」

凪「あ……はい、もちろん」

ゴン「……よかった」

ゴン、部屋に帰っていく。

凪「……」

○凪の部屋（夜）

凪「あの目に見つめられちゃうと、まだやばいんだよなぁ」

凪、扇風機の視線に気づき、

凪「で、でももう大丈夫だからね！　同じ過ちは……ん？」

扇風機の近くでガラケーが光っている。

凪「え？　着信、三十六件?!」

その着信、全て、『お母さん』。

○北海道・夕の部屋（夜）

年季の入った質素な部屋。携帯が鳴る。

夕「ああ、凪。取り込み中だった？」

以下、カットバック。

凪「ううん、ケータイ持っていくの忘れてて」

夕「出かけてたの？　こんな時間まで？」

凪「きょ、今日、残業になっちゃって。ごめん、何かあった？」

夕「凪、お盆も帰ってこなかったから。おばあちゃんのお墓まいりのご報告」

凪「ああ……ごめんね、帰れなくて」

夕「伝えておいたからね、凪は東京でちゃんとやってるって。おばあちゃんのぬか床も凪がちゃんと受け継いでくれてるから安心してねって」

凪「……ぬか床」

夕「お母さん、久し振りに食べたくなっちゃった。うちのぬか漬け。来月、東京に行った時、楽しみにしてるわね」

切れる電話。

○凪の部屋（夜）

凪「おばあちゃんのぬか床……ぬか床……？」

凪、思い出す。

×　×　×

ぬか床をかき混ぜているチビ凪。

夕「凪。我が家のぬか漬けは、世界一なのよ。あなたがダメにしたら、死んだおばあちゃんも、ひいおばあちゃんも、ひいひいおばあちゃんも、みんなが哀しむのよ」

×　×　×

凪「ぬか床……ぬか床……？」

凪、落ち着かない様子で部屋をうろうろする。

×　×　×

#1。凪のマンション前。

凪「ごめんなさい、いらないです。全部いらないです！」

凪、布団を取り出し、

凪「残りは、処分してもらっていいですか？」

×　×　×

凪「……ヴァアアッッ！」

凪、声にならない悲鳴。

○タイトル

○オフィス（夜）

残業している慎二。始末し忘れた円からのポストイットを見つめ、はあ、とため息。

円「……ごめんなさい。私のせいで」

慎二「違う、俺。ごめん。誰かにやなこと言われたりされたりしたらすぐに俺に言って。

市川はなんも心配しないで。いい？」

円「……はい」

と、慎二のスマホに怪しげなメール。

龍子の会社の怪しいメルマガ。

『成功者だけが知っている7つの方程式』

慎二「あ」

円「(目に入り)」

慎二「あ、いや、こないだのスナックのボーイいたでしょ、あいつの友達がやばい会社と関わっちゃったみたいで、情報調べてやろうってメルマガ登録してて」

円「大丈夫だったんですか？」

慎二「ああ……もう解決ずみ」

慎二、メルマガを解約しようとして、手が止まる。

慎二「……！」

『ゲストにライフスタイリングコンサルタント・我聞慎一氏』の文字。

慎二、画面を隠すように、

慎二「ちょっ、トイレ（席を立つ）」

○同・廊下の隅（夜）

スマホを見る慎二。リンクした先の写真は、万極の隣でトークをするいかにもうさんくさそうな男・兄の慎一。

慎二「……ヴァアアアッッ！」

○コインランドリー（日替わり）

凪、落ち込んでいる。

龍子「伝統のぬか床、実家には残っていないんですか？」

凪「（首を振り）母はぬか床を触るのが苦手で、ぬか床をかき混ぜるのは小さい頃から私の役目で。百年物のぬか床を私が途絶えさせてしまったと母にばれたら、一生ネチネチ言われます……愚痴聞いてもらっちゃってすみません」

龍子「なんでも聞きますよ。私も時間はたっぷりありますから。無職ですし（と、微笑む）」

凪「（微笑む）」

店主の声「何、お姉さんたち、無職なの？」

声をかけたのは、店主のおじいさん・倉田《くらた》。

凪「は、はいっ」

倉田「暇してんだったら、ここ継いでくんない？」

凪「え？」

倉田「……なんてなぁ」

倉田、張り紙を貼る。

『9月末日を以て閉店いたします　店主』

凪「えっ」

○共有スペース（夜）

凪、龍子、うらら、みすず、ゴン、タダでもらった揚げ玉や豆苗の入ったお好み焼きを食べながら、

みどり「もったいないわね、けっこう繁盛してるのに」

凪「横浜の息子さんご家族のもとでご隠居なさるそうで、お店継いでくれる人もいないんだそうです」

ゴン「来月から洗濯どうしよ」

うらら「うちも困るよね」

みすず「あそこ安かったですし」
凪「で、ですよね！」
龍子「(考えていて）あると思います」
一同「え？」
龍子「あのコインランドリーを買うんです」
一同「……」
凪「……。コインランドリーを、買う？　え？　誰が？」
龍子「大島さんと、私がです」
凪「!?　は？」
龍子「店主の方、継いでくれない？　っておっしゃってましたよね」
凪「でっ、でもあれは、その場の冗談で」
龍子「検索してみたらあのコインランドリーM&Aのマッチングアプリで百万円で売りに出されています」
凪「ひゃ、百万?!」
龍子「きちんと売り上げを上げてますし、意外と、買い、かと」
みどり「詳しいのね」
龍子「新卒で銀行に勤めていた時、中小企業担当だったもので」
みすず「凪さんと坂本さんがお二人でコインランドリーを経営するってことですか？」
うらら「凪ちゃん、カッコいいー！」
凪「ちょ！　ま、待ってください」
みどり「いいじゃない二人とも暇そうだし」
凪「で、でも、そんなお金！」
龍子「……そんな夢もありかなあ、なんて」
凪「え？」
龍子「考えるだけなら、タダですもんね？（と、微笑む）」
凪「ああ……夢の話ですか（と、ホッとして）確かに考えるだけならいくらでも……あ」
龍子「え？」
凪「『ウィッシュリスト』……」

ゴン「ウィッシュリスト？」
凪の声「ここに越してきてすぐの頃、本で読んで」

×　　×　　×

時間経過。
大きなスケッチブックに、うらら手書きで『みんなのウィッシュリスト』というタイトル。
色鉛筆で書き込むうらら、みすず、龍子。

凪「（ゴンに話している）真っ白なノートに、自分の好きなものや、やりたいことを書き出していくと、なりたい自分になれるって」
みすず『うららとの時間』。
うらら『お母さんとドライブ』など。

凪「でもあの時は、何一つ思い浮かばなくて」
凪、気づく。

うらら『留守番のとき凪ちゃんと遊ぶ。できれば毎日』。

凪「……（微笑み）」
微笑み合う、凪、うらら。
龍子『大島さんやみすずさんと女子トーク』と書く。

龍子「みどりさんも（と色鉛筆を渡す）」
みどり「ウィッシュねえ」
みどり、書くのは、『シネマツアー』。

凪「シネマツアー？」
みどり「好きな映画のロケ地をめぐるの。世界中のね。そのために貯金してるの」

×　　×　　×

みどりの部屋。ラッキー貯金。

×　　×　　×

みどり「それで旅行先でコロッと死んで、セーヌ川にでも散骨してもらうのが私の夢ね」

凪「そんな！」
うらら「やだー！」
みどり「（笑う）で。（凪に）あなたのウィッシュは？」
凪「えっと……（手が止まる）」
龍子「せっかくならどかんと大きな夢を」
うらら「宇宙旅行とか」
凪「で、でも、書くとなると、実現の可能性とか考えちゃいますね」
みすず「（見つめ）」
凪「ゴ、ゴンさんは？（と、色鉛筆を渡す）」
ゴン「え、おれ？」
　ゴン、考え、思わず、凪を見る。
凪「え？」
ゴン「あ、ごめん、俺、そろそろ出かけなきゃ」
　ゴン、挙動不審に去る。
みどり「（ふふ、と笑う）」

○××電機（日替わり）

　慎二と円、××電機専務の山城《やましろ》にイベントの図面を見せ、
円「イベント当日の七時には、会場の設置に参ります」
山城「いいね」
担当者「新製品のエレスト、数は大丈夫ですか」
慎二「しっかり、百台、押さえてます。××電機さんでやらせていただく初のイベントですから。気合い入ってます！」
山城「はは、頼むよ我聞くん」
慎二「山城専務のご期待に添えるよう、頑張ります！」

○男性用トイレ

　慎二、スマホを見る。ＳＮＳ『我

聞慎一さんが新しい動画を公開しました』のメッセージ。

慎二「また新しい動画！」

動画サイトの慎一チャンネルに、『3分間で3億稼いだ男　実話です』。

慎一のうさんくさいインタビュー動画。

慎二「思いっきり顔と本名出してるし！」

慎二、SNSのメッセージを見る。

慎二からのメッセージ。

『慎二です。連絡ください』

『慎二です。弟の。早く返事して』

『慎二です。ねえ、何やってんの？』

慎二「返事来ねえし！　ああーっ、もうっ!!」

と、慎二、もう一度『慎二です』と、メッセージを打ち、気づく。

慎一の投稿。

怪しい仲間たちと飲んでいる場所は、ゴンがイベントをやっていたクラブ。

ハッシュタグに『#中目黒#ノア』。

慎二「ここ……」

○中目黒・クラブ（夜）

DJをしているゴン、誰かに気づき、手を振る。

手を挙げたのは、慎二。

慎二「……」

○クラブ・中・楽屋のような場所（夜）

ゴンと向かい合う慎二。

近くの席には、エリィ、タカ、ノリ。

ゴン「（慎二のスマホを見せて）どう？」
タカ「こんなおっさん、いた？」
ノリ「うーん、ここで見たことあるようなないような」
エリィ「最近、イベントにやたらテンション高いおじさんいるなーって思ってたけど、あの人かなあ？」
慎二「見かけたら、すぐ俺に連絡くれない？」
エリィ「オッケー。（ノリに）フライヤーできた？」
ノリ「（パソコンを見せて）こんなんどう？」
エリィたち、イベントの打ち合わせ。
ゴン「（慎二に）なかなかやばいねー、我聞くんのお兄さん。でも、楽しそう」
慎二「そういう問題じゃねーわ」
ゴン「お兄さんはお兄さんで好きなことやってるみたいだし、我聞くんが気にする必要ないんじゃないの」
慎二「そーもいかねーんだよ。こいつ、親戚の間じゃアメリカの投資会社でバリバリ働いてることになってるし」
ゴン「えー、何それ。聞かせて」
慎二「面白がってるだろ？」
ゴン「ちょっとだけ」
慎二「……小学校までかな。勉強できて、うちの親の自慢で。でも中学受験で失敗して、母ちゃんヒスって、それからしばらくして、おかしくなった」
ゴン「おかしくなったって？」
慎二「自転車で日本一周するって言って大宮で帰ってきたり」
ゴン「へー」
慎二「筆で書いた詩を路上で高値で売ったり」
ゴン「へー」
慎二「いい歳して就職もしないで、クラブでD

Jしてイベントして」
ゴン「それ俺？」
慎二「いつのまにか消えた。とにかく周りにバレる前になんとかしないと」
ゴン「（何か言いたげに慎二を見つめる）」
慎二「（ゴンの視線に）……うちの親父、官僚なんだよ。超保守的なの、親戚も周りも。親父の立場もあるし、母さんの立場もあるし……」
ゴン「優しいね、我聞くん」
慎二「ハア？　……話そんだけだから。見かけたら頼むわ」
ゴン「わかった」
慎二「……じゃ」
ゴン「ね、我聞くんは、ウィッシュってある？」
慎二「ウィッシュ？」
ゴン「俺、今まで、なかった気がする。目の前のその子の望みが俺の望みだった。してほしいことわかるから、してあげたい」
エリィ「（聞いていて）」
ゴン「でも今は……何も望まれてなくても、してあげたい。凪ちゃんが喜ぶこと」
慎二「……」
エリィ「……」
ゴン「初めてなんだよね。こんな気持ち」
慎二「……ふーん。あ、じゃ、兄貴の件、よろしくな！」
　慎二、去っていく。
慎二「……」

○コインランドリー（日替わり）

　凪、倉田とベンチに並んで座っている。
凪「私、ここで洗濯終わるの待ってる時間、好きで」

散歩をする赤ちゃん連れの母親や、井戸端会議をするおばあちゃんたち、下校する小学生。

凪「働いてる時は気づかなかったんですけど、世の中って、いろんな人がいるんだなあって」

倉田「……結婚して二人で始めて、もう四十年になるか。去年、ばあさんがぽっくり死んでね」

凪「え」

倉田「店だけでも残してやりたかったんだがなぁ……」

凪「……あの。あの、もし、ここを継ぐ人がいたら」

倉田「え？　ああ、こないだのは、冗談、冗談。息子が更地にして土地を貸す算段をしてるんだ」

○みすずの部屋（夜）

うらら「えー、ドラッグストアになっちゃうの？」

凪「何か力になれたらよかったけど。でも、現実的には」

みすず「……凪さん、明日、お時間ありますか？」

凪「え？」

○高台の駐車場（日替わり）

サングラスをかけたみすず、うらら、凪が乗った車、ひとけのない駐車場に着く。

○車の中

凪「すいません、せっかくの親子水いらずの夏休みに混ぜてもらっちゃって」

うらら「凪ちゃんが一緒の方が楽しいもん。（みすずに）さっそく、ウィッシュ一個叶っちゃったね」
みすず「そうだね。さ、バトンタッチです凪さん」
凪「え？」
みすず「この車、運転してみましょう！」
凪「え？　いえいえいえ、無理です！　わ、私、免許取ったのもう何年も前ですし！」
みすず「大丈夫です。私が助手席に乗りますから」
凪「で、でも！」
みすず「凪さん。もしかして『でも』って口癖になってません？」
凪「え？」
みすず「今日は、『でも』はなしで行きましょう！」

×　×　×

運転席に座った凪。緊張の面持ち。
凪「ひ、左がブレーキ、右がアクセル、ですよね？」
みすず「はい」
凪「（恐る恐るエンジンをかけ）で。ぎ、ギアがドライブ、で」
みすず「はい、合ってます」
うらら「凪ちゃん、ゴー!!」
凪「ご、ごー」

○駐車場

ものすごーくゆっくり動く車。
凪「わ、わわわ、走った！」
車、走っていく。開いた窓から、風が入ってくる。
凪のM「風！　気持ちいい」
凪「……」

凪のM「ど、どうしよ……す、すっごく、楽しい！」

○高台

棒状に握ったおにぎり『ぼにぎり』を食べる凪、みすず、うらら。

みすず「凪さん、運転丁寧だし、何回か練習したら一般道出られますよ」
凪「い、一般道？」
みすず「レンタカー借りて高速で遠出とかもいいですよね」
凪「い、いやいや、でも！」
みすず「ほら」
凪「あ、いっいえ、とんでもないです、一般道なんて、ましてや高速なんて。私なんか徒歩と自転車で充分です」
みすず「……凪さん。徒歩でしか行けないところがあるように、自転車でしか行けないところもあるし、車でしか行けないところがあります」
凪「……」
みすず「想像してみてください。選択肢が増えると胸が沸きませんか？　ぶわって」
凪「……」

凪、胸に手を当てて、目をつぶってみる。

○道

凪、全速力で自転車を漕いでいる。

○コインランドリーの前の道

凪、自転車で来る。と、向こうから龍子が来る。

凪「さ、坂本さん！」
龍子「大島さん」
　凪、自転車を降りると、前カゴに入れていたスケッチブックを手に取り、
凪「じ、時間はたっぷりあるし。た、ためしに考えてみませんか？　げ、現実的に！」
龍子「……」
　龍子、持っていた封筒から書類を取り出す。
　そこには、『コインランドリー事業計画書』
龍子「実はもう、結構考えちゃってたり」
凪「！　……（微笑む）」

○スナックバブル・前の道（夜）

　慎二、慎一から連絡の来ないＳＮＳを見て、ため息。
　慎二、バブルの扉に手をかけると、
慎二「……（開け）どーもー！」

○スナックバブル2号店（夜）

慎二「たまたま近くに営業に来てて寄ってみようかなって」
　慎二、カウンターにちらっと視線をやる。
ママ「残念。凪ボーイいないわよ」
慎二「は？　何それ？　俺はたまたま近くに……え？」
ママ「ガモちゃんが今でも大好きな元カノって、あの子のことでしょ？」
慎二「！」
凪の声「ただいま戻りましたー！」
　ママ、杏に目配せ、手で払うよう

な仕草。

杏「ガモちゃん、こっちおいで！」

　杏、慎二をカウンターの中に引き込む。

ママ「おかえりー」

　凪、買い出しの袋を抱えて戻ってきた。

慎二「ちょっ、何（立ち上がろうとすると）」

杏「（凪に見えないように慎二の頭を押さえる）」

凪「おつまみ仕込んじゃいますね」

ママ「そんなの後でいいわよ。この通り、閑古鳥だし、一杯付き合いなさい」

　ママ、凪を慎二が見えない席に強引に座らせる。

慎二「ちょっ、なん」

杏「（小声で）復縁ならママに任せときな」

慎二「は？」

杏「知りたくないの？　凪ボーイの本心」

慎二「……（少しだけ顔を出し凪の様子を見る）」

ママ「で、その後、ガモちゃんとはどうなの？」

凪「え？」

ママ「付き合ってたんでしょ？　あんたたち」

凪「ば、ばれてましたか」

ママ「バレバレよー。あんたの友達の坂本さん？　助けてくれたのガモちゃんのお手柄でしょ？　そういうとこ優しいのよねー」

凪「た、確かにその件は、慎二のおかげで事なきを」

慎二「……」

ママ「ま、すぐにどうこうってことはないかもしれないけど、自分が変わることで、相手の見え方も変わるってこと、あったりするわよね」

凪「た、確かに、付き合ってた頃、会話のボールすら投げない私に、慎二が絶え間なく話題を振ってくれていたんだなって、気遣ってくれていたんだなって、今頃気づいたりして」
慎二「……」
ママ「……本当に、もういいの？　ガモちゃんのこと？」
凪「え？」
ママ「（凪を見つめ……）今のあんたなら、違う向き合い方ができるんじゃない？」
凪「（即答）もういいです」
慎二「！」
杏「即答……」
ママ「（焦り）い、いやいや、ほら、昔読んだ本、今読むと、全然違う感想になることあるじゃない？　それは、本の内容が変わったんじゃなくて自分が育った（から）」
凪「今は、読み尽くした本より新しい本を読みたいんです」
慎二「！」
ママ「読み尽くしたと思っても大事な章ごとすっとばしてることあるかもしれない（じゃない）」
凪「ありませんよ、そんなこと！　そもそも、しっ、慎二といた頃の、いい思い出なんて……あ！」
ママ「あった!?」
凪「去年の今頃、慎二とドライブで海に行ったんですけど」
慎二「（固唾を呑んで見守る）」

○凪の回想（一年前）

凪の声「彼は運転中イライラするタイプで」
慎二「あーんだよ！　この渋滞！　くそかよ!!」
凪「ごごごめんね、海行きたいとか、私が言ったせいで」
慎二「もー、めんどいからホテル寄って帰ろうぜ！」

凪「う、うん……」

○スナックバブル（夜）

慎二「……」

凪「でも、私も悪かったんです。助手席に乗せてもらうのが当然と思っていて、自分の運転でどこかに行くなんて考えたこともなかったから。私……慎二といた時の自分には二度と戻りたくないんです」

慎二「……」

ママ「違うのよ、私が言ってるのはね、新しいあんたと素顔のガモちゃんなら新しい向き合い方が」

凪「ないです。慎二とよりを戻すなんて、三〇〇%」

慎二「……ないけど？」

凪「えっ！」

慎二、立ち上がる。

慎二、カウンターから出てきながら、

慎二「いや、俺の方がないんだけど？　お前と復縁？　は、八〇〇%、ないんですけど！」

凪「……」

ママ「はい！　ガモちゃん、いったん落ち着こ？」

慎二「助手席がなんだって？　あ、ごめんねー、俺の助手席、とっくに埋まっちゃってんだわ。俺……彼女できちゃいました！」

凪「……」

慎二「……」

凪「そうなんだ、よかったね」

慎二「（反応の薄さに）！　……そいつさ、もう、顔が圧倒的に可愛くて、空気は読めるわ、性格はいいわ。ってことでこれから彼女と約束あるんで。そう、お泊まりの。って、聞かれてないって！　……帰ります！」

閉まるドア。

杏「小学生か……」

ママ「……ごめんガモちゃん」

ママ、杏、申し訳なさそうに凪を見る。

凪「あ、大丈夫ですよ。ああいう人ですから」

凪、仕事に戻る。

ママ「アタシも腕が鈍ったわね……」

○会社（日替わり）

慎二、苛立っている。慎一のSNSに、『いい加減、返事しろよ！』と打つ。

円「我聞さん、××電機さんのイベントの進行表です」

慎二、余裕がなく、円と目も合わせず、

慎二「あ、そこ置いといて」

円「……」

円、席に戻ろうとすると、

足立「市川さん、たまにはお昼行かない？」

円「え、あ」

足立「今日も我聞さんと一緒？」

円「いえっ、行きたいです」

○カフェ

足立、江口、織部とランチをする円。

足立「そういえば、大島さん元気かなー？」

円「え？」

足立「ああ、我聞さんの元カノ」

円「……」

足立「うちの部署の子だったのよねー。おとなしめの子だったんだけど、いきなり会社辞めちゃって。見る?」

足立、スマホで、凪の写真を。

円「……(どこかで見たような)」

江口「髪型も思いっきり変えちゃって。あれ、ちょっとびっくりしたよね」

織部「うん。サラッサラのストレートからアフロだもん」

円「アフロ……」

× × ×

#6。バブルで会った凪。

× × ×

円「……!」

足立「恋愛でこじれておかしくなっちゃったのかなー。市川さんも何か嫌なことあったら、うちらに言ってね。ほら、職場の女に次々手、出す男って、ろくなのいないじゃない」

円「……」

○会社

慎二「(電話していて)は? シップバック? 商品全部中国に戻った? それで、いつ……それじゃ、イベントに間に合いません! ……はい、はい、こっちでも集めてみますけど、とても百は……はい、お願いします!」

慎二、電話を切り、青ざめた顔。

井原「やばくないすか? うちの清浄機のイベントなのに、モノが用意できなかったら」

慎二「……」

小倉「でも、今からじゃ難しいですよね」

慎二「……なんとかするしかないだろ」

慎二、部屋を出ていく。

○廊下

慎二「十台でも、五台でもいいんで、なんとか、こっちに回してもらえない？　ね、佐藤《さとう》ちゃん、頼む！」
社員「無理よ。こっちだって▲▲電機さんのキャンペーンはってんだから。……ま、ガモちゃんならなんとかなるでしょ」
慎二「……」

○会議室〜外の廊下

慎二、工場に電話をしている。

慎二「そうなんですよ、なんとか出荷を早めることなんか……ですよね。でも、そこをなんとか……ですよね」

×　×　×

そんな様子を外から見ている嶋課長と井原。

嶋「やばいよなー、我聞。向こうの専務巻き込んだイベントだろ？　これで商品用意できなかったら専務の面目丸つぶれだもんな」
井原「課長、なんか嬉しそうっすね」
嶋「どこがだよー。ま、我聞なら大丈夫だろ？（と、行く）」

そんな会話を聞いていたのは、円。

円「（慎二を見つめ）……」

慎二、部屋から出てくる。

円「我聞さん（と、話しかけようとするが）」
慎二「（追い詰められた様子で気づかず去っていく）……」

慎二のスマホが鳴る。『母』の文字。

○慎二の家の前（夜）

焦って帰ってきた慎二、息を吸って、微笑みを作り、チャイムを鳴らす。

慎二「ただいまー」

○慎二の家・リビング（夜）

高級スーパーのお惣菜が並んでいる。

家のパソコンには、慎一の動画サイト。

慎二、冗談めかし、

慎二「ほんとやってくれるよなー、慎一」

加奈子「……」

慎二「でもま、生きてたは生きてたんだし」

加奈子「……」

慎二「でも、ま、誰も見ないでしょ、こんなの。今、こういう人たちいくらでもいるし」

加奈子「出てくるじゃない、名前入れたら」

慎二「母さん以外、誰もあいつの名前なんか検索しないよ」

加奈子「するわよ。あそこのお家の息子さんどうしてるかしらって。週末に婦人会があるの。来月には叔父さんの三回忌があるし。もう死ねってことよね」

慎二「（笑って）深刻に考えすぎー……父さんは？」

加奈子「あっちのお家じゃない？」

慎二「……」

加奈子「うちのことなんて関心あるわけないでしょ」

慎二「……俺がなんとかするから」

○凪のアパート・共有スペース（夜）

ゴン、部屋から出ると、凪が眠っ

ている。

ゴン「……」

スケッチブック。新しいページには凪の几帳面な文字で、コインランドリーの月ごとの見込み収入、洗剤代、電気代など。

『購入資金100万円　50万円ずつ貯金から折半』

『平均月7万円の収入。14ヶ月後には元が取れる投資としても悪くない選択　坂本』『常時店にいる必要はないので、他の仕事と兼業可』『洗濯物たたみサービス』『お届けサービス』『内装リニューアル？』『コーヒースタンド』『どんな人でも入りやすいお店』

ゴン「……」

その周りに、凪の下手な絵が書き添えられている。うららに似た留守番の小学生がコインランドリーのコーヒースタンドで宿題をしている絵。

ゴン「（微笑み、凪を見つめ）……」

○ゴンの部屋（深夜）

ゴン、白い紙と向き合っている。

ゴン「……」

ゴン、ペンを取り……。

○凪の部屋（日替わり）

凪、事業計画書と預金通帳を見つめている。

凪「ねえ、どう思う？」

扇風機「……」

と、チャイムが鳴る。

凪「(開けて)ゴンさん」

ゴン「これ(と、丸めた紙を渡す)」

凪「え?」

凪、ゴンに渡された紙を開く。

凪「!」

ゴン「こんな感じかなって。どう、かな」

凪「……。ゴンさん。今……胸がぶわーって、沸きました!」

ゴン「……(嬉しく、愛情のこもった眼差しで、凪を見つめる)」

凪「(ゴンのいつもと違う視線に)……」

ゴン「凪ちゃん」

凪「は、はいっ」

ゴン「俺ね……」

龍子「(間に割って入り)おはようございます」

龍子、凪をゴンから引き離し、

龍子「大島さん。そっちは闇です。行きますよ!」

凪「は、はいっ」

凪、ゴンからもらった紙を持ったまま、出かけていく。

○コインランドリー

事業計画書を読んでいる倉田と息子の渡《わたる》。

渡「(渋い顔)君たち、本当にこの店、買うつもり?」

龍子「まずは事業計画書を見ていただき、ありやなしやをお伺いしたいと」

渡「でも、おたくら店の経営なんてやったことないでしょ?」

凪「は、はい」

渡「ほらー。父さんが若い女の子たちそそのかすから」

龍子「若さの基準は人それぞれですが、もはや女の子ではありません」
渡「でも、ノリでしょ？　今無職で暇だからっていう」
凪「ノ、ノリじゃありません」
渡「縁もゆかりもない店継ごうとすること自体、ノリとしか思えないんだよな」
凪「……え、縁もゆかりもない人たちですっ」
渡「はい？」
凪「私が布団一つでこの街に来てから、力になってくれたのは、アパートの人たちや、スナックの人たちや、坂本さん、え、縁もゆかりもなかった方たちです。……だから、今、今、このご縁を、大事にできたらって……」
倉田「……」
渡「でも」
凪「『でも』って言って、やらない理由並べて、新しいこと、しない方が楽だけど、ずっとそうしてきたけど……それじゃ、見られない景色があると思うから……」
凪、差し出すのは、ゴンからもらった紙。
倉田「これ」
凪「わ、私のウィッシュ、です」
それは、新たなコインランドリーのイラスト。
カウンターで宿題をするうららに似た留守番の小学生。表の道には仕事から帰るみすず、うららに手を振っている。
凪「洗濯を待っている間に、ほっと息をつけるような場所があったらなって」
洗濯をしながらおしゃべりする凪と坂本に、赤ちゃん連れのママ友たち。
凪「なんでもないおしゃべりをしたり、美味しいコーヒーを飲んだり、ただ一人でぼーっとしたり」

表のベンチでひなたぼっこするみどり。

倉田に似た老夫婦も。

凪「い、いそがしくても、いっぱいいっぱいでも、一日の中に、もし、そんな、ちょっとした『お暇』の時間があったらって。そんな場所を作れたらって……っ、作りたいなって」

龍子「……」

凪「私。……や…」

倉田、渡「……」

凪「や……や……や……」

龍子「……」

凪「……やってみたいんです！　コインランドリー」

龍子「大島さん」

倉田「……」

渡「父さん、断ってあげた方がこの子たちのためだと思うよ」

倉田「……」

声「そうかしら?」

入ってきたのは、みどり。

凪「みどりさん」

みどり「ねえ、ご主人。私たちが若い世代に残せるものって何かしら?　自分の人生歩むために、身一つで飛び出してきた若い娘さんに、夢の一つも見させてあげられないなんてねえ」

倉田「……」

みどり「それに、一番大事なことだけど」

みどり、杖を洗濯機の間に差し込む。

杖の先で引っ張り出したのは、百円玉。

みどり「(拾って) よく落ちてんのよ、ここ。ラッキーが」

凪「！」

みどり「とっておきの場所なのに、とんずらは許さないわよ」

倉田「……全くあんたって人は、（笑って）なあ（と、渡に）」

渡「俺は、ドラッグストアに一票（と計画書をめくって）ん？　え？」

添付されていたのは、坂本の履歴書。

渡「え？」

龍子「何か？」

渡「あんた、東大なの？」

龍子、凪「……」

○道（夕）

龍子「初めて学歴が役に立ちました！」

凪「げ、現実になっちゃいましたね」

龍子「で、ですね」

凪「今更ながら、怖くなってきました！」

龍子「わ、私も!!」

凪「坂本さーん！（と、抱きつく）」

龍子「大島さーん！」

○橋の上

みどり「『とんずらは許さない』って」

みどり、百円で買ったアイスを食べながら、

みどり「どのツラさげて言ってんだか……」

みどりの過去、何かいわくがあるようで……。

○会社

慎二「（電話をしていて）本当ですか！　はい、

よろしくお願いします！（電話を切り）……大阪支社から四十、これでギリ百集まった……首の皮一枚でつながった……（と、椅子に沈み込み）」

小倉、井原「……」

慎二「ほらな？　なんとかするって言っただろ？　伊丹の工場長に頼み込んで動いてもらったの正解だったな！」

小倉「……それ、市川ですよ」

慎二「え？」

円、来客を送り出していく。

小倉「週末、休み返上して大阪時代の営業先頭下げて回ったらしいですよ。……我聞さん、人動かすの、得意ですもんね」

慎二「……」

○同・廊下

エレベーターに乗った来客に頭を下げる円。

慎二、円を見つけて、

慎二「市川！」

円「……」

円、振り返る。

慎二「あの。悪かった、そこまでしてもらって」

円「いえ、お役に立てたらよかったです」

慎二「ほんと、申し訳ない」

円、精一杯の笑顔で、

円「同僚じゃないですか」

慎二「……」

○××電機・バックヤード（深夜）

慎二、自ら商品を運んでいる。

慎二「（業者に）あ、シルバーはこっちにお願いしまーす！（担当者に）ほんと、ご迷惑おかけして申し訳ありません！」
担当者「(あくび)」

×　×　×

商品の搬入がようやく終了。息をつく慎二。
と、スマホが鳴る。

○クラブ・店内（深夜）

エリィ「(スマホに) 釣れたよー」

○バー（深夜）

スマホでエリィとのSNSのやりとり見て、ニヤニヤしている慎一。
後ろから肩に手を置かれ、
慎一「エリィちゃん？　（と、振り返ると）」
慎二「じゃなくてごめんねー」
慎二、カウンターに座る。
慎一を見て、軽い調子で、
慎二「わー、おっさん。近くで見ると余計。え？　何年ぶり？　十年以上？　になるか、うわぁ」
慎一「……」
慎二「ね、まじでお願い。本名で活動すんのやめて。それだけだから。そしたらさ、どんなうさんくさい商売しようが」
慎一「相変わらずだな」
慎二「ああ、俺そんなにビジュアル変わってないでしょ」
慎一「相変わらず仮面かぶって生きてんだ。へド出るわ」
慎二「……」
慎一「お前いくつよ？　お前が明るく楽しく笑顔で冗談飛ばして、いい空気かもしだしていくらごまかそうとしたって、あの家根っこから腐ってんじゃん」

慎二「……」

慎一「なのに今でも空気読んで生きてんだ。家でも、職場でも？　女の前でも？　何をそんなに守りたいの？」

慎二「……」

慎一「俺は好きな名前でやりたい時にやりたいことをやる」

慎二「……」

慎一「お前もさ。一人でもいいから、本当の顔、晒せる相手がいたら、もう少し楽に生きられんじゃね？」

慎一、慎二の頭をぽんと叩いて去っていく。

慎二「……」

×　×　×

時間経過。慎二、相当酒を飲んだ様子。

うつろな目で見つめるスマホの画面、『もじゃもじゃブス』。凪のガラケーの番号。

慎二「……」

慎二、スマホをしまう。

○イベント会場（日替わり）

寝不足の慎二、笑顔でプレゼンをしている。

慎二「例えば、いい空気。気まずい空気。空気が凍る、空気が和らぐ」

慎二の目に入るのは、円。専務や担当者。

お客、足立、江口、織部、小倉、井原、嶋課長。

慎二「空気を……読む」

慎二、少し息苦しくなりながらも、

先を続ける。

慎二「甘い空気。美味しい空気、サムい空気、あったかい空気。私たちの……暮らしや……幸せは」

慎二の目に入る専務の顔、円の顔、足立の顔、小倉の顔、敵意があるようにも見えて、その空気が読めない。

× × ×

イメージ。水の中の慎二。
目の前にどんどん増えていく空気の泡。
慎二、呼吸が苦しくなっていく。

× × ×

慎二「幸せは……思った以上に、その場の空気に、空気にっ、左右されまっす。そんな、空気を、読んで、きれ、きれいにするっ」

円「我聞さん？」

慎二「それが、我が社の新商品っ」
慎二、胸を押さえて、崩れ落ちる。

一同「……！」
慎二、過呼吸で、息が吸えず……。

○スナックバブル2号店（夜）

凪、ママとおつまみを作っている。

ママ「あんたがコインランドリー経営？　思い切ったもんだわねー。ま、店なんてのはね、潰してからが始まりだから。はい、青い鳥丼」

オシオ「ママの鳥照り丼、このタレが違うんだよな」

ママ「昔の男が老舗の焼き鳥屋の息子でね。伝統のタレを小分けしてもらったのよ」

凪「へー、伝統のタレ……小分け？　（何かを思い出し）……あーー!!」

ママ「!!　何？」

○慎二の部屋（夜）

慎二、電話をしている。

慎二「あー、市川。ごめん、何度か電話くれた？　イベントごめんな任せちゃって。あ、ちょっと休めば問題ないって。いやー、語り継がれるな、あれは」

慎二、ベランダの何かに目をやる。

慎二「……え、今から？　……いや、迷惑なんてことないけど……わかった。あのさ、ちゃんとするから、俺たちのこと。ちゃんと話そう。うん。じゃ、待ってる」

慎二、電話を切る。

慎二「……」

と、ピンポンと鳴る。

慎二「……早」

慎二、息を吐き、笑顔を作る。

慎二「はーい」

慎二、笑顔でドアを開け、

慎二「なんだ、もう来てたんだ」

と、目の前にいたのは、凪。

慎二「……」

凪「ごめん、こんな時間に押しかけて」

慎二「……」

凪「すぐ帰るから！　ちょ、ちょっとだけ、いい？」

慎二「……」

凪、部屋の中に入っていって、冷蔵庫のドアを開ける。

奥から取り出したのは、タッパー。

凪「あった！」

ふたを開けると、中にはぬか床。

凪「ちょっとカビてるけど、これくらいなら大丈夫。よかったぁ、おばあちゃんのぬか床～。

ほんとよかったぁ……」
慎二「……」
凪「ありがとう慎二、捨てないでくれて」
慎二「……」
慎二の顔が歪む。
凪「え……」
凪、気づく。
慎二、泣いている。
凪「え……」
慎二「……ごめん」
凪「え」
慎二「あの時はごめん……お前が倒れたの……
俺のせいだ」
凪「……」
慎二「わかってやれてなかった……追い詰めた
……」
凪「……」
慎二「好きだった……幸せにしてやりたかった
……できなかった」
凪「……」
慎二「……ごめんな……ごめん……」
凪「……」
凪、動けない。
慎二「……」
凪「……」
慎二、涙をぬぐい、
慎二「あー……なんだこれ。バカか俺」
慎二、笑うが、まだ涙がこぼれる。
凪「……」
凪、気づく。
ベランダには、かつて、凪が育てていた、豆苗が揺れている。
凪、慎二を見る。
慎二「……」
凪「……」

第8話『慎二のお暇／凪、北国へゆく』

○慎二の部屋（7話の続き・夜）

慎二、凪の前で涙を流す。

慎二「あの時はごめん……お前が倒れたの……
　俺のせいだ」
凪「……」
慎二「好きだった……幸せにしてやりたかった
　……できなかった……ごめんな……ごめ
　ん」
凪「……」
慎二「あー……なんだこれ。バカか俺」

凪、気づく。
ベランダには、かつて凪が育てて
いた豆苗が揺れている。

凪「(豆苗を見つめ) ……」
慎二「(そんな凪を見て) ……」
凪「……」
慎二「……。そろそろ、終電じゃね？」

凪「えっ……あ、う、うん」

慎二「……じゃ」

凪「あ……うん……じゃ」

凪、ぬか床のタッパーを持ったまま、玄関の外へ。

凪「（振り返り）あの」

慎二「じゃ」

凪「うん。じゃ」

静かにドアを閉める慎二。

凪「……」

○慎二のマンション・エントランス（夜）

スーパーの袋を両手に提げた円。

凪が、動揺した様子で出てくるのを見る。

円「！」

凪、円には全く気づかず、横を通り過ぎ、去っていく。

円「……」

円、その場に立ち尽くし……。

○慎二の部屋（日替わり、朝）

横になったままの姿勢で寝ていた慎二、朝日に目を覚ます。

慎二「……」

×　　×　　×

慎二、無表情でスーツに着替えている。スマホを手にして、

慎二「あ（と、思い出し）」

慎二、スマホの着信履歴を見る。何もない。

慎二「来なかったな、市川……」

慎二、鞄を持ち、玄関に向かい、ドアノブに手をかけるが、足が止

まる。

慎二「……」

会場。
フラッシュバック。＃7イベント

×　　×　　×

慎二を見る表情の読めない人たち
の視線。

×　　×　　×

慎二「……」

と、スマホが鳴る。

慎二「(見て)……もしもし」
ゴンの声「おはよー」

○街（朝）

歩いているゴン。

ゴン「エリィに聞いてさ、お兄さんに会えたん
だって？」

以下、カットバック。

慎二「あー。おかげさまで」

ゴン「いま、中目でイベント終わりなんだけど、
我聞くんち近くだよね？　時間あったら朝
ごはん食べない？」
慎二「朝ごはんて。いや、俺はもう」
ゴン「会社行く時間？」
慎二「ああ」

と、慎二、再び、ドアノブに手を
かけるが、

慎二「……いや」

○喫茶店

私服に着替えた慎二。

慎二「(スマホに) はい、申し訳ありません。
はい、お気遣いありがとうございます」

慎二、会社に電話しただけで消耗

した様子。
ソファにぐったりともたれて、

慎二「初めて会社、サボったわ……」

ゴン「そーゆー時もあるよ。ここのモーニング美味しいし。はちみつトースト最高だよ（と、食べる）」

二人の前にはモーニングセット。

ゴン「……なんかあった？」

慎二「……べつに。ちょっと疲れがたまってただけ……」

慎二、ため息。ゴン、そんな様子を見つめ、

ゴン「我聞くんもさ、たまにはリセットしてみたら」

慎二「あ？」

ゴン「あ！　いいこと考えた」

○凪の部屋（日替わり）

休日。
書類を抱えた龍子、玄関のチャイムを押して、

龍子「大島さん、こんにちは！」

ドアが開くと、

ママ「お邪魔してまーす」

龍子「！」

部屋の中では、ママ、杏、エリィ、うらら、みすず、みどりが餃子を包んでいる。

凪「あ、坂本さんどうぞ」

龍子「大島さんのバイト先のスナックの方ですよね」

杏「今日、うちの店、餃子パーティなのね」

ママ「凪ボーイが聞いて欲しい話があるって言うから、じゃあ、あんたんちで仕込みしながら聞きましょって」

エリィ「あたしはゴン待ち。お腹空いちゃって」

みどり「いま自己紹介がてらママさんのラブロマンス、青春編から聞かせてもらってたところ」
ママ「みどり、聞き上手だから！」
みどり「下手な映画より面白いもの！」
みすず「お二人、ウマが合うみたいで」
龍子「で、その大島さんの聞いて欲しい話っていうのは」
凪「私の脳みそでは処理できないことが起きてしまってて。ただ……」
凪、手を止め、かしこまる。
一同「(凪を見つめる)」
凪「……。す、すみません、こんなたくさんの方の前で話すのは、あの」
ママ「ガモちゃんと何かあったのよね」
凪「！　……え、あ、そ、そうなんですけど……あ、あの人の性格からしてちょっと考えられないことが……あ、でもあの人の名誉のためにはやっぱりこういうことは言うべきじゃ」
エリィ「目の前で泣かれたとか？」
凪「え!?　な、なんで?!」
エリィ「見たことあるもん。街中でボロ泣きしてんの。二回も」
凪「！」
みすず「私も。凪さん見間違いってておっしゃってましたけど、あれはやっぱり」
龍子「私が見た時は、白い恋人をボロボロ落としながら」
うらら「学校で噂になってるよ。『くじらロードの号泣おじさん』」
凪「く、くじらロードの号泣おじさん!?」
杏「うちの店ではほぼ毎回」
ママ「あんたに振られてからはね」
凪「！　……わ、私、突然のキャラ変に、い、違和感ありまくりなんですけど、皆さんは」

ママ、杏、エリィ、みすず、龍子「（首を振る）」
みどり「客席から見たら一目瞭然。なのに、スクリーンの中のヒロインは気づかない。王道よね」
凪「気づかないって？」
うらら「凪ちゃんの元カレ、凪ちゃんのこと、大、大、大好きだよね」
凪「えっ！」
ママ、杏、エリィ、龍子、みすず、みどり「（うなずく）」
凪「……」

×　×　×

慎二「好きだった…」

×　×　×

凪「（戸惑い）……い、いやいや！　そんなっ」
みすず「何かと理由をつけて、何度も凪さんに会いに立川までいらっしゃってるようですし」
凪「そ、それは」
ママ「それは？」
凪「そ、それはっ……（うららの耳を両手で塞ぎ）、わっ、私、とっ、床での奉仕は、手厚い方だったのでっ、あわよくばまたそういうことをしに来ているのではとっ！（手を離す）」
みすず「お気遣いありがとうございます」
エリィ「なんか、元カレさん不憫に思えてきた」
凪「え」
杏「『アッチがいいから』って心にもないこと言ったの、本気で後悔してたし」
凪「え……」
ママ「ガモちゃんもガモちゃんでひねくれてるけど、あんたもあんたで、ねじまがってるわねー」
凪「……」

みどり「それで、どう思ったの？　我聞くんが
泣いているところを見て」
凪「え……」
みどり「少しは心が揺れた？」
凪「……（戸惑い）……ちょ、ちょっと、風に、
当たってきます」
凪、よろよろと、ベランダへ。

○凪の部屋・ベランダ

凪、ベランダに出てきた。
凪「ふう……（と、混乱中）」
と、隣のベランダが開く音。
凪「あ、ゴンさん？（と、見ると）」
顔を出したのは、慎二。
凪「！」
慎二「！」
凪「えっ、な、なんでっ！　どっ、どした
の？」
慎二「な、夏休み、取ってなかったから」
凪「夏休み？」
慎二「一週間、取って……ゲームやりに」
凪「ゲーム？　あ、え、ゴンさんと？」
慎二「う、うん」
凪「……」
慎二「……。じゃ」
慎二、部屋の方へ戻る。
凪「……」

○ゴンの部屋

慎二、床に座り、旅行鞄から豆苗
を取り出し、見つめる。
外から心地よい風が入ってくる。
慎二、ボーッと外を見つめ、
慎二のM「我聞慎二。しばし、お暇、いただき

ます」

○タイトル

○凪の部屋・ベランダ～中

凪「(動揺) 夏休み？　な、なんでゴンさんちで？」

部屋の中で、

杏「(スマホ見て) あ、来週、台風接近だって」

ママ「えー」

その進路、北海道に向かっている。

ゴンの部屋の方をうかがっている凪に、少し不穏な風が吹く。

○コインランドリー

龍子、凪、倉田、渡と向き合っている。

龍子「こちらが××、こちらが××の書類です。ご確認くださいませ」

龍子、契約について説明しているが凪、全く聞いておらず、慎二のことを考えている。

凪「……」

凪のM「慎二が、私を、好き？」

龍子「契約締結の日取りは、××の大安吉日でいかがでしょうか？」

倉田「そっちの好きにしてよ。俺ら、よくわかんないからさ」

凪「……」

凪のM「アッチがいいから、とか、そういうの関係なしに？」

渡「じゃあ、×日に振り込みしてもらって、この店はあなたたちにお譲りするということで」

凪「……」

凪のM「私に振られて、泣くほど、好き？」
龍子「はい！　よろしくお願いいたします（と、
　笑顔で凪を見る）」
凪「……」
凪のM「なんで？　どこが？」
倉田、渡「（凪を見る）」
凪「……（気づき）あ、よ、よろしくお願いし
　ます!!」
龍子「……」
　　　ピンポンという音。

○ゴンの部屋

ゴン「はーい（と出ると）」
　　　ママ、餃子とビールを持っていて、
ママ「餃子食べない？」
ゴン「うん。誰？」

○みどりの部屋

　　　餃子を食べながら映画を見ている
　　慎二。
慎二「（映画を見て感涙）……やば……沁みる」
みどり「我聞くん、これ、ゾンビ映画よ」
慎二「……はあ、わかんねー」
みどり「どうしたの？」
慎二「泣いてるの、見られたし。好きだったの、
　バレたし。あいつに、どう接したらいいの
　か……」
みどり「……素直な我聞くんって、可愛い」
ママの声「ガモちゃん、感情の蛇口、ぶっこわ
　れちゃったみたいね」

○ゴンの部屋

　　　ママ、ビール片手に慎二の荷物、

見つめる。

ゴン「なんか弱ってたから、強引に連れてきちゃった。凪ちゃんの顔見たら元気になるかなーって」

ママ「優しいじゃない」

ゴン「俺の相談も我聞くんに聞いて欲しかったし」

ママ「相談?」

ゴン「俺、凪ちゃんのこと……好きになっちゃって」

ママ「……ちょっと待って。その二つは両立しないでしょ」

ゴン「え?」

ママ「は?　まさか、凪ボーイを二人でシェアでもするつもり?」

ゴン「あー、シェア、なるほど」

ママ「なるほどじゃないわよ!　可愛いから許すけど!　……凪ボーイのこと好きならさ、ガモちゃんぶちのめしてでも本気で取りに行かなきゃ、手遅れになるかもよ?」

ゴン「え?」

ママ「あの二人の歯車?　ようやく回り出した気がすんのよね」

ゴン「……」

○みどりの部屋

みどり「まあ、どうぞごゆっくり」

慎二「?」

みどり「我聞君も、しばしのお暇ね」

慎二「お暇……」

○同・共有スペース

凪、龍子、棒に刺したきゅうりを食べながら、コインランドリー企画の打ち合わせ。
龍子「大島さん、いい加減、目を覚ましてください」
凪「へっ」
龍子「モラハラな元カレと性に無節操なパリピ。どちらとよりを戻しても行き着く先は闇ですよ？」
凪「さ、覚めてます！　もう充分懲りましたし、どちらとよりを戻すこともないので！　今はこの、コインランドリーを」
慎二が二階から下りてくる。
凪、慎二、目が合い、気まずくそらす。
慎二、ゴンの部屋に入ろうとすると、
ゴン「（扉を開け）あ、凪ちゃん帰ってたんだ」
凪「あ、はい」
ゴン「（近づいて資料を見て）コインランドリー？」
龍子「ええ、来週の大安吉日に契約締結する運びとなりまして」
ゴン「そうなんだ！　おめでとー。凪ちゃんと坂本さん、とうとうオーナーかあ」
慎二「え？　オーナー？」
龍子「ええ。私と大島さんで、コインランドリーを買って経営することになったんです」
慎二「は？　経営？　買う？」
龍子「私と大島さんで五十万円ずつ出し合って」
と、龍子、スケッチブックの計画書を差し出す。
慎二「はぁ？　無職なのに？　五十万も使って？　そんな思いつきで動いてうまくいくわけないでしょ！」
凪「そ、そんなこと、慎二に言われる筋合いないからっ」

慎二「！」
凪「初めて自分から何かやりたいって思えたの。だから、思いつきで動いてるわけじゃないし、ちゃんと考えてるから」
慎二「……」
凪「……」
慎二「……ごめん」
凪「え？」
ママ「（部屋から出てきて）凪ボーイ！　そろそろ行くよー」
凪「あ、は、はい！　坂本さん、私、バイト行ってきます！」
凪、戸惑いながら、去っていく。
慎二「……」
凪の声「ぎゃ、逆に怖いんですけど！」

○スナックバブル2号店（夕）

凪と杏、餃子パーティの準備をしている。
凪「あの人が、こ、こうっ、上からねじ伏せて来ないと、こっちもどうしたらいいのか」
杏「あれがガモちゃんの、本当の顔かもしれないよー」
凪「え」
杏「でもま、確実にハートは弱ってるね。凪ボーイの前で泣いちゃうくらいだもん。何があったのか知らないけど」
凪「確かに、慎二が一週間も会社休むなんて……」
杏「心配？」
凪「え、いや、べつにそういうわけでは……」
杏「つれない女ー」
ママ「（奥から仕事着に着替えて出てきて）ガモちゃん、前に言ってたよ。付き合い始めの頃、あんたがガモちゃんにバレないように朝早く起きて」
凪「え？」
ママ「天パの髪、一時間以上かけて真っすぐにしてるの見て、めっちゃ健気！　って惚れたって。一生守る！　って誓ったって」
凪「え？」
杏「うん、言ってた。泣きながら」
凪「……。ちょ、ちょ、ちょっと待ってください。……えっと……慎二、私が天パだって、知ってたってことですか？　つ、付き合い始めの頃から?!」
ママ「だからそう言ってんじゃない」
凪「だ、だ、だったら、な、なんで、私にそのこと」
ママ「だから、言えない男なんだって、ガモちゃんは。あんたのことが大好きだって。
（客が来て）いらっしゃーい！」
凪「……」

〇ゴンの部屋（深夜）

布団に寝転がっている慎二、坂本から渡された事業計画書を読んでいる。
慎二「なんだよ。わりと手堅いじゃん」
慎二、凪が作ったエクセルの表を見て、
慎二「（ふと微笑み）こういうの、得意だったもんな」
と、足音。隣の部屋の扉が開く音。
凪が帰ってきた足音。
慎二「……」

〇凪の部屋（深夜）

荷物を置いた凪、自分の髪に手をやり、

慎二「どした？　この頭。お前……ブスになったなぁ」

×　　×　　×

＃1。

×　　×　　×

＃5。

凪「慎二……もしかして……泣いてるの？」

慎二「なんで俺が泣くんだよ。雨だ雨！」

×　　×　　×

凪、ゴンの部屋の壁を見つめ……、

凪のM「私、慎二の、何を見てたんだろう……」

○ゴンの部屋（深夜）

慎二「（壁の方を見つめ）……」

○北海道：とうもろこし畑（日替わり）

親戚の農家・黒沢信子《くろさわのぶこ》、来て、

信子「休憩時間、交代だよー。夕さん」

夕「（笑顔で）はーい」

と、風が吹く。

信子「なんか、やな風吹いてきたねえ」

夕「……」

○凪のアパート・共有スペース（朝）

慎二、コーヒーを飲んでいる。

慎二、ちらっと凪の部屋を見る。

慎二「……」

寝起きのゴン、出てきて、

ゴン「あ、いたー。早いねー、我聞くん」

慎二「会社行かなくてもいつもの時間に目、覚めんのな。早くも暇、持てあましてるわ」

と、宅配業者が段ボールを運んできて、

宅配業者「大島さーん、お届け物です」
凪の声「はーい」
　ドアを開けた凪と慎二の目が合う。
凪「……」
慎二「……」
凪「(業者に) あ、ありがとうございます。(伝票を見て) あ」
ゴン「おはよう凪ちゃん。どうかした」
凪「あ、実家からなんですけど」
　×　×　×
　凪、ダンボールを開ける。
ゴン「わ! とうもろこし!」
凪「毎年、送って来るんですよね」
慎二「……」
　慎二、コーヒーを持ち、ゴンの部屋に戻ろうとすると、
凪「慎二」
慎二「えっ」
凪「……食べる?」
慎二「俺?」
凪「す、好きだったよね? とうもろこし」
慎二「……(うなずく)」

○凪の部屋

　凪、鍋を火にかけている。

　とうもろこしの皮を剝く慎二、ゴン。

　凪のガラケーに着信。

凪「! (部屋の隅に行き小声で) あ、お母さん、え、あ、何度かかけてくれた? 電話取れないでごめんね、仕事中で」

慎二、ゴン「(凪を見る)」

凪「とうもろこし届いてたよ。いつもありがとう。うん、会社のみんなにもおすそ分けして、うん、みんなすごく喜んでた」

慎二、ゴン「(凪を見ている)」
凪「(その視線に気づきさらに部屋の隅へ)今？
うん、お昼休み。あ、そろそろ戻らないと。
うん、ありがとね。またね」
凪、電話を切り、ふうと息を吐く。
慎二「……」
ゴン「お母さんに本当のこと言っちゃいけないの？」
凪「え？」
ゴン「私、今こんなんですって」
凪「む、無理ですよ……」
ゴン「えー、そう？」
凪「タ、タイトルマッチまでにはまだ日にちがありますし」
慎二「タイトルマッチ？」
ゴン「お母さんが上京した時に対決するんだって」
慎二「対決……」

凪「もっともっと力を蓄えてからでないと……
今この状況を知られたら」
ゴン「北海道に強制送還？」
凪「はい、間違いなく」
ゴン「それはすっごく困る」
凪「え、あ(と、少し照れ)」
慎二「(凪を見て)……」
ゴン「ごめんね、いつもいろいろもらってばっかで」
慎二の声「いつも」
凪「いえいえっ、たくさん送られてきちゃったんで、助かります。実は、ちょっと苦手なんです、とうもろこし」
慎二の声「え、そうなの？」
凪「味は大好きだし、バラバラになってると平気なんですけど、一皮剝いたら粒がこうびっしりちゃんと並んでる感じが苦手で」
ゴン「これ？　(と見せる)」

凪「ひっ（ぞわわわわーっと）」
ゴン「わー、ごめん、隠しとく！」
凪「い、いえっお気になさらず！　鍋に入れちゃってくださいっ」
ゴン「俺やるよ。凪ちゃん見なくていいからね」
凪「あ、ありがとうございますっ！」
凪、ゴンに任せて座る。
慎二「……知らなかった」
凪「ち、小さい頃からそうだったから……母に」

○凪の実家（回想）

チビ凪、茹でたとうもろこしの前で目をギュッとつぶっている。
夕「凪。どうしてちゃんととうもろこし食べないの？」
凪「……」
夕「……そう。ならもう食べなくていいわ」
夕、皿を持つと、とうもろこしをゴミ箱に捨てる。
凪「えっ！　な、なんで捨てちゃうのっ？」
夕「凪が食べないからよ。かわいそうなとうもろこし。お母さんやおばちゃんやみんなが一生懸命心を込めて作ったのに……凪のせいで死んじゃった」
凪「……ごめんなさいっ、ごめんなさいお母さんっ、もう絶対、残さないからーっ」

○凪の部屋

慎二「……」
凪「それからは、母の前ではさも美味しそうにとうもろこしにかぶりつかなくちゃいけなくて」

凪、慎二が剝いているとうもろこしを凝視している。

ゴン「(凪のすぐそばにしゃがんで)相当キライなんだね」

凪「！　そ……そんなことないですよ！　大人になった今ならわかりますし、父が蒸発して女手一つで娘を育てる気苦労とか」

慎二「え、父、蒸発してたの？」

凪「あ、う、うん。私が二歳の頃にいなくなったらしくて」

慎二「知らなかった……」

凪「わ、私も不器用な子供で、いろいろ手がかかっただろうなとか、そういうのわかりますから、母のこと、き、嫌いとか」

ゴン「あ、いや、そっちじゃなくて」

凪、慎二「え？」

ゴン「すごい顔で睨んでたから、相当キライなんだろうなって。とうもろこしが」

凪「とうもろこしが？」

慎二「とうもろこしか」

ゴン「うん。とうもろこしが」

凪「……。あはは、そっちですか、なんだー(と、ごまかすように笑う)」

ゴン「あ。でも凪ちゃん俺はさ」

凪「？」

ゴン「キライなことを口に出して自覚すると、ラクになることはあると思うよ」

そう言って微笑むゴン。

凪「……」

慎二「……」

凪「……キライ」

慎二「……」

凪「……あ、あの、とうもろこしが、ですよ！」

ゴン「(笑って)うん。あ！　じゃ、とうもろこしバラバラにしてさ、かき揚げとかどう？　とうもろこしとチーズと枝豆のかき揚げ。もちろん塩で」
凪「わ！　それ、絶対美味しいやつ！」
ゴン「オッケー！　枝豆とチーズ持ってくる」
凪の声「え？」
慎二の声「え？」
ゴン、部屋を出ていき、凪、慎二と二人きりに。
凪「……」
慎二「……」
凪の声「ゴンさん、お願い……」
慎二の声「早く帰ってきて……」
凪「……」
慎二「……（とうもろこしの皮を剝く）」
凪「……（とうもろこしの皮を集める）」
慎二「……」
凪「……」

◯オフィス
井原「（取引先の来客に）ええ、我聞は今週お休みをいただいておりまして」
来客「えー、どうかしたのガモちゃん？」
井原「えっと」
小倉「遅めの夏休みで（と、笑顔）。私が承ります」
来客「あー……いいや、また来週顔出すから。じゃ（と、去る）」
小倉「……」
井原「……どうします？　前にぶっ倒れたあの大島さん？　て子みたいに、ガモさんも戻ってこなかったら」
小倉「……いなきゃいないでなんとかするしかないだろ」
小倉、近くの席でパソコン作業している円に、小倉「（円に）ねえ？」
円「（笑顔で席を立ち）外回り、行ってきます」

○同・別の場所

円、歩いてくると、

足立「あー、市川さん！　今話してたの。我聞さん、今週休みなんだって？」
円「はい」
江口「こないだ我聞さん倒れたのって、やっぱ、過呼吸だったの？」
織部「あれ、衝撃だったよね。ストレスとかかな？」
足立「うちら心配でー、何か聞いてる？」
円「いえ、何も」
足立「えー、またまた、市川さんなら個人的に何か」

円、有無を言わさぬ作り笑顔で、

円「何も聞いてないですよ？　全然連絡もないですし」
足立「……あっれー、私、なんかやなこと言っちゃった？」
円「いいえ。急いでるので。いいですか？」

円、去っていく。

足立「（江口と織部に）わー、今の怖くない？怖くない？」

歩いていく円。

円「……」

テレビのニュース。台風の進路図。

○河川敷（夕）

慎二「お暇ね……」

慎二、アイスを食べながらぶらぶらと歩いている。

慎二「あいつ、この夏ずっとこんな生活してたのか……」

通り過ぎていくサラリーマンやOL、学生たち。

慎二「ハート、強えな」

と、慎二、気づく。目の前にうららが立っている。

うらら「また凪ちゃんいじめに来たの？」

慎二「いじめに、来てない」

うらら「もう絶対いじめない？」

慎二「いじめない。……から、どうしたらいいのか困ってる」

うらら「そんなの簡単じゃん」

慎二「え？」

うらら「友達になればいいんだよ」

慎二「……」

○コインランドリー・前の道（夕）

店内、凪と龍子が倉田に機械の使い方などを教わっている。掃除を手伝ったり、真剣にメモを取ったり、メジャーで間取りを測ったり、生き生きとした凪。

×　×　×

凪「では、私はバイトに行ってまいります！」

龍子「行ってらっしゃい！」

凪、自転車で出かけていく。

倉田「いいコンビだね、おたくら」

龍子「そうおっしゃっていただけて、光栄です。では、明日の大安吉日に契約にまいります」

倉田「よろしくね。あ、悪いけどあの婆さんの小銭漁りは」

龍子「はい責任持って見逃させていただきます。みどりさんとはお付き合い長いんですか？」

倉田「あの人がこの街に流れ着いてきた頃から

ね。そうそう、何十年前だったかな、一度、実家のじいやだかなんだかが訪ねてきたことがあってさ、親の遺産がどうとかで」

龍子「じ、じいやですか？」

倉田「ほら、あの人、とんずらする前は。松山の有名な旅館の跡取り娘だったろ？」

龍子「え？　みどりさんが、ですか」

○みどりの部屋（夕）

倉田の声「何を好きこのんで、貧乏暮らししてるんだか」

みどり、映画を見ている。

みどり「……」

倉田の声「金持ちのオツムん中はわかんないもんだねえ」

○凪の部屋（夜）

きちんと揃えられた契約用の書類。通帳と印鑑。

お風呂上がりでタオルを首にかけた凪、翌日、カレンダーの大安吉日に花マルをして、『コインランドリー契約』と書き込む。

凪「よし！」

凪、ぬか床のタッパーからきゅうりとなすを取り出すと、切り始める。

○ゴンの部屋（夜）

テレビを見ている慎二。

隣のベランダが開く音。

慎二「……」

慎二、立ち上がる。

○凪の部屋・ベランダ／ゴンの部屋・ベランダ（夜）

凪、座ってベランダ側に足を出して、風に当たりながら、ぬか漬けをつまみにビールを飲んでいる。と、隣のベランダが開く音がする。

凪「……（慎二なのかと気にする）」

慎二、ベランダ側に足を出して座って、

ビールを開ける。プシュッという音。

風鈴の音。（二人、お互いの姿は見えない）

慎二「……」

凪「……」

凪、ぬか漬けを食べる。ポリ、という音に、

慎二「ぬか漬け？」

凪「う、うん。な、何してるの？」

慎二「ビール飲んでる」

凪「私も」

慎二「……今日の昼間のさ」

凪「うん？」

慎二「とうもろこし。聞いたことなかったな。長いこと一緒にいたのに」

凪「？」

慎二「凪の親の話」

凪「……そうだね」

慎二「子供って学習するよな。母親に笑ってもらうためには、何言ったらいいかって。んで、空気読んで。相手にとって都合のいい酸素になって、んで、いつのまにか自分が消える」

凪「……」

慎二「気持ち。わかるから。少しは」

凪「……。慎二。こないだ、ぬか床取りに行った日……何か、あったの？」

慎二「……ぶっ倒れた」

凪「え？」

慎二「バカな兄貴がいろいろやらかして、家ん中ごたついて、仕事もごたついて、んで、イベント中に、息できなくなって、倒れた」

凪「慎二が？」

慎二「そう」

凪「……」

慎二「……」

凪の声「ねえ、慎二」

慎二、気づく。
凪が顔を出してこっちを見ている。

凪「ぬか漬け、食べる？」

慎二「……食べる」

慎二、立ち上がり、ベランダ越しに、きゅうりのぬか漬けをもらう。

慎二「（食べて）……うまっ」

凪「よね？」

慎二「うん」

凪「なすも」

慎二「（食べて）うまっ」

凪「よね」

慎二「うん」

凪「……（豆苗に気づき）その豆苗って」

慎二「……捨てようと思ったけど捨てられなかった」

凪「……」

二人、見つめ合う。
今までと違う何かが始まりそうな。と、その空気を分断するようにガラケーが鳴る。

凪「こ、これよかったら（慎二に皿を渡し）」

部屋に戻った凪。ガラケーに出て、

凪「もしもしっ、お母さん？　どうかした？　……え？」

慎二「(聞いている)」

○共有スペース（夜）

凪、ゴン、龍子の姿。

龍子「台風ですか、ご実家、心配ですね」

凪「古い家なので、ちょっと被害が出てしまったようで」

龍子「お母さん、お怪我は？」

凪「それは大丈夫みたいです。でも……親戚からも一度帰ってきて母を安心させてほしい、と言われてしまって、こ、断りきれなくて」

慎二、ゴンの部屋の中からそんな様子をうかがっている。

慎二「……」

凪「坂本さん、すみません。明日朝一番の便で北海道に行ってきます。実家の様子を見たら、午後には帰ってきますので。契約のお金は北海道から振り込みます」

龍子「そんな無理しなくても。私一人でも大丈夫ですし。事情を話して、日取りを変更してもらうことも」

凪「いえ、せっかくの大安吉日ですから、なんとか、頑張ってみますっ」

ゴン「不安？　お母さんに会うの」

凪「え、あ、タイトルマッチはまだまだ先だと思っていたので……この格好で行ったら、なんて言われるか」

ゴン「俺は、この凪ちゃんが好き」

凪「！」

慎二「……」

ゴン、言ってしまってから、照れて、

ゴン「(龍子に) ね？」

龍子「（うなずき）待ってます」
ゴン「今の凪ちゃんなら、大丈夫」
凪「あ、ありがとうございます！　な、何言われても、はねつけてきますっ！」
　　慎二、ゴンの部屋の中から話を聞いていて……。
慎二「……」

○凪の部屋（深夜）
　　荷物を準備した凪。
　　Tシャツとデニムしかない衣服。
　　凪、鏡を見つめ……、
凪「……」
　　凪、逡巡のあげく、部屋を飛び出す。

○道（深夜）
　　ディスカウントストアーの買い物袋を抱えて待っている凪。
エリィ「お待たせー」
凪「こ、こんな夜分遅くにすみませんっ」
エリィ「飲んでただけだからべつにいいけど（古着屋の袋を渡し）店イチ地味なの。ほんとにこれでいいの？」
凪「い、いいんですっ！　おいくらですか？」

○凪の部屋（早朝）
　　ディスカウントストアの買い物袋と、ヘアアイロンの空箱が転がっている。
　　必死でなんらかの作業をしている凪。
扇風機「（凪を見つめ）……」

○凪のアパート・前の道（早朝）

アパート方面からあたりをうかがいつつ、歩いてくる女性の姿。
女性、足を止める。

慎二「やっぱり」

待ち構えていた慎二の前には、サラサラストレートヘア、女子アナ的ワンピースにヒールの凪の姿。

慎二「何してんだよ、その頭」
凪「(頭を隠し) こ、こ、これは、たまたまっ」
慎二「たまたまでそうなるかよっ」
凪「話が通じる相手じゃないから、は、早く帰ってくるにはこうするしかっ、ひ、飛行機！　急いでるからっ」

凪、慎二の横を通り過ぎようとすると、

慎二「それで勝てんの？　タイトルマッチ」
凪「……」
慎二「その武装してる時点で、負けてね？」
凪「！」
慎二「また空気読んでどうすんだよ」
凪「！　……し、慎二にはわかんないでしょっ、うちのことなんか」
慎二「わかる」
凪「……」

凪、自転車にまたがる。

慎二「行くな」
凪「……」
慎二「凪」
凪「……」

凪、自転車で出発していく。

慎二「おいっ」

慎二、追いかけるが、凪、去っていく。

慎二「あのバカっ!!」

○飛行機の実景（朝）

○北海道の道（朝）

凪、お土産の袋を持って、緊張の面持ちで歩いている。

○凪の実家（朝）

凪、チャイムを鳴らす。

夕、出てきて、笑顔で、

夕「凪！」

凪「お母さん」

夕「わざわざ来てくれたの？　ごめんね、よかったのに」

凪「ううん。心配だったから。顔見るだけでもって」

夕「（微笑む）」

○同・中（朝）

雨どいが落ちたくらいの損害。

凪「壊れたところって」

夕「こっち」

凪「ああ……大したことなくて（よかったと言いかけ）」

夕「……」

凪「（空気を読み）大変だったね！　一人で住んでるお母さんにとっては、不安だったよね。でも怪我なくてよかった。いつもの工務店さんに連絡してみるね」

夕「そんなにせかせかしないで。久しぶりに帰ってきたんだし、お茶にしましょ」

×　　×　　×

お茶を飲む凪。チラチラとこっそり部屋の時計を気にしている。

夕、キッチンに立ちながら、

夕「こないだ、さやちゃんちに結婚のお祝いの品、届けに行ったんだけどね。さやちゃんのお母さんたら『これでうちの子は上がりだけどお宅の凪ちゃんは大丈夫？』って」
凪「へ、へー」
夕「自分の娘をすごろくゲームのコマみたく言うなんて神経疑うわ」
凪「た、確かにそれはひどいね」
夕「だからお母さん、言ってやったの。『うちの凪は東京で立派に働いている上に、ステキな彼を捕まえてますからご心配なく』って」
凪「は、はは……」
夕「……。お付き合いしてるって言ってた、会社の先輩はお元気？」
凪「え？　う、うん。元気だよ」
夕「さやちゃんの結婚式で東京に行った時に、ちゃんとご挨拶しなきゃね」
凪「え？」

夕「……」
凪「う、うん、言っておくね」
夕「はい、どうぞ」
　夕、凪の前に出すのは、茹でたてのとうもろこし。
凪「……」
夕「あ、そうだ。凪にも話しておかないとね、家のことだから」
凪「え？」
夕「昨夜、竹田《たけだ》おじさんと、健《けん》ちゃんが心配して駆けつけてくれてね、全部見てくれたの。今のうちに、ちゃんとリフォームした方がいいんですって」
凪「……」
　凪、気づく。目の前の新聞やチラシの上に載っているのは、リフォームの見積書。
夕「隙間風が入る家で冬を越すのも厳しいし」

凪「……」

夕「娘さん、東京で立派に働いてるならいっそ建て替えたらなんて言うのよ。だから、お母さん、いえいえ、娘に迷惑はかけられないし、必要最小限でいいですからって」

　　70万円。

　　凪、見積書の数字を見る。

凪「……」

×　×　×

　　凪の預金残高。79万円ほど。

　　坂本との計画書。

　　ゴンが描いてくれたコインランドリーの予想図。

　　坂本の笑顔。

×　×　×

凪「……」

×　×　×

慎二「また空気読んでどうすんだよ」

×　×　×

凪「お……お母さん、わ、私、いま、やりたいことが」

夕「やりたいこと？」

凪「そのために、お、お金が必要で」

夕「……」

凪「は、初めてなの。な、何か自分からやってみたいって思ったこと」

夕「……」

凪「だから、お金に余裕ができたら、リフォームの費用は、ちゃんと用意するから、そ、それまで、待ってもらえないかな？」

夕「そうなの、わかった」

凪「……ご、ごめんね」

夕「お母さん、あちこちに頭下げて、なんとかお金、借りてみる」

凪「え？」

夕「せっかくみんなが心配してくれて見積もりまで出してくれたんだもん。断ったら何言われるか」

凪「そ、そんなこと」

夕「そんなことあるのよ。こんな小さな町で生きていたら。そんなことばかりよ。わかるでしょ」

凪「……」

夕「凪は何も心配してくれなくて、大丈夫。お母さん、頭を下げて、お金を借りて、一生懸命働いて、少しずつ返していくから」

凪「……」

夕「大丈夫よ。凪は、やりたいことを頑張って。だって……」

凪「……」

夕「凪の幸せが、お母さんの幸せだもん」

凪「……」

夕「……」

凪「……」

声「こんにちはー」

リフォーム関係の男たちや、親戚のおばさんたちが来る。

信子「あらー、凪ちゃん！」

夕「朝一番の飛行機で来たんですって。大丈夫って言ってるのに」

凪「……」

信子「うちの娘なんか電話一本もよこさないよ、親孝行だねー」

竹田「こっちとこっちの寸法、測ってくれ」

男たち、計測を始める。

凪「……」

信子「さすが、東京でバリバリ働いてる娘さんいると違うねー。うらやましいわー」

夕「(凪を見ている)」

凪「……」

凪の目の前、家のあらゆるところ

凪「……」　凪、目の前のとうもろこしを見つめ、

凪「……」　凪、とうもろこしを手にして、そして、かぶりつく。

凪「……うん、美味し！　やっぱ、お母さんとおばちゃんたちのとうもろこしは最高！」

信子「でしょー」

夕「……」

信子「ほんと、孝行な娘さんだわー」

凪「じゃ、お母さん、私、ちょっと、行ってくるね」

夕「……（微笑み）」

凪「（出かけていく）……」

○ATM

に選択肢が。

×　×　×

『おかあさん、きげんわるくならないで』『おかあさん、笑って』

×　×　×

二十年前、回想。同じ選択肢の前で言葉を飲み込んでいるチビ凪の姿。

『おばさんたちの悪口やめて』

『もっとおうちにいて』

目の前のとうもろこしの両側には二つの選択肢。

『ほんとうはとうもろこしなんてきらい』『おかあさん、わたしのこと、きらわないで』

目の前のとうもろこしを見つめるチビ凪。

×　×　×

何度も限度額の二十万円を下ろす凪。

○銀行窓口

凪「振り込み、お願いします」

凪、現金七十万円をトレイに載せ、書類に書かれた振り込み先は、『大島夕』

凪「……」

○道（時間経過）

凪、帰り支度で歩いている。

凪「……」

ガラケーに坂本からの着信。

凪「（出られず）……」

夕立が降ってくる。

凪、呆然と歩いていく。

×　×　×

雨の中、歩いている凪。

髪の毛はモジャモジャになっている。

○バス停（時間経過）

凪、雨の上がったバス停で電話をかけている。

手にしているのは、銀行のATMの明細書。

残高は九万円。

凪「あ、坂本さん？　はい、家は大丈夫でした。母も、いつも通りで。それであの……あの……振り込みの件なんですが」

凪、必死で涙をこらえようとしながら、

凪「ごめんなさい……コ、コインランドリー、坂本さんとのコインランドリー、できなくなりました……できなくなりました……ごめんなさい……ごめんなさい……本当にごめんなさい……」

凪、それ以上話せず、うつむく。
そんな凪に近づき、目の前に立つ男。それは、慎二。

慎二「……」
凪「……!」
慎二「……」
凪「慎二の言った通りだね」
慎二「……」
凪「私、変われない」
慎二「……」
凪「私は、絶対に、変われないいんだなって……」

凪、うつむき、涙をこらえる。

慎二「……。俺が好きだったのは……サラサラのストレートと、貧乏くさいけど沁みるメシと、俺の顔色ばっかうかがってる、控えめな性格」
凪「……」
慎二「でも……今は、モジャモジャの方がいい」

慎二、凪の頭に手を乗せる。

凪「……」

そんな様子をレンタカーの運転席から見つめているのは、ゴン。

ゴン「……」

ゴン、初めて感じる感情。
ゴン、本気で凪を誰にも渡したくないと思った。

ゴン「……」

ゴン、思いっきりクラクションを鳴らす。

×　×　×

とうもろこしの入った袋を手に歩いてきた夕。
目にするのは、レンタカーに乗り込む凪と、二人の男の姿。

夕「……！」

○アパート・実景（日替わり）

○凪のアパート・共有スペース

凪、龍子と話している。

龍子「店主の倉田さんは入金は待ってくださるって言ったんですが、息子さんはそれなら白紙だと。でも、別の買い手が見つかったみたいで、あのコインランドリー自体は残す方針だそうです」

凪「……。本当に、ご迷惑をおかけしました」
龍子「……楽しかったです」
凪「え」
龍子「あ、自分にもこんなわくわくすることってまだあるんだなって。子供の頃に戻ったみたいで。だから……次はもっと、楽しい夢が描けますよ」
凪「……坂本さん」
龍子「（微笑む）」
凪「……（頭を下げる）ごめんなさい……ありがとう……」
声「何、そのみっともない格好は」

そこに、現れたのは母・夕。

凪「!!」
夕「住んでる場所ってここ？」
凪「……お母さん」
龍子「え？」
夕「会社はどうしたの？　今日、平日よね？」

凪「……」

夕「北海道まで一緒に来たあの男性たちは？
　どういうお付き合いなの？」

凪「……あ、あのっ」

　　その時、１０４の扉、開き、

声「お母さん！」

夕「お母さん？」

　　慎二、思い切り外面の笑顔で現れ、

慎二「申し遅れました！　凪さんと同じ会社で、
　凪さんとお付き合いさせていただいてます
　我聞慎二と申します」

夕「はあ」

慎二「僕たち今有給消化中でお休みなんです。
　こちらのアパートに引っ越したのは、凪さ
　ん、お金を貯めたいって言ってくれまして。
　その……僕たちの結婚資金を」

凪「え？」

龍子「え？」

ゴン「え？」

夕「そうだったの。そういうこと……」

慎二「ええ。ご挨拶が遅くなりまして申し訳あ
　りませんでした。どうかご心配なさらない
　でください」

夕「（微笑み）いえいえ、そんな」

慎二「（微笑む）」

凪「（ぎこちない笑顔で）」

夕「で、いつお会いできますの？　そちらのご
　両親には」

慎二、凪「……へ？」

第9話『凪、慎二、家族をリセットする』

○共有スペース（#8）

夕「何、そのみっともない格好は」

凪「……お母さん」

慎二「申し遅れました！　凪さんと同じ会社で、凪さんとお付き合いさせていただいてます我聞慎二と申します。こちらのアパートに引っ越したのは、凪さん、お金を貯めたいって言ってくれまして。その……僕たちの結婚資金を」

夕「そうだったの。そういうこと……。で、いつお会いできますの？　そちらのご両親には」

慎二、凪「……へ？」

○凪の部屋・外（夕）

ゴンと龍子が小窓から中をうかがっている。

ゴン「……」
龍子「……」
夕の声「まあ！　慎二さんのお父様、霞が関で？」

○凪の部屋（夕）

慎二、夕が正座で向き合っている。

夕「ご立派なお仕事してらっしゃるのねえ」
慎二「い、いえいえ」
夕「で、お母様は」
慎二「母は専業主婦で」
夕「じゃあ、今はおうちにいらっしゃるのね」
慎二「え？　あ、はい多分……」
夕「ご挨拶させていただきたいわ、まずはお電話でだけでも」
凪「……」
慎二「はは、そう、ですね……」
夕「こういうことは早い方がいいし。タイミングを逃すと失礼になってしまうでしょ？　ねえ（と、微笑む）」
凪、慎二「（合わせて微笑み）はは……」
凪のM「ど、どうしよ」
慎二のM「こわ、笑顔の威圧感ハンパねえ」
凪のM「ど、ど、ど、ど」
慎二のM「どうすれば」

凪、慎二の前に現れる選択肢。
『電話をかける』『かけない』『結婚は嘘だと正直に言う』

凪のM「そんなこと言ったら間違いなく激怒、からの北海道に強制送還」
『話をそらす』
慎二「は、はは。えっとそのうちの母はですね……」
慎二のM「母……」
凪のM「……母？」

凪、慎二、目が合う。

凪、慎二のM「……ママ！」

『ママに助けてもらう』

凪、慎二、選択肢を見て、うなずく。

凪のM「あ、あの人ならきっとこの空気、察して」

凪、慎二のM「なんとかごまかしてくれる！」

慎二「じゃ、かけてみますね！」

慎二、スマホの画面を隠すように、電話をかける。

慎二「あ、母さん？　今お付き合いさせていただいてる彼女のお母さんがいらしてて、母さんにご挨拶したいって」

○スナックバブル2号店（夕）

ママ、杏、既に酔っ払って、客とカラオケでMAXを熱唱している。
ママと杏と客「TORA　TORA　TORA　恋は一途♪」
ママ「（スマホに）えー、何ガモちゃん聞こえなーい！」

○凪の部屋（夕）

スマホから漏れるママの声「TORA　TORA　TORA　ホンキよ♪」
慎二「（電話を切り）すみません、間違えました」
凪「は、はは、そそっかしいなぁー」
慎二「はは、またやっちゃったー」
凪、慎二「（恐る恐る夕を見る）」
夕「（真顔で二人を見ている）」
凪、慎二「！」

慎二「か……かけます」

○慎二の家・リビング（夕）

無表情にテレビを見ている加奈子。

加奈子「（電話を取り）慎二？　どうしたの？……え、彼女？　……お母様が？　（夕に電話を変わった様子で）慎二の母でございます。……え、結婚？　あら！　あらあら！」

○凪の部屋（夕、時間経過）

夕、慎二のスマホでとても機嫌よく話している。

夕「いえ、いえいえ！　うちの娘にはもったいないくらい素敵な方で、慎二さん」

凪、慎二「（追いつめられた様子で見つめ）」

夕「ええ、式の日取りもありますし、ご挨拶に伺いたくて。あら、慎二さんのおばあさまの米寿のお祝い？　週末に？」

凪、慎二「（追いつめられた様子で見つめ）」

夕「来週の日曜日、ええ大丈夫です。でもご家族の集まりにお邪魔じゃないかしら？　……ええ、顔合わせを兼ねて、ご親戚の方々にもご挨拶させていただいて、ええ、ええ……まぁ、そんなっうふふふっ！」

凪、慎二「（追いつめられた様子で見つめ）」

ゴン「（外から見ていて）……」

ゴン、その場を離れていく。

ゴン「……」

○共有スペース（夜）

みすず「来週の日曜日に御両家の顔合わせ？」

凪「ええ、顔合わせを兼ねて慎二のおばあちゃんの米寿のお祝いに」

みすず「で、凪さんのお母様は？」

凪「ご機嫌で帰りました。うちの親戚一同にも私の結婚を報告しなきゃって……なんでこんなことに」

龍子「わざとですよね？」

慎二「は？」

龍子「大島さんと結婚したくて、お母さん巻き込んでそうなるように仕向けたんですよね？」

慎二「は？」

凪「え？」

うらら「最低」

みすず「そうなんですか？」

凪「そうなの？」

慎二「違うわっ!!」

みどり「まあわざとじゃないにしても。我聞くんにとっては何も困らない展開よねー」

慎二「え……」

みどり「いっそ、本当に結婚しちゃえば？」

慎二「結婚？」

○凪と慎二の新居・リビング（慎二の想像）

チビ凪姉妹と慎二、ご飯を食べている。

チビ凪姉「パパー、この豆苗おじや、美味しいね！」

チビ凪妹「いわしのフリッターもふわっふわ！」

慎二「だろ？　ママの節約料理は世界一だからな」

後ろから来たエプロン姿の凪、

凪「もー、パパったら！」

凪、慎二をハグして。

凪「パパ、だーい好き」

チビ凪姉妹「パパ、だーい好き！」

○共有スペース（夜）

慎二「……。確かに、ここまできたら、もう本当に結婚しないと収拾つかないかも」
凪「は？　ちょっ、ちょっと、待って」
みすず「凪さん、大丈夫なんですか？」
凪「え？」
みすず「お母様の期待するままに、我聞さんと結婚の話、進めてしまって」
凪「慎二と……結婚？」

○凪と慎二の新居・リビング（凪の想像）

チビ慎二兄弟と慎二、ご飯を食べている。

チビ慎二兄「なんだよ、また豆苗かよ！」
チビ慎二弟「いわしなんて庶民の食いモンじゃん！」
チビ慎二兄「おふくろの作る飯、貧乏くせーんだけど！」
チビ慎二弟「毎日こんなん食ってられっかよ！」
慎二「（凪に）おい、ガキがうるせーよ！　黙らせろや、子育てはオメエの仕事だろうが！」
凪「ごっ、ごめんなさいっ」

○共有スペース（夜）

凪「いやです！」
慎二「！」
凪「慎二と結婚なんて絶対!!（みすずと龍子の手を握り）ど、どうしよう〜」
龍子「お気持ちお察しします」
みすず「気を確かに」

慎二「ちょっと待てよ、俺はお前があのラスボス感満載の母ちゃんに追い込まれてアワアワしてっから助けてやっただけだろうが！」

凪「それはありがたいけど、かえって面倒な状況になってるし……」

慎二「はあ？　俺のせいだって!?」

うらら「凪ちゃんをいじめないで！　（攻撃）」

慎二「痛！」

みすず「うらら！　毎度ごめんなさい」

慎二「……もういい」

慎二、立ち上がり、ゴンの部屋の方へ。

慎二「帰る」

凪「え？」

慎二「こんな生活、性に合わねーし」

みどり「あら、我聞くんのお暇はおしまい？」

慎二「そーすね。ああ、顔合わせの件？　俺がうまいこと潰しとくから、これ以上騒ぐなよな。ってことで」

○ゴンの部屋（夜）

慎二、入ってきて、荷物をバッグに入れる。

ゴン「どうすんの、凪ちゃんのこと」

慎二「顔合わせならどうにかして回避するわ」

ゴン「好きなんでしょ？」

慎二「……」

ゴン「もう一回やり直したい、ってちゃんと伝えないの？」

慎二「だーれが！」

ゴン「ふーん。じゃ、泣かないでね」

慎二「は？」

ゴン「誰かに取られても」

慎二「……」

○アパート前の道（夜）

出てきた慎二、振り返り、

慎二「……誰も止めねえのかよ」

慎二、少し寂しげに歩いていく。

バッグからはみ出ている豆苗。

テロップ『慎二のお暇　完』

エリィの声「かっこいいじゃん、お隣さんの元カレ」

○どこか（日替わり）

エリィ「北海道まで迎えに行ってあげて？　お母さんからも守ってあげて？」

ゴン、エリィ、タカ、ノリ。

エリィ「ゴン、いいとこ全部持ってかれてる感じ」

ゴン「……」

ノリ「初めてじゃね？　ゴンが女のことで負けんの」

タカ「気分いいねー」

ゴン「俺……エリィに怒られても、よくわかってなかった」

エリィ「え？」

ゴン「なんでみんなに優しくしたらダメなのか、みんなに部屋の鍵渡したらダメなのか。なんで女の子たち、みんな壊れちゃうのか」

エリィ「……」

ゴン「好きな人がさ、他のやつと一緒にいるって思ったら」

×　×　×

#8。雨の中、慎二、泣いた凪の頭を撫でる。

そんな様子を見ているゴン。

ゴンの声「俺のものにならないって思ったら」

×　×　×

ゴン「……壊れそう」

エリィ「……」

　ゴン、出かけていく。

エリィ「ゴン、どこ行くの？」

ゴン「負けない。俺……本気出すよ」

○八百屋〜同・前の道

　凪、とうもろこしの前で、

凪「一刻も早く言わなきゃ……結婚、嘘ですって……」

　凪、携帯を取り出し、夕の番号を表示させるが、かけられない。

凪「ううっ、胃が痛い……」

　凪、お腹を押さえながらレジに並ぶ。

店員「お会計、八百八十二円になります」

凪「はい」

　財布を開く凪。千円札はなく、小銭のみ。

凪「あ。こっちの問題を忘れてた……！」

×　×　×

＃８。家のリフォーム代、七十万円を支払った凪。

×　×　×

　凪の銀行残高。九万円ほど。

×　×　×

凪「スナックのバイト代だけじゃ生きていくには厳しいし……ああ、どうしよう……お金がない……お金がないよう」

　親娘連れが凪を警戒する。

○凪の部屋・外

凪「……一刻も早く仕事探さなきゃ」

　戻ってくる凪。と、目の前には配

送業者。

綺麗な包装紙の箱を持っている。

業者「あ、大島さん、お届け物でーす」

凪「え？」

業者「(伝票見て) 港区の白金の我聞加奈子さんより」

凪「我聞？」

○夕の部屋

同じ包装紙の箱。

夕「あら、凪のところにも届けてくださったの？」

以下、カットバック。

○凪の部屋

凪「え、お母さんのところにも？」

夕「ええ（と、機嫌よく）美味しいクッキー送ってくださって。お母さんたちすっかり意気投合しちゃってね、毎日電話でお話してるの。式の日取りとか会場のこととか」

凪「あああの、お母さん、そのことだけどね」

夕「こっちのみんなも凪の結婚喜んでた。式には必ず出席してくれるって」

凪「あ、あ、ああのお母さん！」

夕「凪。すぐにお返しを送ってね。ちゃんとした物じゃなきゃダメよ。お母さんに恥をかかせないでちょうだいね」

凪「……うん」

夕「ちゃんとした格好で来るのよ？　慎二さんのお婆様やお父様のお仕事の方もいらっしゃるんだから。間違ってもあのみっともない頭はやめなさい、わかってるわよね？」

凪「う、うん」

夕「また電話しまーす」

切れる電話。
凪「……（扇風機に）言えないよぉ〜！」

○タイトル

○慎二の家・リビング

慎二「ただいまー」
加奈子「あら、ちょうどよかった」
慎二「あのさ、母さん。ちょっと、大事な話が」
と、慎二、気づく。段ボールに大量のとうもろこし、かぼちゃ、じゃがいもなど。
加奈子「（機嫌よく）凪さんのお母様が送ってくださったの。素敵な方よねー、すっかり意気投合しちゃって」
慎二「……そのこと、なんだけどさ」
加奈子「ご自慢のお嬢さんみたいね。写真が見たいわ」
慎二「いや……それが、持ってなくて」
加奈子「そんなことないじゃない、照れちゃって！」
慎二「えーと、母さん、あの」
加奈子「パパも珍しく、声、弾んでた」
慎二「……」
加奈子「こんなに楽しみな家族の行事っていつぶりかしら？」
加奈子、嬉しそうに式場のパンフレットをめくる。
久しぶりに見る加奈子の笑顔に慎二、一瞬微笑み、
慎二「（何も言えず）……」
並ぶとうもろこし。
龍子の声「正直、今の大島さん見てると、もどかしくて」

○共有スペース

　龍子、みどりと枝豆を食べながら、

龍子「おかしくないですか？　いい年した大人が、親の顔色気にして、言いなりなんて」

みどり「いっそ嫌いになれたら楽なんでしょうけどね。家族って厄介よね」

龍子「……。あの。つかぬことをお聞きしますが」

みどり「あら、なあに」

龍子「みどりさんって、松山の老舗の旅館のお嬢様だったんですよね」

みどり「コインランドリーのおしゃべりクソジジイ」

龍子「ご実家はお金持ちなのに、どうしてこんな道端に落ちた小銭を拾うような暮らしを」

みどり「ふふ、言うわねえ……そうねえ」

男の声「その話、私も聞かせていただいてよろしいですか？」

　スーツの男、西《にし》、名刺を差し出し、

西「吉《よし》永《なが》みどりさんですね。松山から参りました弁護士の西と申します」

みどり「……」

龍子「……」

西「お訪ねしたのは、妹さんの件です」

みどり「志《し》乃《の》ちゃん……もしかして、亡くなったの？」

西「いえ」

みどり「そう……なんだ、元気なのね」

西「お元気とはいいかねます」

みどり「え？」

○アパートの前（夕）

　帰っていく西。

龍子「いいんですか？」
みどり「うん？」
龍子「妹さん、ご病気だって。会いに行かなくていいんですか？」
みどり「もう何十年も会ってないもの。あらやだ、もう半世紀越えるかしら」
龍子「でも、唯一の身内なんですよね」
みどり「とんずらした女なのよ、私」
龍子「え？」
みどり「長女で跡取りだったのに、結婚式直前にね。実家の旅館も、許嫁も、全部妹に押し付けたの」
龍子「……」
みどり「今更合わせる顔がある？」
龍子「……」
みどり「ほらね？　家族って、厄介でしょ」

○慎二の家・外の道（夕）

慎二、何も言えずに出てきた。

慎二「（ため息）」

○オフィス（夕）

円、スマホを見ている。慎二とのLINE。
慎二からのメッセージはない。

小倉「我聞さん、復帰すんの明日からだっけ？」
井原「うん。すっげー、長く感じたわ」
円「……」
円、気づく。通り過ぎる女性社員の梅竹《うめたけ》を追いかけ、嬉しそうに、
円「梅竹さん！　東京にいらしてたんですか？」
梅竹「あー……相変わらず元気そうやな」
円「梅竹さんも！　大阪の取引先の皆さん、お

元気ですか？」
梅竹「あんたから引き継いだとこ、軒並み契約切られてん」
円「えっ」
梅竹「要はあのおっさんたち、あんたの顔目当てやったってことやろ？」
円「……」

○同・休憩室

円、歩いてくる。
足立「大阪支社の梅竹さん来てたじゃん？」
江口「あー、あの人面白いよね、好きー」
足立「ちょっとこわい噂聞いちゃって」
円「！」
織部「うわー、何それ、気になる！」
足立「市川さん大阪でなんて呼ばれてたか」
足立、円に気づき、小声で、
足立「『空気……』って！」
江口「うわー、こわっ！」
織部「でもわかるー！」
通り過ぎていく円。歩いていく。
追いつめられた様子で、早足で。
円「（息が苦しく）……」

○クラブ（夜）

打ち合わせするタカ、ノリ、エリィ。ゴンが来る。
ノリ「おせーよ！　もう打ち合わせだいたい終わ……」
エリィ「え？　どうしたの、ゴンちゃん、その顔」
ゴンの口元、大きな絆創膏が貼られている。
タカ「Tシャツでろでろーんってなってる

し！」

ゴンのＴシャツの前、伸びきっている。

タカ「誰に絡まれたんだよ？」

ゴン「ちょっとね。じゃ、行ってくる」

ゴン、ＤＪブースへ。

エリィ「……」

○スナックバブル２号店（夜）

カウンター席の慎二、カウンター内の凪に、

慎二「言えなかった」

凪「わ、私も」

慎二「ちゃんと言おうと思ったんだけど」

凪「わ、私も。結婚なんて嘘だって言うどころか、いただいたクッキーのお返しにオリーブオイル＆ビネガーセットなんて送っちゃって。なのに今朝また高そうなパウンドケーキの詰め合わせが届いてて、明日またお返し送らなきゃ。ああ、お金もないのにお返しエンドレス地獄！」

杏「凪ボーイ、落ち着いて」

慎二「そんなん送らなくていいって」

凪「でもお母さんがちゃんとって（と言って、黙る）」

慎二「……」

凪「ごめん、うちのことに、慎二の家族まで巻き込んで」

慎二「別に俺は……ま、とにかく、こうなったら日曜の顔合わせはなんとか話し合わせて乗り切って、ほとぼりさめたころ、別れたってことにしようぜ。その辺の段取りは考えとくから」

凪「何から何まですみません……」

ママ「えー、アタシは嘘がホントになる展開希

望！」

入り口の扉が開く音。

慎二「（気づかず立ち上がり凪に）日曜6時、××ホテルで両家顔合わせな、よろしく」

慎二、帰ろうとすると、目の前にいたのは、円。

慎二「！」
円「……両家、顔合わせ」
凪「（円に気づき）あ」
杏「あー、かわい子ちゃん、来たー！」
ママ「あら、珍し。一人？」
杏「座って座って！　何飲む？」
円「……。ボーイさん」
凪「はいっ」
円「このお店で、一番強いお酒をお願いします！」
慎二「……」

×　　×　　×

時間経過。ボックス席。円、強い酒をあおる。

慎二「……」
慎二のM「……地獄！」
慎二「おい、市川、もうその辺で」
円「『空気クラッシャー』」
凪「え？」
円「私のあだ名です。私の存在が、空気を壊すって」
凪「何それ……」
円「子供の頃から、小中高、大学のサークルも、会社に入ってからも。言われるんです。私がいると、周りの空気がギスギスして、人間関係が壊れるって。何々ちゃんの好きな誰々くんが円ちゃんのこと好きになった、かわい子ぶってる、いい子ぶってる、色目使ってる」
凪「……」
円「職場の人に二人で会おうって言われて断れ

ば、思わせぶりで八方美人。仕事で頑張って契約取っても、『あの社長、メンクイだから』って。……なんでそうなっちゃうのかなって。私が頑張ってることって、なんの意味もないのかなって」

慎二「……」

ママ「そんなの全部性格ブスのひがみよ、真に受けちゃダメー」

円「……」

凪「……市川さんの頑張り、ちゃんと見てくれてる人が、わかってくれてる人が、いると思います」

凪、水を差し出す。

円「……（水を受け取り）……わかってくれてるって思ってたから……まだ、可能性あるのかなって……思いたくて……」

慎二「……」

円「でも……」

慎二「ごめん」

凪「え」

慎二「ごめん、市川」

円「……」

凪「……」

円「……（凪に）ご結婚、おめでとうございます」

凪「え」

円、店から出ていく。

ママ「はーん。ガモちゃんが前に言ってた『めっちゃ可愛い彼女できました』って」

杏「つまみ食いして放置？」

ママ、杏「サイッテー」

慎二「……サイッテーですよ……」

慎二、凪を見る。

凪「……」

慎二「じゃ、日曜」

慎二、店を出ていく。

○道（夜）

慎二「市川っ」
慎二、円に追いつく。
慎二「送ってくよ」
円「……我聞さん。少しは私のこと、好きでした？」
慎二「……もちろん」
円「どこが好きでした？」
慎二「へ？」
円「……」
慎二「……」
慎二のM「出せ。ひねり出せ。顔以外の、顔以外の、顔以外の……」
慎二、円を見る。
円「……」
慎二「……」
慎二のM「うん。顔」

円、慎二の心の声を察し、思いっきり慎二をビンタする。
円、去っていく。
慎二「……。ああ〜」
慎二、しゃがみこみ、
慎二「めっっっっっちゃ、可愛かったのに……」
ママの声「結局、ガモちゃんとはどうなってんのよ、アンタ」

○スナックバブル2号店（夜）

終業後の店内。
ママ「さすがにガモちゃんの気持ちはわかったでしょ？」
凪「……」

×　　×　　×

#8。慎二とベランダで会話した

凪。

慎二「捨てられなかった……」

× × ×

#8。慎二、涙した凪の頭を撫でて、

慎二「今は、モジャモジャの方がいい」

× × ×

凪「……思ってくれてるんだなってことは……はい」

ママ「ガモちゃんとアンタ、似た者同士だもんね」

凪「ええっ、ぜ、全然違いますよ、性格も育った環境も何もかも」

杏「そういえば前にガモちゃん言ってたなー。自分の家族、並んで同じ方向に泳ぐイワシみたいだって」

凪「え……イワシ……？」

ママ「イワシみたいに滑稽だって」

凪「……」

○慎二の家（夜）

加奈子が封筒から何かの書類を取り出し、読んでいる。

○凪の部屋・ベランダ（日替わり）

凪、外に出てくる。

凪「（思い出し）……」

慎二の声「子供って、学習するよな」

× × ×

#8。

慎二「母親に笑ってもらうためには、何言ったらいいかって。んで、空気読んで。相手にとって都合のいい酸素になって、んで、いつのまにか自分が消える。……気持ち。わかるから、少しは」

×　　×　　×

凪「……」
ゴンの声「考え事？」
凪「ゴンさ……え?!　ど、どうしたんですか？
その顔！」
ゴン「あー、平気」
ゴン、ゴーヤの手入れをしながら、
ゴン「凪ちゃん、お昼食べた？」

○公園

ゴン、サンドイッチのパンを焼いている、
凪「私、長く付き合ってたのに、慎二の家族のこと、なんにも知らないんだなって」
ゴン「……そういえば、お兄さんのこと探してたな、我聞くん」
凪「お兄さん？」
ゴン「この人（スマホで慎一チャンネルを見せる）」
凪「え!?　こ、これが慎二のお兄さん!?」

×　　×　　×

ゴン「はい。本日のメニューは、ゴーいわいもチーサンド」
凪「ご、ごーいわいもちー？」
ゴン「ゴーヤ、いわし、いも、にチーズと人参の葉パセリ」
凪「わ、わ、美味しそう、（食べて）美味しー！」
ゴン「『凪スペシャル』だからねー。はい、コーヒー」
凪「ありがとうございます……ふう」
ゴン「大丈夫？」
凪「え」
ゴン「お母さんのこと」

凪「あ、はい、でも、なんとか。ゴンさんこそ、本当に大丈夫ですか？　ボクシング始めたとか？」

ゴン「ふふ、始めてない」

凪「腫れてるし、冷やした方がいいですよ。あ、この保冷剤で」

凪、保冷剤をゴンに当てると、ゴン、その手を握る。

凪「！」

ゴン「凪ちゃん、こないだ言ってたよね」

凪「え？」

ゴン「『私は変われない』って」

凪「……」

ゴン「俺ね、凪ちゃんに、どんな風にぎゅっとしてたのか、どんな風にキスしてたのか、思い出せない。今は、そんなことできない。恥ずかしくて。これが限界」

凪「え……」

ゴン「前の俺と、今の俺、なんか、全然違うやつみたい」

凪「……」

ゴン「だからさ。人って、多分、変われるんだと思う。本当に変わりたいって、そう思った時には」

凪「……」

○凪の部屋（日替わり）

北海道に行った時のワンピースに、モジャモジャの髪にヘアアイロンをしようとしている凪。

凪「……」

凪、ヘアアイロンを置く。

×　　×　　×

もじゃもじゃの髪をアップにした凪。

凪「(扇風機に)行ってきます」

○ゴンの部屋

洗面所で何かの作業をしているゴン。

(大量の化粧水を片付けている。

ここでは見せない)

エリィ「そういうことだったんだ」

ゴン「うん」

ゴン、洗面所から出てくるとエリィを近くで見つめ、

ゴン「いろいろ、ごめん。エリィ」

エリィ「……(わざととぼけて)なんの話? はい」

エリィ、ゴンに何かを渡す。

エリィ「これで全部ね。……頑張れ」

ゴン「ありがと」

○みどりの部屋

みどり、見つめているのは、いくつものラッキー貯金の瓶。

○羽田近くの道

夕が歩いてくる。

重そうな手土産を両手に提げている。

○ホテル・ロビー

加奈子、慎介が集まった親戚や関係者に挨拶をしている。

慎二の祖母「慎二のお嫁さん来るんでしょ? 楽しみねー」

加奈子「(微笑み)」

○ホテルの前

慎二、ホテルを見つめ、すうっと息を吸って、吐く。
凪、その様子に気づき、

凪「(見つめ)……」
夕「凪。なんなの、そのみっともない頭は」
凪「お母さん」
夕「言ったでしょう?」
慎二「(凪たちに気づき) お母さん! 北海道からわざわざありがとうございます」
夕「慎二さん、いえいえ。本日はよろしくお願いいたします」
慎二「ご案内いたします!」
凪「(慎二を見つめ)……」

○ホテル・宴会場

親戚や招待客が中華の円卓を囲んでいる。

慎二「こちら、僕の父と母です」
慎介「慎二の父の我聞慎介です」
加奈子「母の加奈子です」
夕「凪の母の大島夕と申します」
慎介「可愛らしいお嬢さんで。慎二、素敵な方見つけたな」
慎二「でしょ?」
慎介「もーね、こう見えて、女っ気のない息子でね」
慎二「やめてよ、父さんバラすの」
夕「お兄さんがいらっしゃるんですよね」
加奈子「……」
慎介「……」
慎二「ええ。いまはアメリカの投資会社で働いてまして、日本に戻ってきた時には、ぜひお食事でも」

凪「(慎二を見つめ)……」

夕「ぜひお会いしたいわ」

慎介「どうか、遠慮なさらずにね。うちは、オープンな家族ですから!」

慎二「父さん張り切りすぎ」

加奈子「凪さんのお父様はご病気でっておっしゃってましたよね」

夕「ええ。この子がまだ小さい頃に亡くなりまして」

凪「……」

慎介「女手一つで娘さんを育てるのは大変でしたでしょう」

夕「親の務めですから」

加奈子「……」

周りの親戚たち、和やかに会話をしている、夕、加奈子に手土産を差し出し、

夕「あの、これ、お荷物になるかもしれませんが……お婆様の米寿のお祝いということで」

加奈子「(微笑み)ありがとうございます。でも……やっぱり、受け取れませんわ」

夕「え?」

凪「……」

凪たちの周りだけ空気が変わる。

慎二「どうしたの、せっかくご用意してくださったんだし」

加奈子、他のお客たちには聞こえないように、

加奈子「(声をひそめて)ごめんね、慎二。あなたが選ぶ人だからきっと確かな人だと思っていたけれど、お母さん、念のため、調べていただいたの」

慎二「調べたって」

加奈子「(夕に)お父様、ご病気でお亡くなりになったっておっしゃいましたけど、違いますよね。賭け事で借金を作って蒸発

したんですよね」

夕「……」

加奈子「それに、凪さん、慎二と同じ会社でバリバリ働いてるって。会社、もう辞められてるじゃないですか」

凪「……！」

夕「え……」

加奈子「職場の人たちとうまくやれなくて、過呼吸になったとか」

凪「……」

加奈子「今のお仕事、スナックで水商売されてるんですよね？」

夕「……！（凪を見る）」

凪「……」

慎二「母さん、それはいろいろと事情があって」

加奈子「（夕に）結婚前からそんな嘘をつかれるなんて騙された気分だわ。家と家とのお付き合いですからね、お二人と、うちの親族やパパの会社の人たちとは、到底合わないと思いますの。無理をして話を進めても、傷つくのは娘さんじゃないかしら？」

夕「……」

慎二「いったん落ち着こ？　母さん。俺が悪いんだよ、俺がちゃんと説明すんの忘れてたからさ」

加奈子「（微笑んで）まあ、この場はこの場でうまくやりましょ？　おばあちゃんにご挨拶したら、すぐに帰っていただけます？」

加奈子、懐から出すのは、『御車代』。

凪「……」

夕「……」

慎介「（不機嫌になり）どうなってるんだ、慎二」

慎二「……いやだから、ちゃんと話をさ」

夕「凪、あなた、会社を辞めたの？」

凪「……」

夕「スナックってどういうこと？」

凪「……」

慎二「(夕に）お母さん、それは僕の方からご説明」

加奈子「もしこんなことが皆様にばれたら。お母さん、恥ずかしくて死ぬしかないわ」

慎二「またそんな」

慎一「相変わらず恥ずかしがり屋さんだなあ、母さんは」

加奈子「え？」

慎一、いつのまにか席に座り、料理を食べている。

加奈子、慎介「！」

慎二「……」

親戚1「もしかして、慎一くん？」

親戚たちが気づき、集まってくる。

慎一「はい、どーもどーも、慎一でーす」

慎二「！」

親戚2「アメリカで働いてるんじゃなかったの？」

慎一「アメリカ？」

慎二「(間に入り）そーそー、今日ばあちゃんのお祝いだから、スケジュール調整して」

凪「(慎二を見て)」

慎二「な？（と、慎一に)」

慎一「あー、嘘嘘。俺ずっと日本にいるし」

親戚たち「え？」

親戚1「だって（と、加奈子に)」

慎二「(微笑み）まーた！　そんなことばっかり言って」

加奈子「本当に（と笑って)」

慎一「あ、俺、今度自伝出すのよ、自伝！　今日はその宣伝にね」

慎一『裸になれ』という本を親戚に配り始める。

慎二「兄貴、ちょっと。向こうの皆さんにご挨拶しに行こうか」

慎二、慎一を連れて行こうとするが、

慎一「あれ？　母さん、また顔いじった？　もともと俺似だもんね！　あ、逆か！　俺が母さんに似てんだ！」

加奈子「！」

慎二「……出た！　アメリカンジョーク！」

慎一「父さんの浮気発覚した時も、あ、隠し子の時も、いじってたよね。そういえば父さん、別宅お元気？　会ったことないけど弟？　あ、妹だったけ？　元気？」

慎介「！」

不穏な様子に、スピーチも止まり、お客たちの視線が集まっている。

慎二、余裕がないながらも笑って、

慎二「もー、兄貴、ほらー、全然ウケけてないから！」

凪「(慎二を見つめ)」

慎二「(周りに) なんか変な空気になっちゃってごめんなさいね、この人だいぶ酔っ払っちゃって」

凪「……」

凪のM「おんなじだ」

×　×　×

#1。イベント会場。

凪、空気を読んでいる。

嶋「このページ作ったの誰？」

×　×　×

慎一「さすが！　空気清浄機の慎二くん！　凍ったリビング、明るくしてくれるいい子ちゃん！」

慎二「……どーもー！　そうなんですよ、うちの空気清浄機、売れに売れてまして！　皆さんの発注！　お待ちしてます！」

凪のM「おんなじ」

×　　×　　×

#1。オフィス。

足立「でもあの現場でそれ言っちゃうと、課長逆上して空気悪くなるだけだし」

凪「うん、わかるー」

×　　×　　×

慎一「いい大人なのに、ママとパパが大好きなんでちゅー！」

慎二「……家族って大事ですよねー！」

凪「……」

×　　×　　×

今までの空気を読まされている凪の表情が次々に現れる。その最後が、#8。夕の前で、空気を読まされる凪。

×　　×　　×

凪「(慎二を見つめ)……」

凪のM「この人……私だ」

慎二「じゃ、僕らちょっと余興の作戦会議に。(慎一を引っ張り小声で)テメ、いい加減にしろや」

慎一「あ？」

慎二「俺が、なんのために今まで」

慎一「はいはーい、じゃあ、そろそろ帰ります！」

慎一、自伝を配りながら、去る。

慎一「チャンネル登録してね！」

慎二「……」

加奈子「……」

慎介「……」

一同「……」

と、突然、笑い出すのは、夕。

凪「！」

　　夕、大声で笑い出し、あたりが
　　シーンとなる。

夕「さっすが、あなたが選ぶ人ねえ、凪」
凪「……」
慎二「……」
夕「昔からそうだものね。あなた、何やらせてあげたって何一つ身にならないで、お母さんの期待に応えたこともない。一度だって」
凪「……」
夕「その挙句のこれね。もう、可笑しくなっちゃう」
凪「……」

　　夕、加奈子を見つめ、慎二を見つめ、

夕「みっともないご家族！」
慎二「……」
凪「……」

夕「（立ち上がり）行くわよ、凪」
凪「……」

　　凪、立ち上がらない。

夕「凪」

　　夕、凪の腕を取ろうとする。
　　凪、腕を払う。

夕「！」
凪「……。キライ」
夕「え？」
凪「キライ、お母さんが。ずっと」
慎二「……」
凪「罪悪感煽って言うこときかせようとするとことか、外ではいい人ぶるとことか、自分もできないようなこと、私に期待するとことか」
夕「……」
凪「キライ」
慎二「……」

夕「何を言って(るの)」

凪「だけど、かわいそう。お母さんは、一人ぼっちだから。前の私みたいだから。いないんだよね。周りに誰も、本当の気持ちこぼせる人が。だから、私が必要なんだよね」

夕「……」

加奈子「……」

夕「黙りなさい。行くわよ」

夕、凪の腕を掴むが、凪、動かず、

凪「ごめんね。私、お母さんのためには生きられない。自分でなんとかして。私も、自分を自分でなんとかするから。期待に応えられなくてごめんね」

夕「黙りなさい！　何様のつもり?!」

凪「でも！　お母さんの期待に応えない自分の方が、みっともない自分の方が、私は……生きてて、楽しいんだ」

慎二「……」

凪、立ち上がる。

凪、慎二を見つめ、

凪「もう、やめよ？　空気読むの」

慎二「……」

凪「行こう。慎二」

慎二「……」

慎二、両親を見つめて、

慎二「……」

凪「……」

凪、慎二、一緒に会場を出ていく。

○新宿御苑近くの道（夕）

凪、慎二、歩いてきた。

二人、少し、沈黙し……、

慎二「……こないだ兄貴に、お前、何守りたいのって聞かれて……子供の頃は、空気なんてもん見えてなくて、カッコいい父さんがいて、優しい母さんがいて、面白い兄貴がいて、何も気づいてなくて、バカで、幸せで……」
凪「……」
慎二「それが全部は嘘じゃなかったって……そう思いたかったのかもな……バカだなー」
凪「……私もね、子供の頃、牛乳つけたビスケット食べながら、お母さん待ってて、あと百秒で帰ってくるって、数えて、0になったらまたあと百秒って数えて、お母さんの靴音がして、扉が開いた時が、一番幸せだった」
慎二「……」
凪「……」
慎二「……ま、うまいこと、破談になったな！」
凪「だね！　やったね！」
慎二「やったな！」
凪「また泣いてるし！」
慎二「泣いてねえわ！　お前だろ！」
凪「……」
慎二「……」
凪「お母さんにひどいこと言った……」
慎二「ばあちゃんにおめでとうって言うの忘れた……」
凪、慎二「……」

凪、慎二、足を止めると、えーんと、子供のように泣く。

○道（夕）

手土産を持ち一人、帰っていく夕の背中。

○道（夕）

龍子、歩いている。と、気づく。

みどりがカートを引いて歩いてくる。

みどり「ちょっくら旅に出てきます」

龍子「（微笑み）……あ。もしよかったら、これ、お守りに」

龍子、石のブレスレッドをみどりに渡す。

みどり「大事な物じゃないの？」

龍子「ええ。だから、お貸しします。私もおひとりさま街道まっしぐらに進んでいるところなので、おひとりさまのその先が気になって」

みどり「これ返す時に、聞かせてあげるわ」

○くじらロード（夜）

凪「別に送ってくれなくても」

慎二「帰ってもあれだし」

凪「坂本さん心配してくれてて、約束してるんです」

慎二「じゃあ一緒に飲み直そうぜ」

凪「……いいけど」

並んで歩く凪と慎二の姿を見ているゴン。

ゴン「……」

ゴン、突然、走り出す。

車が急ブレーキを踏む。

凪、慎二「！」

ゴン、ガードレールを飛び越えて、凪と慎二の目の前に立つ。

凪「ゴンさん?!」

慎二「はい、何？」

ゴン、息を整えて、

ゴン「（慎二を見る）」

慎二「……？」

ゴン、凪を見つめ、

ゴン「俺、凪ちゃんのことが好き。めちゃくちゃ好き」
凪「……」
慎二「！」
ゴン「でも、告白の仕方がよくわからなくて。したことがないから……だから、回収してきた」
凪「回収？」

ゴン、両方のポケットから取り出したのは、両手にあふれんばかりのゴンの部屋の鍵。

ゴン「みんなに渡した部屋の鍵」
凪「！」
慎二「……」
凪「……。ゴンさん、もしかしてその顔の傷って」
ゴン「これからは凪ちゃんだけを見る。凪ちゃんだけに優しくする。凪ちゃんだけのちぎりパンになる」
凪「ちぎりパン……」
ゴン「凪ちゃんだけ、好きでいる」
凪「……」

○ゴンの部屋（夜）

誰もいないゴンの部屋。
洗面所にたくさんあった化粧水が全てなくなっている。

○くじらロード（夜）

ゴン、凪を真っすぐに見つめ、

ゴン「凪ちゃん。俺と付き合ってください」
凪「……」
慎二「……」
凪「……」

最終話『凪、お暇終了！』

○くじらロード（夜）

凪と慎二の前に現れたゴン。

ゴン「俺、凪ちゃんのことが好き。めちゃくちゃ好き。……だから、回収してきた。みんなに渡した部屋の鍵」

凪「！」

ゴン「これからは凪ちゃんだけを見る。凪ちゃんだけ、好きでいる。凪ちゃん。俺と付き合ってください」

凪「……」

杏の声「来たーっ、無理めのオトコからの一途な告白！」

○スナックバブル2号店（夜）

凪「は、はい」

龍子「しかも元カレとはウソの結婚破談、なのに、絆深まるっていう少女漫画展開」
凪「いや、べつにそんな感じでは」
龍子、慎一チャンネルを見ていて、
龍子「しかし、似てないですね」
杏「ヤバっ、ガモちゃんのお兄さん、キテるねー」
ママ「キテるわよ……ビッグウェーブ」
凪、杏、龍子「え？」
ママ「(算命学的占いの本を読んでいて) 凪ボーイ、アンタ今月五十年に一度の最大級のモテ期キテるわよっ」
凪「最大級のモテ期?!」
杏「で？　ガモちゃんにすんの？　ゴンさんにすんの？」
凪「ええっ？」
ママ「人生の転機でしょ！　どっち選ぶのよ？」
凪「わ、私の人生、その二択しかないのでしょうか」
ママ「何よ、モテ出したと思ったらだいぶ上からじゃない」
凪「う、上からなんてそんな！」
龍子「全然嬉しくないですよね？　関係清算したパリピ男から今更告白されても」
凪「そ、そういうわけではないんですけど、あのゴンさんから告白されるなんて、恐れ多いというか、なんだか恐ろしくて」
ママ、龍子、杏「え？」
凪「反動で悪いことが起こりそうな気がして。事故に遭うとか、犯罪に巻き込まれるとか、牡蠣にあたるとか」
杏「はあ？」
凪「と、とにかく何か、バチが当たる気がして……」
ママ「あんたねー、母親からの呪縛、まだ解けてないわけ？」

凪「えっ」

ママ「『私なんて』『なんで私なんかが』それって、完全に呪いだから」

凪、龍子「呪い……」

ママ「(本を開き) ちなみにこのチャンスを逃すとね、アンタ次のモテ期は七十八歳の夏」

凪「ええっ?!」

ママ「(笑い)……ま、そろそろこの先を考えてもいい時期ってことじゃない?」

凪「この先?」

ママ「誰かと生きるのか。一人で生きるのか。いずれにせよ、あんたのお暇の出口、見えてきたってことかもね」

凪「……」

○共有スペース（朝）

ダンボールがたくさん置いてある。

凪、部屋の鍵を開けようとすると、

凪「?」

みすず「(出てきて) おはようございます」

凪「おはようございます!」

みすず「ダンボール、たくさんもらってきたんで、使ってくださいね」

凪「え? あ、は、はい、ありがとうございます」

部屋に入る凪。入れ違いに出てきたうらら、寂しげに、凪の部屋を見つめる。

うらら「……」

○凪の部屋・ベランダ（朝）

凪、部屋のダンボールの机を見て、

凪「確かにだいぶヘタってきたし、新しいの作るか」

　凪、空気を入れようとベランダの
　　戸を開ける。
ゴンの声「凪ちゃん？」
凪「ゴンさん」
ゴン「おはよー、今帰り？」
凪「は、はいっ、話し込んでいたら朝までコー
　スになってしまい」
ゴン「ふーん、なんの話？」
凪「！　えっと、あの、今後の、人生の、行く
　末を……」
　ゴン、ニコニコと凪を見ている。
凪のM「ゴンさんが私を好き？」
ゴン「うん。やっぱ告白してよかった。だって、
　今、空気美味しいもん」
　ゴン、凪に微笑む。
ゴン「返事待ってるね」
凪「……」

○凪の部屋（朝）
　ボーッとした様子で部屋に戻って
　　きた凪、
凪「はっ（と我に帰り）、やっぱ、バチ当たる！」
扇風機「（そんな凪をじっと見ている）」
凪「（扇風機の視線に気づき）だ、大丈夫だよ、
　今は私、冷静だから！　ハローワーク、行か
　なきゃ」

○道（朝）
　自転車を漕いできた凪。足を止め
　　る。
　そこは、あのコインランドリーの
　　前。
凪「……」

○松山・実景

○介護付き老人ホーム・廊下

　みどりが歩いてくる。
　立ち止まると、緊張の面持ち。

みどり「……」

　みどり、石のブレスレットに触れる。

○同・一角

　みどり、入ってくる。
　妹の志乃が車椅子に乗って背を向けている。

みどり「……志乃ちゃん」

　志乃、振り返る。

志乃「……」

みどり「……」

志乃「どこのババアかと思った」

みどり「あんただってババアじゃない。……道《みち》夫《お》さん、亡くなったのね」

志乃「子供もいないし、今は独りよ」

みどり「……」

志乃「街も随分変わったでしょ？　うちの旅館も人手に渡ったし、姉さんと行ったあの映画館ももうない」

みどり「何度見たかしら、ローマの休日。はねっかえりの王女様のヘップバーンが素敵で」

志乃「自分は大人の顔色ばっかりうかがってるいい子だったものね」

みどり「……」

志乃「王女様はお城に戻ったけど、姉さんは出て行ったきり。それで幸せだった？」

みどり「……」
志乃「どっちでも同じね。結局最後は、独りなんだから」
志乃、そう言って、景色を見つめる。
みどり、志乃を見つめ、
みどり「……」

○ハローワーク・外の道

待っている龍子。凪が出てくる。
龍子「どうでした？」
凪「面接に漕ぎつけました！」
龍子「やりましたね！　大島さん！」
二人、ハイタッチ。
凪「あ、あれ？　坂本さん？　い、石が！　石がないっ？」
龍子「……やっと気づいてくれましたか……」

○公園

二人、さつまいも蒸しぱんを食べながら、
凪「じゃあ、みどりさん、妹さんのところに」
龍子「五十年ぶりだそうです。珍しく緊張してらしたので、お貸ししました」
凪「そうだったんですね、大丈夫なんですか？　さ、坂本さんの、その、パワー的には」
龍子「……自分でも驚きなんですけれど。最近、前ほど石に頼らないですんでいる自分がいて」
凪「……」
龍子「たぶんですけど、一つでも、何かを信じられると、人って安心するというか……それは物でも……人でも」
龍子、チラッと凪を見る。
龍子「(照れる)」

凪「(照れる)」
凪のＭ「……は！　こんなところまでモテ期の波が!?」
声「♪勝って嬉しいはないちもんめ」

○凪の部屋（夕）

新しいダンボール机で履歴書を書きながら、寝落ちしている凪。
凪、うなされている。
声「♪負けーてくやしいはないちもんめ」

○凪の夢

チビ凪たちがはないちもんめをしている。
チビ慎二「凪ちゃんが欲しい♪」
チビゴン「凪ちゃんが欲しい♪」
チビ龍子「凪ちゃんが欲しい♪」
チビ凪「わ、わたし？（戸惑い）」
チビ慎二「俺が欲しいって言ってんだろが！」
チビゴン「僕の凪ちゃんだよ！」
喧嘩を始めるチビ慎二とチビゴン。
チビ龍子「違うもんっ！　私の大島さんだもんっ！」
チビ凪「わ、わたし、そこまでの人間じゃないです！　……ううう、お腹痛いっ、やっぱり牡蠣にあたったようううう！」
チビ凪、何かの気配に、振り返ると、
扇風機「凪チャンが欲――しい♪」

○凪の部屋（夕）

凪、ダンボール机からずり落ちて、扇風機に頭を打つ。

凪「イタッ!!」

声「おはよう」

いつのまにか部屋に入っていたのはみどり。

みどり「ただいま」

○みどりの部屋（夕）

凪、チョコポッキーを食べながら、

凪「はないちもんめって、小さい頃、誰にも選ばれなかったらどうしようって恐怖でしかなかったんですけど」

みどり「選ばれたら選ばれたで、怖いなんて、厄介ねえ」

みどり、お茶のおかわりを注ぎながら、

みどり「私、このアパートを出るわ」

凪「え」

みどり「松山に行くことにしたの」

凪「ご実家に帰られるんですか？」

みどり「（首を振り）帰る家なんてもうないし、ラッキー貯金でなんとかね。先々どうなるかは知らないけど、ただ今は……」

凪「……」

みどり「妹と映画でも観ようと思って」

みどり、部屋を見回し、

みどり「長〜いお暇だったこと。お先に失礼するわね」

凪「……」

○アパート・階段（夕）

凪、階段を下りてくる。

凪「……」

凪、携帯を取り出す。

○慎二の部屋（夕）

慎二、一人、買ってきた弁当を食べている。
慎二、豆苗を見つめ、

慎二「……」
凪から着信。

慎二「！（すぐに出て）な、凪？」

○スナックバブル2号店（日替わり、夕）

ドアが開き、顔を出したのは、みどり。
その後ろにみすずとうらら、

みどり「え？」
凪、慎二、ゴン、龍子、エリィ、タカ、ノリ、ママ、杏、クラッカーを鳴らして、

一同「いらっしゃーい！」

みどり「（胸を押さえ）ちょっと、あんたたち、年寄り殺す気？（みすずに）ご飯ごちそうしてくれるって言うから」

みすず「ええ、だからここで」
飾り付けされた店内。
『みどりさん壮行会カラオケパーティ』

みどり「……」
凪、みすずとグッ！のポーズ。

ゴン「凪ちゃんプロデュースの『みんなでみどりさんを送る会』。今日はとことん飲もー」

みどり「（凪に）やってくれるじゃない」

凪「どうぞどうぞ、主役はこちらに！」

慎二「（そんな凪を見つめ）……」

×　×　×

カラオケパーティが行われている。
それぞれ歌う一同。

ママ、杏「♪けんかをやめてー、二人をとめてー」

×　×　×

ママ、歌いながら、働いている凪の手を取り、導くようにゴンと慎二の間に座らせる。

ママ、杏「♪（凪に向かって）♪私のためーに争わないでーもうこれ以上」

凪「（気まずく拍手）」

慎二「選曲に悪意ありすぎだろ……」

一方、みどり、龍子にブレスレットを返し、

みどり「助かったわ」

龍子「お役に立てたら」

龍子、返してもらったブレスレットを着けようとすると、ブレスレット、壊れて、石が弾け飛ぶ。

龍子「あ！」

凪「あ！」

慌てて、石を集める凪たち。

みどり「ごめんなさい、壊しちゃった？」

凪「坂本さん、また結べば、直せますよ！」

龍子「……いえ。役目を終えたのかもしれません」

龍子、両手に集まった石を見つめ、

龍子「今まで、ありがとう……」

凪「……」

杏「次、まだ歌ってないの誰――？」

ママ「あとは幹事だけよ」

凪「え？」

ママ「凪ボーイ、行きなさい！」

タカ「いーね！」

ノリ「待ってました、お隣さーん！」

凪「わ、私は、歌なんてとても」

慎二「そうそう、こいつが人前で歌なんて」

ママ「みどりさんへのはなむけでも？」

凪「……う、歌わせていただきますっ！」

慎二「え？」

ゴン「凪ちゃん頑張れー」

凪が入力した曲のイントロが流れると、
ママ「なんでこんな曲知ってんの？」

凪「お客さんと歌える歌をせめて一曲くらい持っておきたいと思い、密かに練習してました」

凪、マイクを握り、慣れない様子で歌い出す。

凪「♪（歌）」

直立不動でおずおずと歌う凪の姿。

慎二、ゴン、凪をとても可愛く思い、
慎二、ゴンのM「……いい。すごく、いい！」

凪、ふう、と息をつく。

龍子たちに来て！　とヘルプの仕草。

龍子、みすず、顔を見合わせ、乱入。

凪、龍子、みすず「♪（歌）」

みすず、うららを手招きするが、うらら、なぜか落ち込んでいる様子で来ない。

ママが振りを付け始め、盛り上がる一同。

エリィ、凪を恋する視線で見つめているゴンを見つめ、
エリィ「（呆れるように笑って）あたしも！（と、ステージに乱入）」

歌って踊って笑顔ではしゃぐ女性たち。

一同「♪（歌）」

みどり「（凪たちを見つめ）……」

慎二「（みんなに囲まれている凪を見つめ）……」

慎二、みんなと楽しそうな凪を見つめ、随分遠くに行ってしまったような寂しさを覚える。

慎二「……」

ママ「(慎二を見つめ)……シメはアタシの十八番の宴会芸ね！」

ママ、エンディングでフルートをバリバリと吹きまくる。

慎二「いやそこは、サックスじゃねえのかよっ‼」

曲が終わり、拍手で盛り上がる一同。

凪、恐縮してみんなに頭を下げながら、みどりを見る。

みどり、嬉しそうに凪に向かって拍手をしている。

凪「(嬉しく)……」

慎二「(凪を見つめ)……」

× × ×

お開きになったパーティ。

みどり「こんなババアに、はなむけをありがとう」

凪「……こちらこそ、ありがとうございました」

みすず「どうせ出るなら一緒に出たかったですね」

みどり「そうねえ」

凪「ですね……ん？」

ゴン「月末まで待っててくれたらよかったのに」

みどり「湿っぽくなるの嫌だもの、一番に出たいわ」

みすず「うちもそろそろ荷造りしなきゃ、ね、うらら」

ゴン「俺も」

凪「え？」

慎二「ん？」
うらら「凪ちゃん。凪ちゃんは、どこに住むの？」
凪「ええっ？　あ、あの皆さん、さっきからなんのお話を」
みどり、みすず、ゴン「え？」
凪「どうせ出るとか、荷造りとか」
みすず「まさか……」
ゴン「凪ちゃん知らないの？」
凪「え……」
みどり「あのアパート、今月末で解体よ」
凪「……」
慎二「……」
凪「えーっっ！！！　き、聞いてないですっ！！！」

○共有スペース（夜）

置かれたダンボール。
凪、小物入れの中にたたんであったエレガンスパレスの間取りの紙を開く。
裏に手書きで『特記事項　建物老朽化につき、今年9月末で解体』と書いてある。
凪「か、書いてあった！　………だ、だからこんなに安かったんだ……」
みすず「大丈夫ですか、月末まで日にちもありませんけど」
凪「え？　い、今から家探し？　お金もないのに？　み、みすずさんたちは」
みすず「小さな家を買いました。中古ですけど、自分でリフォームしていきたいなって。うららがいつか家を出ても、いつでも帰れるお家にしたくて」
凪「そ、そうなんですか」

ゴン「……」
うらら「凪ちゃんも一緒に住もう」
凪「え?」
みすず「もし、お家が見つからなければ、よかったら」
凪「い、いえいえ! そこまで厄介になるわけには!」
うらら「なんで? ……やだよ……なんで?」
うらら、凪に抱きついて、泣く。
うらら「凪ちゃんと離れたくないー!」
みすず「うらら……」
凪「……わ、わ、私だって! 離れたくないよ!」
凪、うららを抱きしめ、
凪「やっぱり、バチが当たったー!」
うらら、凪「わーん!」
ゴン「……」

○アパート・前の道(日替わり、朝)

みどりを見送りに出てきた凪。
みどり「それじゃあね」
凪「みどりさん……あの日、ボロボロでここに流れ着いたあの日、みどりさんが優しくしてくれたから、私……」
みどり「この夏は、あなたがひょっこり現れてくれて、とーーっても、楽しかった」
凪「……」
みどり「ホントよ」
ゴン「(出てきて)行ってらっしゃい、みどりさん」
みどり「(ゴンにこっそり)ラブストーリーの結末は、いつか教えてね、モーゼの十戒さん」
ゴン「うん。手紙書くね」
みどり「絶対よ。あ、そうそう、はないちもんめ」

凪「え？」

みどり「(凪にこっそり)あれって選んでもらう遊びじゃなくて、欲しい子を選ぶ遊びだと思うの」

凪「……」

みどり「怖がってないで、自分から選んでやりゃいいのよ。そっちの方が人生、楽しいじゃない」

みどり、去っていく。

凪「……」

と、みどり、足を止める。

凪、ゴン「？」

みどり、小銭らしき物を拾うが、違ったらしく、ポイと捨てて、進んでいく。

凪、ゴン「……」

みどり、足を止める。

みどり、また小銭らしき物を探る。

ゴン「今日中に四国着くかな？」

凪「二、三日はかかりそうですね……」

ゴン、凪、目が合う。

ゴン「……じゃ」

ゴン、アパートに戻る。

凪「……」

○凪の部屋

凪、座っている。

凪「……」

ママの声「そろそろこの先を考えてもいい時期ってことじゃない？」

× × ×

ママ「お暇の出口、見えてきたってことかもね」

× × ×

凪「……」

凪、ノートを取り出し、開く。風が吹く。

○会社・休憩スペース

慎二、ショートメールを打っている。

と、歩いてきたのは、円。

慎二「！」

円「……」

慎二「……あの、市川。こないだは」

円「我聞さん。私、もう大丈夫ですから」

慎二「……」

小倉「(来て) ガモさん、復帰、おめでとうございます！」

井原「快気祝い、行きましょうね、みんなで」

慎二「おー」

小倉「じゃあ市川、幹事な」

円「はいっ、任せてください！」

円、小倉、井原たちと、去っていく。

慎二「……」

慎二、スマホに目を落とす。

打っていたのは、凪へのショートメール。

『引っ越し先決まった？ もし行くとこないなら、俺んちに』

慎二「……」

慎二、メールを消す。

慎二「ふう……」

足立「(見ていて) 我聞さんて、市川さんと付き合ってるんですか？」

慎二「女子怖いわー、ま、じ、で、何もないから。頼みますよ、足立さん！（と、去る）」

○同・オフィス

足立、嬉しそうに円の噂話をしに来る、と江口のデスクに充電したまま置き去りにされたスマホ。
画面に『アダハラ』の文字。

足立「ん？」

足立、周囲を見回し、画面を見る。
江口と織部のＬＩＮＥ画面。

江口の声「こないだもやばくなかった？　アダハラ」

織部の声「市川さんかわいそうー」

江口の声「もうそういう時代じゃないのにね。さすがにテンション合わせるの限界」

足立「……」

織部のメッセージが目の前で上がってくる。

織部の声「今日も夜、アダ様から呼び出しかかってるじゃん？」
『まじ、行きたくねえー』のスタンプ。

足音がして、

足立「……」

織部「あーだちさん、夜、どこのお店行く？」

足立「え？　ああ」

江口「（戻ってきて）今夜の話？　なんかさ、サンマと日本酒とかよくない？」

織部「秋の味覚！　わかるー」

足立「……わかるー」

○会社近くの道（夜）

足立、ベンチで、江口、織部とのグループラインにメッセージを打っている。
『今日はごめんね、急に体調悪くなっちゃって』
『お大事に！』『また今度』などの

スタンプが来る。

足立「ふう〜」

足立、だいぶへこんでいる様子。

ベンチから立ち上がれない。

そこに帰宅中の円が来る。

足立、円に気づくと、なんでもないそぶりで、

足立「お疲れさまー」

円「お疲れさまです」

円、通り過ぎる。

足立「……」

円の声「何か、落ち込んでます？」

足立「！」

気づくと、円、戻ってきていて。

円「最強のママがいるスナック、知ってますけど」

足立「スナック!?　市川さん、スナックとか行くの」

円「ええ、行きますよ、普通に」

足立「……」

足立、立ち上がり、

足立「なんてお店？」

円「スナックバブルって言うんですけど」

足立「バブル?!」

円「間違えないでくださいね、2号店の方です」

二人、話しながら歩いていく。

○大手コインランドリー&カフェ（日替わり）

社員「うちは都内に三十店舗ほど、展開してまして」

コインランドリー&カフェに面接に来た凪。

社員「セルフのコインランドリーにこちらがクリーニングと洗濯代行サービスのカウン

ター」

凪「はい（と、メモを取りながら）」

凪、興味深げに働いている人たちを見つめる。

社員「カフェとベーカリーも併設してます」

ウエイティングスペースでは、洗濯を待ちながら、お茶をしている赤ちゃん連れのママたちや、のんびりパソコンをしている学生、外のベンチには犬の散歩に来た老夫婦が、休憩してコーヒーを飲んでいる。凪、微笑み、

凪「ご近所の方たちの憩いの場所になってるんですね」

社員「ええ、サービスのご案内に加えてカフェでの接客もしていただくことになりますが、大島さん、接客業のご経験は？」

凪「は、はい！　短いですが、あります！」

○道

不動産屋の前の物件情報を見ている凪。

激安物件を発見すると、

凪「すみません、この物件、まだありますか?!……取り壊しの予定とか、ないですよね？」

○凪の部屋

凪、ノートに文字を書いている。

ベランダから物音。

凪「……」

凪、ベランダに出る。

ゴン、ゴーヤのカーテンを片付けている。

凪「……ゴンさん」

ゴン「凪ちゃん。ゴーヤ、最後の収穫」

凪「手伝います！」

ゴン「凪ちゃん、連れて行きたいとこあるんだけど、いい？」

○新しい部屋

ゴン「ここ」

凪、ゴンに続き、入ってくる。まだ何もない部屋。

凪「ここがゴンさんの新しいお部屋」

ゴン「うん。まだなんにもないけど。ね、凪ちゃんなら、どこに何置く？」

凪「……」

ゴン「ハンモックここかな？　あ、それともこっち？　ミニバー作っても面白いかなって。凪ちゃん、お酒好きでしょ？」

凪「……」

ゴン「一緒に考えたいなって」

凪「……」

○ベランダ、外ｏｒゴンの部屋

凪、ゴン、ゴーヤカーテンを、取り外していく。

凪「……」

凪、思い出す。

×　　×　　×

＃１。ベランダでのゴンとの出会い。

ラッキーゴーヤをゴンに渡す凪。

＃２。ベランダで凪の頭を撫でたゴン。

＃４。ベランダでのゴンとのキス。

×　　×　　×

全て取り外されたゴーヤカーテン。

凪「……」

ゴン、床に座る。

ゴン「ね、凪ちゃん。こっち来て」

凪、ゴンのそばに座る。

ゴン、ポケットから、鍵を取り出す。

ゴン「ここで一緒に暮らそう」

凪「……」

ゴン「ずっと一緒にいよう」

凪「……」

ゴン「俺ね、おばあちゃんになった凪ちゃんの隣で、昼寝したい」

凪「……」

ゴン「……」

凪「私、ゴンさんの隣にいたら、たぶん、絶対、幸せで、幸せすぎて……でも、今の私じゃまた、簡単に流されると思う」

ゴン「……」

凪「ゴンさん、私ね、ゴンさんに会えて、初めて思ったんです。ああ、こんなふうに誰かに丸ごと今の自分を認めてもらえるって、すごく安心するんだなあって、すごくあったかいんだなあって」

ゴン「……」

凪「……だから……私、ゴンさんにいろいろもらうんじゃなくて、美味しい空気を、大好きな人たちに、あげられる人になりたい。ゴンさんみたいに」

ゴン「……俺、もう、いっぱいもらってるんだよ、凪ちゃん。いっぱい。凪ちゃんの、優しいとこも、面白いとこも、発想が斜め上いってるとこも、全部、大好き」

凪「……」

ゴン「凪ちゃんがいなくなったら、俺、なんにもなくなっちゃうよ」

ゴン、凪に鍵を差し出す。

ゴン「ダメなんて言わないで」

凪「……」
ゴンの手が震えている。
ゴン「……」
凪「……ごめんなさい」
ゴン「……」
ゴン、凪を抱きしめる。
凪「……」
ゴン「……」
凪「(抗えず)……」
ゴン、最後の望みをかけて、より強く、抱きしめる。
凪「……」
凪、自ら、体を離す。
ゴン「……」
凪「ゴンさんに会えて、本当によかったです」
ゴン「……うん、俺も」
凪「……行きますね」
凪、立ち上がり、去っていく。

ゴン「……」
×　　×　　×
ゴン、ベランダに座り、ぼーっとしている。
ゴン「……。あ、ぽっぽ」
鳩が来る。
ゴン「ごめん、俺、今、何も、持ってないや……」
水滴が落ちる。
ゴン「あっれー。俺、振られたっぽいな。これ。振られたかー」
ゴン、しゃがんで、うずくまり、嗚咽する。
ゴン「うう……うううううっ」

○道

凪、歩いている。

凪「……」

と、電話。

凪「はい大島です。はい、え？」

○橋の上（夜）

龍子「就職、決まったんですね！」

凪「は、はい。コインランドリーのチェーン展開をしている会社で、修業しながらお金を貯めようと思いまして」

龍子「修業？」

凪「坂本さんとの夢、やっぱり、諦めたくなくて」

× × ×

#8。コインランドリーで、お店の計測したりと、楽しそうな二人。

× × ×

龍子「……実は私も来月から働くことになりまして」

凪「坂本さんも？」

龍子「あのコインランドリーの息子さんが誘ってくださって」

凪「ええっ、そんなつながりから」

龍子「内装の会社の営業なんですけど、やってみようかなって。役に立ちそうだから。いつか、私たちのお店を持つ時に」

凪「坂本さん」

龍子「私だって全然、諦めてないですよ」

凪「(微笑み)……」

龍子「この長いお休みに、大島さんと会えてよかった」

凪「私も、坂本さんと会えてよかったです」

凪、龍子に風が吹く。

龍子「風がもう、秋の匂いですね」

凪「ですね」

○みどりの部屋（日替わり）

何もなくなったみどりの部屋。

○うらら、みすずの部屋

何もない部屋。

うらら「……」

うらら、ポンポンアクセを見つめ、寂しげに外に出る。

○共有スペース

うららが出てくると、

凪「うららちゃん」

うらら「凪ちゃん……何してるの？」

凪、バケツに、黄色い絵の具を溶いている。

凪「遊ぶよ、うららちゃん」

うらら「え？」

凪「どうせ壊すなら、思いっきり、遊んじゃおうっ！」

うらら「……」

○ゴンの部屋〜共有スペース

荷物のない部屋。

ゴン「……」

ゴン、部屋を去ろうと、扉を開けると、手と足に黄色い絵の具をつけたうららと凪が、アパートの至るところに、手形、足形をつけて、遊んでいる。

凪「（ゴンに気づき）……」

ゴン「……。俺も混ぜろーっ」

うらら「きゃーっ」

ゴンも加わり、黄色い絵の具だらけになりながら、はしゃぐ一同。

×　　×　　×

遊び疲れて休憩する凪たち。

凪「うららちゃん、私がここに来た時、この髪、もふもふのワンちゃんみたいで、いいなあ！　って言ってくれたでしょ？　すごく嬉しかったんだよ、一生忘れない」

うらら「……一生、友達？」

凪「うん、一生、友達」

うらら、手を伸ばす。凪、頭を差し出す。

うらら、凪の頭をもしゃもしゃにする。

凪「わん。わわわんっ!!」

うらら「(笑う)」

みすず「(来て) うらら、行くよー (顔を見て) ！　どうしたの？」

凪「す、すいませんっ、私が悪の道に」

みすず「(笑い) よかったね。本当にお世話になりました」

凪「……こちらこそです (頭を下げる)」

うらら「またすぐ会えるよね？」

凪「うん、遊ぼう。いつでも！」

みすず「よかったら……私も時々は (杯を傾ける仕草)」

凪「いつでも、とことん、お付き合いします!!」

みすず、うらら、去っていく。

凪「……」

ゴン「……凪ちゃん。俺も、そろそろ行くね」

凪「……はい」

○アパート・前の道 (夕)

歩くゴン。見送りに出てくる凪。

ゴン「（振り返ると）ついてるよ、黄色」
凪「ゴンさんも」
　ゴン、凪を見つめると、いっぱいの笑顔になり、
ゴン「ばいばいっ」
　去っていくゴン。
凪「……」

○凪の部屋（日替わり、朝）

　すっかり何もなくなった部屋。
　凪、ハガキを書き終えた。
　窓から風が入ってくる。
　凪、窓を閉める。
凪「……ありがとうございました」
　凪、豆苗に目をやる。

○バブル近くの道

　オフのママ、チワワを散歩させている。
ママ「こないだの宴会、やけに切ない顔してたじゃない」
　慎二、一緒に歩きながら、
慎二「そ？　……たった数ヶ月前なら、想像もできねえなって。あいつが自分から宴会催すのも、カラオケ歌うのも、女子に囲まれて、笑ってんのも」
ママ「今、何考えてる？」
慎二「柄にもないこと。……何したら、あいつの役に立てんのかなって」
ママ「……（慎二の頬にキスしてハグ）やっぱガモちゃんいい男！」
慎二「おーーいーー、チワワ！　チワワ逃げる！」
　と、慎二に電話がかかってくる。
　凪から。

慎二「……」

ママ「（微笑み）ダメ元で、プロポーズでもしてみちゃう？」

○道（ポスト）

凪、電話を切って、ハガキを見つめる。

『凪です。仕事が決まりました。アパートは、引っ越すことになりました。新しい住所はこちらです。

×××（住所）

こっちは、少し涼しくなりました。

私は、元気でやっています』

宛先は、母の夕。

凪、ハガキをポストに入れる。

○喫茶店（夕）

凪、少し緊張の面持ちで待っている。

と、慎二が来て、向かいに座る。

凪「ごめんね、お休みのとこ」

慎二「どうしたの、珍し」

凪「慎二に報告があって。仕事決まったの。来週の月曜日からまた働くことになった」

慎二「……」

凪「新しい部屋で、新しい生活を始めようと思う」

慎二「……あいつと？」

凪「……ゴンさんの告白は、断った」

慎二「……」

凪「私のお暇は、おしまい」

慎二「そう」

凪「……つきましては」

慎二「……」

凪「つきましては」

慎二「（凪が言おうとしてることを察して）明日まだ休みだろ？　日曜だし。一日だけ、俺にくれ。お暇最後の一日、俺にくれ」
凪「……」
慎二「デートしよう、普通のデート。お互い、空気、読まずに」
凪「……」
慎二「……」
凪「……うん」

○道（日替わり、朝）

待っている慎二。と、凪が来る。
カジュアルだが、今までのTシャツ姿とは違う秋服。

慎二「どしたの、その服」
凪「エリィさんとこで選んだ」
慎二「金、ないんじゃなかった？」
凪「バブルのバイト代出たから。古着だから全部で千五百円。変？」
慎二「いや？　……似合ってる」
凪「……行こっ」

二人、歩き出す。

×　×　×

街。慎二、コーヒーショップでコーヒーを買おうとすると、凪、バッグからマグを出す。
二人、コーヒーを飲みながら、おしゃべりして歩く。

○眼鏡屋

眼鏡を試着する二人。
お互いがお互いに「ないわー！」とダメ出し。

○エレベーターの中

二人しか乗っていないエレベーター。
凪、宴会で歌った歌を思い出し鼻歌。

慎二「(かぶせて歌う)」

凪「(負けじと大きな声で歌う)」

凪、慎二「(熱唱)」

ドアが開き、お客が乗ってくる。
急に黙る凪、慎二。目が合うと、笑いをこらえる。

○カフェ

ランチを食べている二人。
お得な価格のランチビュッフェでお皿いっぱいにおかずを取る凪を、慎二がからかう。
凪、デザートのプレートを持った店員を呼び止め、デザートもたくさん取る。
凪、「もと取らなきゃ損でしょ!」と。
笑って見つめる慎二。

○水族館(夕)

二人、やってきたのは、あの水族館。

凪「……」

慎二「……」

イワシの水槽の前に来る二人。

凪「あのはぐれたイワシ、元気かな」

慎二「元気だよ、きっと。群れにも戻らないで、一人で気ままに泳いでんじゃね?」

凪「だといいな」
慎二「あ」
　二人の目の前、一匹のはぐれイワシが泳いでくる。
　凪、慎二、目を合わせ、微笑む。
凪「……話したかったのはね」
慎二「……」
凪「ありがとう、慎二」
慎二「……」
凪「一人で泳いでいくって偉そうなこと言って、でも、またさまよった時はいつも慎二が助けてくれた」
慎二「……」
凪「なのに私は、ずっと一緒にいたのに、慎二の想いも、家族のことも、何もわかってあげられてなかった」
慎二「……」
凪「ごめんね」
慎二「……」
凪「慎二といた時、私の望みって、一つだけだったの。『慎二と結婚したい』。でもそれって、自分で本当に選んだ望みじゃなかった。いろんなことがうまくいかなくて、そこから逃げたいだけの選択肢だった」
　凪、ノートを取り出し、慎二に渡す。
凪「今はね、少しずつ、見つけられるようになったの。本当にやりたいこと」
慎二「(見る)」
凪「お暇中に会った、みんなのおかげで」
　そこには、凪のウィッシュが書かれている。
『自分の運転で出かける』
×　　×　　×
うらら、みすずとドライブをした凪。

×　　×　　×

『人に興味を持つ』『サッカーを見にいく』『音楽を聴く』

×　　×　　×

ママに説教をされた凪。バブルでのママと杏。

×　　×　　×

『友達と飲む』『美味しいものをみんなで食べる』

×　　×　　×

みすず、龍子との人生ゲーム。
餃子を包む女性たち。

×　　×　　×

『好きな服を見つける』『坂本さんとお店を持つ』『美味しい空気をあげられる人になる』

×　　×　　×

#1のラスト。凪の髪を乾かした
みどり、うらら。
ゴンの笑顔。

×　　×　　×

慎二「……」

ノートから顔を上げると、凪の書いたウィッシュが、いつもの選択肢のように、水槽に貼り付いている。

凪「今はちょっと、未来が楽しみなんだ」

慎二「……」

凪「……でも」

慎二「でも、その未来に、俺は、いないんだろ?」

凪「……」

慎二「お前に、『絶対変われない』って言ったのは……怖かったから。お前にもう俺は必要ないって認めるのが……俺がいなくても笑ってるお前を……俺がいない方が笑ってるお前を、認めたくなかったから」
凪「……」
慎二「けど……もういいよ。わかったよ。認めてやるよ。お前、もう大丈夫だよ。一人でも、泳いでいけるよ」
凪「……」
慎二「卒業しろよ、お暇。俺は、お前を卒業してやっから」
凪「……」
慎二「頑張れよ、凪。お前は、絶対、大丈夫だから」
凪「……」
慎二「……」
凪「……好きになってくれて、ありがとう」
慎二「……」
凪「慎二にも、きっとあると思う。思ってもみなかったような、選択肢が」

凪、ノートの白いページをちぎって、慎二に差し出す。

凪「慎二が美味しい空気吸って吐ける場所、絶対ある。信じてみてよ。私でも、見つけられたんだから」
慎二「……」

慎二、紙を受け取る。

凪「……行くね」
慎二「……ああ」

凪、去っていく。

慎二「なあ」
凪「(振り返る)」
慎二「最後に」

慎二、ハグしようと、腕を広げる。

凪「……」
慎二「……」
凪「……」
慎二「……」
凪「それはちょっとごめんなさい」

慎二「……は？」
凪「いや、なんか、違うかなって」
慎二「そこは空気読むとこだろ？」
凪「ごめんなさい」
慎二「どんだけ心狭いんだよ！」
凪「だって、もう会わないんだし！　そういう中途半端なことは」
慎二「は？　は？　じゃ、なんでわざわざ洒落た服着てデート来てんの？　それって思わせ振りじゃねえの!?」
凪「は？　どんな服着たって私の勝手でしょ?!」
慎二「何、午前中からの楽しいデートの流れ？　壮大なフリ？　どっきり？　別れ話する気ならあれはないんじゃない？　悪魔か!!」
凪「別れ話も何も、もうとっくに付き合ってないでしょ？　なのに立川まで来るから！」
慎二「残念でした、もう行きません、二度と行きません、頼まれても行きません、Ｓｕｉｃａ減るしね、お前のせいでめっちゃ減るしね!!」
凪「あっそ、よかった、節約に貢献できて！」
慎二「よかった！　あー、スッキリした！　悪魔祓いした気分！」
凪「祓われて光栄だよ！」
慎二「ようやく呪いから解き放たれたー、デトックスだわー！」
凪「それは、こっちのセリフだよ！」
凪、慎二「尊いわー！」
　　二人、沈黙。
凪「……。もう行くね」
慎二「……。行けよ」
　　慎二、水槽を見つめる。
凪「……」
　　凪、歩いていく。
慎二「……」

慎二、チラッと凪の方を見る。
凪の背中、遠ざかっていく。

慎二「……」
歩いていく凪、少しだけ振り返る。
慎二、同じ姿勢で水槽を見ている。

凪「バイバイ、慎二……またね」

○アパート・外（日替わり、朝）

重機がアパートを解体していく。
凪、扇風機を持ってその様子を見ている。

凪「お暇、おしまい！」
凪、アパートを去っていく。

○龍子のマンション（朝）

マンションの前には凪の荷物のダンボール。
凪、チャイムを鳴らす。

龍子「はーい」
龍子、扉を少しだけ開く。

凪「坂本さん、新しい部屋に入居するまでの間、今日からしばし、お世話になります」
凪、ダンボールを運び入れようとすると、

龍子「あ、あのその件なんですが、言いにくいんですけど……彼氏ができてしまいまして」

凪「彼氏?! い、いつのまに」

龍子「展開が急すぎて私も戸惑っているのですが」

声「龍子ー？ お客さん？」
龍子、ドアを閉めようとする。

龍子「ちょっと今、取り込み中でして（ドアを閉めようと）」

凪「え？　今一緒にいるんですか？（ドアを引き）ご、ご挨拶だけでも！」
龍子「いえっ！　今日のところはこれで！」
声「いいじゃない、照れ屋さんだなあ、龍子は」

中から戸が引かれ、出てきたのは、龍子と色違いのパジャマを着た慎一。

凪「え、ええっ⁉」
慎一「またお会いしましたね、どうも、我聞慎一です！」
龍子「彼の動画、なんか癖になっちゃって、思い切ってメールしてみたら、こんなことに」
凪「坂本さんっ」
龍子「大島さんっ、本当に、本当に、ごめんなさいっ」

閉まるドア。

凪「坂本さんっ！　そっちは、そっちはたぶん！」

○立川の街（朝）

凪の声「闇ですっっ‼」

○都内（朝）

○慎二のマンション（朝）

冷蔵庫に貼ってある凪から渡されたノートの切れ端。白いまま。
慎二、豆苗を包丁で切り、慣れない様子で、朝食を作っている。

○土手（朝）

凪　　　凪、自転車を押しながら、
「えらいことになってしまった……」
　　凪に、風が吹く。

凪「……」

凪のM「大島凪。二十八歳。しばしお暇、いた
だいておりましたが」

凪「……とにかく、仕事行こっ」
　　凪、自転車に乗り、ペダルを漕い
で行く。

〇タイトル

完

脚本家・演出家が語る 全話コメンタリー

今回の『金曜ドラマ　凪のお暇』を生み出した
脚本家の大島里美氏と、
四人の演出家である坪井敏雄氏・山本剛義氏・
土井裕泰氏・大内舞子氏が、各話への想いを語ります。
ドラマの裏側がちょっとだけ見えてくるかもしれません。

第1話『凪、恋と人生をリセットする』

（2019年7月19日放送）

■第1話なので盛り込む要素が多く、第2話以降にこぼしたくもないので、シビアに一行単位、一文字単位で限界まで脚本を削って、それでも尺としてギリギリだった記憶があります。凪がモジャモジャ頭のお暇生活に入って、ささやかな第一歩を踏み出したその日に、慎二と対決するという構成です。その分、OL時代が短くなり、凪を取り巻く息苦しさがきちんと伝わるか心配でしたが、役者さんが演じることで想像以上に痛々しいシーンになっていたと思います。（大島）

●水の中だと空気が形として見えますよね。ずっといれば息も苦しくなる。説明過多にならずに、「空気を読む」というテーマの映像での見せ方をみんなで考えた時に、水中にいる凪という案が出ました。そのイメージシーンがクランクインだったので、本編も撮らないうちから、凪自身の苦しさを表現させられた黒木さんは大変だったと思います。第1話では、凪をなるべく早く「お暇」に入らせたかったんですが、それ以前の環境が凪にとってどれほど辛かったかを視聴者にも体感してもらって、それこそ「わかる！」と思っていただくことも勝負だという思いはありました。全てを捨てようと凪が思えるように描かなくては、そのあとのお暇生活に興味を繋げられないと思いましたので。（坪井）

第2話『凪と新しい恋と、リセットされた男』

（2019年7月26日放送）

■お暇生活が始まって、慎二の目線も入ってきています。一方で、ゴンというまだよくわからない存在も動き出している。公園で、凪がゴンさんと一緒に寝っころがって、自分の今までを振り返るシーンがこの回の肝ですね。前回、お暇生活に入った自分を「早まった？」と疑って、慎二にも呪いの言葉を吐かれてしまった凪が、ここで空気が美味しいと思えて、その隣にはゴンがいる。ゴンやアパートの住人と接して、凪のナチュラルな部分が見え始めます。（大島）

●最初の隔たりから、だんだん近づいていく凪とゴンの距離を詰める過程が上手く描けたように思います。本来ゴンは、いきなり隣に座ってくるような距離の縮め方ができる人ですが、突然そう来られると「えっ？」って驚いて逃げてしまう人もいる。凪みたいなタイプは特に。でもある瞬間にゴンに興味を感じて、それが心地よくなって、気づかされることもあって……という段階を踏んで描けた。中村倫也君は、ゴンの「柔らかさ」を、気をつけて演じたいと言ってました。見た目が怪しくても本質的に柔らかさを持った人として、その心地よさを出してくれた。それは中村君自身が持つ魅力と、彼の上手さなんですけど……でもハグにしろ頭ポンポンにしろ、普通の人にはできないですよね。（坪井）

第3話 『凪、川を渡る』

（2019年8月2日放送）

■婚活エピソードも含めて、「肩書き」がキーワードになって、その肩書きを持たないゴンに惹かれる凪、という側面で書いていきました。慎二に対しては、親に紹介できる相手という、計算も働いていたのが、ゴンにはそれを超えて「好き」と思えて、向かっていく凪の変化というか。ここではまだゴンの目線ではなくて、あくまで凪から見たゴンとして描いています。凪に距離を置かれるまでは、何考えてるかわからない人として、フワフワさせておきたかったんです。（大島）

●原作を読んで、慎二とゴンという二人の男性キャラがチャーミングで面白く描かれていたので、どう撮ろうかと楽しみでした。友人の女性からも「視聴者が慎二派かゴン派かに分かれないと面白くないんじゃないか」と言われて、それはそうだなと思いましたし。この第3話と第4話ではゴンのシーンが多かったのですが、「色っぽくて、何考えてるかわからないゴン」という役柄を中村君がすごく考えてきてくれていて、それが最高にかっこよくて可愛らしかった。たとえばゴンが遠くの相手に話しかけるときでも、中村君は「ゴンってそんなに大きな声を出さない人だと思うんですよねぇ」と、声の出し方とか目線の動かし方のような細かいところまで考えて演じてくれていました。（山本）

第4話 『凪、恋のダークサイドに堕ちる』

（2019年8月9日放送）

■ゴンの最強なところと最悪なところが明らかになって、その結果まだ「自分」を持たない凪が闇堕ちしてしまう回です。凪・慎二・ゴンの話は比較的性急に進めた方が面白いだろうと思ったんですが、そのためにこぼれていたエピソードなどをこの第4話から組み込んでいきました。あと、このあたりから慎二とゴンのなんとも言えない関係性が生まれています。慎二って、たいていの人には勝てるんですけど、アパートの住人には全員に負けてる気がしますね。（大島）

●黒木さん・高橋君・中村君の三人が三人とも、全体を通した考え方をしてくれていましたし、脚本も全十話の中で凪・慎二・ゴンそれぞれの落としどころがちゃんと作られていたのはすごいと思いましたね。この第4話までの慎二は悪そうに見える描かれ方になっていても、それだけではないことがあとで必ずわかるので、高橋君も安心して演じられただろうし。逆に、あんなにモラハラ彼氏なのに、号泣することですべてが救われるような慎二像というのは、高橋一生だからこそ演じられたのかもしれないとも思いますが。あとは黒木さんが凪をめちゃめちゃ可愛く演じてくれたので、その凪がどう成長していくのかを、奇をてらわずに撮っていけば、面白くなるだろうなとは思っていました。（山本）

第5話 『凪、お暇復活！』

（2019年8月16日放送）

■凪が闇堕ちから脱するのが意外に早かったでしょうか。あまりメンヘラ状態を引っぱるつもりはなくて、原作でも描かれる、別の女性たちの力強い生き方を盛り込みたかったんですね。みすずとうらちゃんだったり、みどりさんだったり、『バブル』のママも含めて、周囲の女性たちから力をもらって凪が立ち直る姿を描きたかったんです。彼女たちがいなかったら、闇堕ちはもっと続いていたでしょうから、凪は本当にいい環境に引っ越しましたよね。（大島）

●ゴンという「沼」にハマっていた凪が、そこを抜けて我に返るというか、リスタートする回だったんですけど……。ゴンを忘れようと、一緒に行った海に一人で向かうけど、道に迷っちゃうとかたどり着けないのが、非常に凪っぽいですよね。ストレートに上手くはいかないけど、前進はしている感じが。この回で言えば『バブル』のママとか、凪はいろんな人と出会うのですが、その交流の中から、人の温かみを知って、お暇して殻を脱ぎ捨てたつもりだった自分に、人と向き合うことで解決していく課題みたいなものがまだ残っていることに気づいて、前に進めるようになっていく。本当に恵まれた環境ですが、彼女が自分でそのチャンスをものにしていく感じが良かったと思います。（坪井）

第6話 『凪、坂本さんを救う』

（2019年8月23日放送）

■闇堕ちしていた時の凪に拒絶されて、「もういいや」と気持ちを切り替えたつもりになった慎二が、円の方に向かおうとするので、それは新展開にも見えると思います。でも慎二は自分にそう思わせたいだけだったことが徐々にわかる。あと、この回では龍子のエピソードがあるのですが、凪と龍子の関係性がすごく好きでした。友達がいない同士の二人が、お互いを大事に思って、距離を測りながら隣にいる様子がいじらしく映るといいなと思っていつも書いてました。（大島）

●この回での龍子さんのエピソードもそうですし、みどりさんもその時々でフックになるポイントがあったり、武田真治さんの『バブル』のママだったり、この作品には脇のキャラクターが上手く練り込まれていたと思います。第6話にもなると、役者さんたちの中でもそれぞれの役が固まっているのでノリノリで演じてくれて、だけど役のレールからは外れないという、とてもやりやすい状況でしたね。オンエアが始まって、高い評価をいただけたことで役者のみなさんも安心していましたが、なにより現場の雰囲気が楽しかったんですよ。凪の持ち物一つについても、みんなが考えてアイデアを出してくれて、みんなが凪とこの作品をすごく好きだった。そういう現場ってなかなかないんですよ。（山本）

第7話 『凪、夢を描く』

（2019年8月30日放送）

■凪は龍子とのコインランドリー経営の夢を持ったり、みすずさん母娘とドライブしたり、ちょっとずつ新しいことに踏み出しています。ただこの回は、ずっと引っぱっていた「慎二が凪の前で泣く」という、ようやく凪が、今まで知らなかった慎二を知る回として考えていた話なんです。第1話の、凪のOL時代と対になるように、あらゆる面で慎二を追い詰めて、本当の顔を凪に晒してしまうところまで行きたかった。もっとも凪は、まだ信じ切れていないのですが。（大島）

●この回のラストで、慎二は凪に「好きだった」と告白するのですが、まだ原作でも描かれていないことでしたから、少しデリケートに考えてはいました。ただ、この第7話の時点でスタッフも俳優も、おそらく視聴者のみなさんも、かなり慎二にシンパシーを感じるようになっていましたよね。器用に振る舞っているけれど実は一番不器用な生き方をしている彼を気づいたら応援し始めていた。だから凪の前で思わず自分をさらけ出してしまうことも受け入れてもらえるだろうと思えました。それはやっぱり第1話の最後の慎二の号泣シーンが効いているからで、回を追ってわかっていくのではなく、最初から彼の裏も表も見せた作劇の妙があったからこそ人を惹きつけ、愛されるキャラクターになったのだと思っています。（土井）

第8話 『慎二のお暇／凪、北国へゆく』

（2019年9月6日放送）

■ある意味、元の凪に戻ってしまう話をやりたかったんですよね。髪もサラサラヘアに戻して。持ったばかりの夢が破れた姿を描きたかった。慎二とゴンが北海道まで凪を迎えに行きますが、本当はその間のエピソードも考えていました。慎二が凪を追ってゴンのバイクで空港まで行って、そのまま北海道に行くという流れなんですが。ただ、凪の目線で考えてみると、いきなり北海道に現れた方がいいなというところに落ち着いて、二人の珍道中はカットとなりました。（大島）

●慎二が「お暇」して、凪の隣のゴンの部屋にいるという環境によって訪れる、三人の変化をポイントと考えていました。慎二から好きだと聞かされた凪、言ってしまった慎二がそれぞれ戸惑い、そして、そんな二人に嫉妬するゴン。それまでと違った感情が芽生えた、三人にとっての転機の回だったと思います。新しい感情やそれによる行動などが、それまでのキャラクターにはないものだったりしたので、役者さんたちと話し合いになったことも何度かありました。あと、凪ちゃんの部屋での餃子パーティーの仕込みシーンは、なかなか大変でしたね。テーブルを囲んで一人一畳もないうえに撮影スタッフも入った大所帯だったので。凪ちゃんが荷物の少ない子で助かりました。（大内）

第9話 『凪、慎二、家族をリセットする』

（2019年9月13日放送）

■凪と慎二がラスボスである両家の親と対峙したことで、お互いに空気を読んで生きてきた同じ存在であると気づく。その二人が揃ったからこそ、凪は慎二に空気読むのをやめようと言えて、自分も脱することができたんです。もちろん親を傷つけることが目的ではなくて、ずっと口を噤んできた二人が、初めて本心を言ったことには心の痛みも伴っていて、涙する。二人で、なんだかわからないけど子供のように泣いてしまうというシーンを描きたかったんです。

●たとえば宴会場のシーンでも、脚本にはあたふたしている慎二が書かれているんですが、黒木さんはその慎二の姿を心配そうに悲しそうに見てるんですよね。凪が母親と対峙しているシーンでは、今度は凪の言葉を心に響かせている高橋君が、凪と母親の言い争いを前に、どうするべきかわからず悩んでる慎二としてそこにいる。互いの芝居を見てそれを受けている二人がすごく良くて、それを撮りたかったと思える狙い通りのシーンを見せてくれました。自分が台詞を言っている時だけじゃなくて、台詞を言っている相手を見ている時をどう演じるかが大事なことだとわかっている。ちゃんと脚本を読んで、その場の芝居の核になるものをお互いわかっているんだな、さすがだなと思いましたね。（山本）

最終話 『凪、お暇終了！』

（2019年9月20日放送）

■最終話は、凪と慎二が初めて空気を読むことなく一緒にいるシーンをやりたかったということと、ゴンにとっては砕け散るところまでが初恋なんだろうなってことでしょうか。ちなみにこの回は第7話のオンエアの頃に書いていたんですが、みなさんが凪と龍子のコインランドリーの夢に思い入れを持ってくださって、感想をいただいたんですね。夢を描く二人の姿が可愛らしくもあって、あの夢を捨てるには惜しいねということで、凪の就職先が決まりました。

●女子目線では、凪が慎二とゴンのどちらを選ぶのか気になるだろうとは思っていました。ただ、お暇で凪が得たものと考えると、その決着自体ではないんじゃないかと考えました。ゴンからの告白を断るには、それをできるだけのパワーを凪が持っていなければいけないと、撮影中にも黒木さんと話しましたし、そのあとの慎二との別れも、今までなら言い負かされていただろう凪が、対等に会話をしている。慎二も、凪の成長がわかっていたからこそ、その言葉をかけられたんだと思える。役者さんも制作側も、今までやってきたことの回収の仕方を考えて作った最終話でした。視聴者のみなさんの期待通りだったかはわかりませんが、僕たちなりの結末はつけられたんじゃないかと思っています。（坪井）

演出家

坪井敏雄 | TBSテレビ所属。チーフ演出としてドラマ『美男（イケメン）ですね』『家族狩り』『毒島ゆり子のせきらら日記』を手がける。『カルテット』、『中学聖日記』にも演出として携わる。

観ていただいた方それぞれが、全話の中で感じてくださったことがこのドラマのテーマだと思っていますし、それがこのドラマの見方なんじゃないかと思っています。

山本剛義 | TBSスパークル所属。TBSドラマ『コウノドリ』『グッドワイフ』WOWOWドラマ『海に降る』、NHKドラマ『絆 走れ奇跡の子馬』などで演出を担当。映画『家族のはなし』監督。

みんなが何かを背負って追われるように生きてる世の中で、逃げてみるって選択もあるよっていう凪の姿で、観てくれた人がその重荷を少しでも降ろせような作品になっていたら嬉しいですね。

土井裕泰 | TBSテレビ所属。ドラマ『愛していると言ってくれ』『GOOD LUCK!!』『重版出来！』『逃げるは恥だが役に立つ』の演出を手がけ、『カルテット』ではチーフプロデューサー／チーフ演出を担当。映画『罪の声』が2020年公開予定。

「空気を読む」ことで互いが監視し合っているような、そんな現代の気分を、重くならず、スパイシーではあってもラブコメのキラキラ感も持ったまま、描けた作品だと思います。

大内舞子 | 数多くのドラマ作品で演出補を務めたのち、『怪盗ロワイヤル』『夜のせんせい』『毒島ゆり子のせきらら日記』などで演出として携わる。

すぐそばにある小さな問題を、友人たちと頭を悩ませてひとつずつ解決していったり、小さな幸せを積み重ねていくことが人として大切なのかもしれないと感じた2019年の夏でした。

脚本家・大島里美インタビュー

2019年の夏、誰もが目を離せなかった
凪という女の子の一世一代の「小さな冒険」を描き出した
脚本家・大島里美氏によるメモリアルトークをお届けします。

始まりは二年前

最初は二〇一八年の二月ごろに、ドラマ化を考えている作品として中井プロデューサーから原作を渡されました。

その時はまだ二～三巻くらいまでしか出てなかったのですが、最初に面白いと感じたのは慎二の描き方です。凪にとっての「敵キャラ」的な存在と思いきや、慎二が泣くところで「おぉ～っ！」と思わされたんですよね。

ゴンも、凪を助けてくれる素敵な男性かと思ったら、やっぱり裏がある。だから凪を取り巻く二人の男性キャラクターの、一皮剥くと全然違うものが出てくるという描き方に感じるものがありました。

ちなみに原作で言えば私は、もともとは断然ゴン派だったんですが、ドラマを通り抜けたら慎二に愛着が湧いてしまったのか、最近はなんだか慎二がいじらしく感じてしまってますね。

それともうひとつ、小さな生活の知恵的なネタが散りばめられていて、なんにもなくても楽しめるアイデアみたいなものの「昭和感」が今の時代には逆に新鮮に映って、そこも面白いと感じました。

それで、ドラマ化するのであればぜひ書かせてくださいとすぐお答えして、具体的に動き出したのはその年の夏ぐらいで、脚本の初稿を書いたのがその年末から年明けくらいだったと思います。

「底」に落とされた慎二⁉

連載中の作品ですから、オリジナルの展開やドラマなりの結末を考えなくてはいけなかったわけですが、まず全体を起承転結に分けて考えました。

そうすると「起」でやることは凪がお暇生活に入ること。その中でゴンと出会って恋をするけれど上手く転がらない「承」があって、ゴンを卒業したところで凪と慎二がラスボスである親と対決する「転」があって、最終的に凪・慎二・ゴンの三角関係がどこに向かうかってところが「結」になる、というのができ上がって。

そこに、原作からエピソードを持ってくる、原作にない部分はオリジナルのシーンを作っていく……という考え方で構成していきました。

あと、けっこう早い段階で、第7話でやった「慎二のお暇」を入れたいということも提案しました。

物語の起承転結はもちろん凪のものなんだけど、凪が変わるためには、そこにいちばん絡む慎二がどう変わっていくのかも作らなきゃいけないと考えて、そのために慎二の「底」を作りたかったんです。

皮肉にも凪と同じように過呼吸で倒れて、お暇することになる展開なら、慎二の「底」を描けるんじゃないかと。

もともとは断然ゴン派だったんですが、ドラマを通り抜けたら、最近はなんだか慎二がいじらしく感じてしまって

もっと単純に、ゴンの部屋のベランダから慎二が出てきたら面白いなあと思ったのもあるのですが。

それまでは、本当は凪に会いたいくせに、それを隠してアパートにちょこちょこ出かけて行って、みどりさんに懐いてたり、ゴンと奇妙な関係を築いたり。うららちゃんと慎二っていうのも、映像で見るといい感じだったし、慎二はあそこの住人といるとリラックスして素を垣間見せるんですよね。

遊びゴコロの結晶

「空気」というキーワードを映像でどう表現するかっていうのは悩みましたよね。

でも水の中という案が出た時、「あ、水中なら気泡になって空気が見える」と思って、すごくいいアイデアだと思いました。

凪の前に現れる「選択肢」の演出も、坪井ディレクターが考えてくれました。

凪が選択肢を前に迷うシーンを入れたい

と思っていたんですが、映像表現までは思いつかなくて。そうしたら坪井さんが「貼り付けたい」と言い出して。貼り付けるってどういう意味だ？　と思ったんですが、オンエアで初めて、現場に貼ってあるのを見て「ああ、そういうことか」とわかりました。あれもだんだん大胆になっていって、トラックに貼り付けたりしてましたよね。

とにかく監督たちが楽しげでしたね。

現場から上がってくるものが、遊びゴコロのある楽しいものばかりだったので、オンエアを見てアイデアを思いついて、新しいシーンを盛り込んだりということもよくありました。


で、凪はどっちとくっつくの？

原作のテーマでもある「空気を読む」っていうのは、誰でも共感しやすい感覚なんですけど、それがドラマで真正面から描かれたことはなかったと思うんです。

「空気を読む」っていうのは、誰でも共感しやすい感覚なんですけど、それがドラマで真正面から描かれたことはなかったと思う

空気を読む凪と慎二は、結局すごく似ている二人なんだけど、凪はそれに気づけないじゃないですか。それを絵で見せられれば面白味が生まれると思ったんですね。

原作からの水族館やバーベキューのエピソードもそうですし、第4話でゴンのクラブから帰った二人が自分の部屋で、慎二は凪がゴンといるのかと、凪はゴンと別の女の人とのことをそれぞれ疑ってるシーンを画面分割で見せたりとか。

第9話の、二人がもし結婚したらどうなるかを想像したら、凪の方では慎二がモラハラ夫になってて、慎二の方では可愛い娘が生まれてて……というのもそうですよね。

そういう二人のすれ違いを、対にして絵で見せたいと思っていました。だからこの物語の基本は、「合わせ鏡の凪と慎二」ということだったんだと思います。

『凪のお暇』は、周りの方から今までにないくらいたくさん「観てるよ」と言われた作品なんですが、みなさんが聞くのは、「で、凪は慎二とゴンのどっちとくっつくの?」っていうことで、やっぱりそこは興味を惹くところなんだなあと思いました。

　でも私やプロデューサーはあんまりそこには気がいってなかったというか……。もしそこを結末にしたとしても、大きな主軸は何かと言ったら、やっぱり凪の成長の話だと思って書いていました。恋愛もそのための要素としてあるような。

　でもきっとその両方が描かれていたので、たくさんの方が観てくださったんだと思います。……ただ、あの段階ではどっちとくっついても、何か違うような気がしてしまったんじゃないかな。

楽な救いはないけれど……

　いろんな要素が、それは原作もキャストもスタッフも全部噛み合ってピタッとハマったドラマだったんじゃないですかね。

大島里美

第16回フジテレビヤングシナリオ大賞で、佳作受賞。2005年にP&Gパンテーンドラマスペシャル『音のない青空』(フジテレビ)でデビュー。代表作に『1リットルの涙』(2005年・フジテレビ)、NHK大河ドラマ『花燃ゆ』(2015年)など。2012年のドラマ『恋するハエ女』(NHK)で、「第1回市川森一脚本賞」を受賞。


こんなことはもう二度とないんじゃないかと思うくらいです。諦めるようなことを言っちゃいけませんが、それくらい、なかなかない手応えでした。

　どこか残念さやダメさ、しょーもなさを持った人たちが、懸命に頑張ろうとしている姿を書くのが、とても楽しかったです。

　楽な救いの道はないけれど、でも日常の中で何もなくても幸せになることはできるんだとか、そういう日常に則したある意味地味なドラマかもしれませんが、それが多くの方に届いたことがとても嬉しいです。

　ドラマの打ち上げの席で、原作のコナリミサト先生と初めてお会いしました。

　こちらはすごく緊張していたんですが、とても気さくな方で、ドラマのいろんなシーンのひとつひとつを愛してくださっていて、「まるで自分が描いたみたいに、自分の絵として思い浮かぶ時がある」と仰っていただけたのがとても嬉しかったですね。

原作者・コナリミサト先生が語る ドラマ版『凪のお暇』の魅力

最後に、このドラマを日本一楽しんだであろう、
原作者のコナリミサト先生からメッセージをいただきました。
貴重な蔵出しコメントと共にお楽しみください。

この手描きコメントは、TBSが行ったドラマ第1話試写会でコナリ先生がお答えになった資料用アンケート回答です。感動と興奮が伝わってきますね。

ドラマ『凪のお暇』をご覧になって、面白かったところを具体的に教えてください。

前半、実写になるとヘビーかも!?と思ってハラハラして観ていたのですが、途中からそんな心配がふき飛ぶ程のめりこみました。
前半のヘビーさはこの爽快感のためだったのか…!!もう〜夢中です!!
あと慎二の家がメゾネットなの感動しました!!
メゾネット、画力がなくて断念したんです。嬉しい!!
あと森本レオさん!! 機関車トーマス!! テンション上がりました!!

大島凪（黒木華）のキャラクターの印象はいかがでしたか？

黒木さん以外の凪は考えられないくらい本当に本当に何もかもがかわいいです!! 凪を守りたい!! 幸せにしてあげたい!!と強く思いました。この子のお暇を見届けたい…!!と誰もが思うと思います!! うれしすぎる〜!! 終わらないで夏〜!!!!
黒木さんとお酒のみたいです!! 私もお酒大好きです!!

我聞慎二（高橋一生）のキャラクターの印象はいかがでしたか？

高橋さんの慎二の泣き顔がバーンと出たときうわ〜!! いただきました!!と思いました!! 前半の不穏さがすごかったのでカタルシスに震えました。これから毎週このサイコ&クライが観れるなんて本当に楽しみです!!
凪に拒否されてかたまってた手がステキでした! →

安良城ゴン（中村倫也）のキャラクターの印象はいかがでしたか？

凪を見つめる瞳が優しげで、この人どんな人なんだろう感がすごかったです。ゴンのつかめなさが1回目にしてすでにだだ漏れていてワクワクしました。
金曜の夜、街からOLが消えると思いました。

原作コミックのご紹介

「Eleganceイブ」誌にて2016年より連載開始。WEBを中心に口コミで人気が広がり、コミックス第1巻が大ヒットを記録。場の空気を読みすぎて無理をした結果、過呼吸で倒れたヒロイン・凪が、仕事も恋も全て捨てて、新たな生活に踏み出す姿は絶大な支持を集めた。凪を忘れられない元カレ・慎二と、引っ越したアパートで出会った男・ゴン、そしてアパートの住人たちをも巻き込んで繰り広げられる「人生リセットコメディ」は、秋田書店よりコミックス第6巻まで発売中。(2020年2月現在)

Message from コナリミサト

『凪のお暇』のドラマ、毎週楽しみにしていました。大好きなシーンは数え切れないです。後半のオリジナルな展開と着地もあまりにも良くてこれは原作もがんばらねば！ とふんどしをギュウギュウに締め直しました!!

コナリミサト

2004年に『ヘチマミルク』でデビュー。大ヒット連載『凪のお暇』のほか『黄昏てマイルーム』、『浮遊教室のあと』などの連載で人気を集めている。主な著作に『珈琲いかがでしょう』、『宅飲み残念乙女ズ』などがある。

金曜ドラマ『凪のお暇』制作スタッフ

【原作】
コナリミサト
『凪のお暇』
（秋田書店『Elegance イブ』連載）

【脚本】
大島里美

【音楽】
パスカルズ

【主題歌】
miwa『リブート』
（ソニー・ミュージックレーベルズ）

【プロデュース】
中井芳彦

【演出】
坪井敏雄（1、2、5、10 話）
山本剛義（3、4、6、9 話）
土井裕泰（7 話）
大内舞子（8 話）

【スケジュール】
高津泰行

【プロデュース補】
丸山いずみ
永田桃子
益田千愛

【演出補】
小牧　桜
黎　景怡
武田　梓
小沢由紀
佐井大紀
桜井佑莉
新井麻菜
小栗佳世子

【協力プロデュース】
橋本　梓

【制作】
中川真吾
福澤大輔
山内君洋
永原将和
小原亜梨沙
阿部悦子

【番組デスク】
小澤通子

【記録】
浦川友紀
井坂尚子

【TM】
近藤明人

【撮影】
中野　啓
小林純一
大西正伸
草間　巧
大谷英樹

【カメラアシスタント】
鈴木真史
坪井俊樹
平岩源治郎
大場貴文

【映像】
宮本民雄
青木孝憲
鈴木昭平

【音声】
小高康太郎
中村健太
中村全希
桑原達朗
黒岩直人
吉田　洸

【照明】
大金康介
宮崎友宏
鈴木博文
中野内智仁
椙浦明規
堀　勇太

【編集】
張本征治
板部浩章
菅野詩織

【MA】
川口　俊

【選曲】
大森力也

【音響効果】
岩尾亮太

【音楽コーディネーター】
久世　烈

【美術】
青木ゆかり

【美術デザイン】
中村綾香

【美術制作】
髙橋宏明
高田圭三
曽根洵太郎

【装飾】
鈴木昌也
藤井瑠香
町田有沙

【装置】
藤満達郎

【大道具操作】
佐藤　敦

【建具】
大崎健一

【電飾】
秦　一志

【植木】
金子利治

【CG】
中村　淳
松野忠雄
井田久美子

【衣裳】
平田博美
山田知佳
湯﨑莉世

【持道具】
宮路かすみ

【ヘアメイク】
増田加奈
林　杏
森田光子（三田佳子担当）

【ヘア】（黒木華担当）
松浦美穂（TWIGGY.）
天久真美（TWIGGY.）

【スタイリスト】（黒木華担当）
Babymix
上田紗栄

【かつら】（黒木華担当）
井上靖二（アイスリー・フローレン銀座）

【フードコーディネーター】
はらゆうこ

【編成】
渡瀬暁彦
松本友香

【監修協力】
菅原明子（秋田書店）

【宣伝協力】
澤木　類（秋田書店）

【宣伝担当】
林　遼二
井田由香

【スチール】
鈴木裕季奈

【ホームページ担当】
豊泉真由

【WEB 担当】
山内慈照

【ナビ・SPOT】
岡田幹信
梅北泰雅

【ライセンス】
柳岡舞子
奥本恵巳
中野正平

【製作】
TBS

**『金曜ドラマ
凪のお暇
シナリオブック』
制作スタッフ**

【装幀・本文デザイン】
甲谷一（Happy and Happy）

【ＤＴＰ】
株式会社明昌堂

【編集】
APeS Novels

【校正】
高村明美
大野瑞絵

【協力】
株式会社 TBS テレビ
ライセンス事業部

株式会社秋田書店
（『Elegance イブ』編集部）

●

中井芳彦
守屋由里香

● APeS Novels（エイプス・ノベルズ）は、株式会社秋田書店、株式会社誠文堂新光社、株式会社パルプライドの３社協業によって構築した文芸を中心とした読み物を創り出すレーベルです。

金曜《きんよう》ドラマ 凪《なぎ》のお暇《いとま》 シナリオブック

大島凪《おおしまなぎ》、28歳《さい》。ワケあって恋《こい》も仕事《しごと》もSNSも全部捨《ぜんぶす》ててみた

2020年2月24日　発　行　　NDC913

著　者　大島里美《おおしまさとみ》
発行者　小川雄一
発行所　株式会社 誠文堂新光社
〒113-0033 東京都文京区本郷 3-3-11
［編集］電話 03-5800-5776
［販売］電話 03-5800-5780
https://www.seibundo-shinkosha.net/
印刷所　星野精版印刷 株式会社
製本所　和光堂 株式会社

ISBN978-4-416-52099-4